U0009350

LOCUS

LOCUS

LOCUS

LOCUS

RECREATION

R23

馬賽克拼圖謀殺案

I DELITTI DEL MOSAICO

作者：朱利歐・萊奧尼（Giulio Leoni）

譯者：羅妙紅

責任編輯：江怡瑩　美術編輯：蔡怡欣

校對：呂佳眞

法律顧問：全理法律事務所董安丹律師

出版者：大塊文化出版股份有限公司

台北市105南京東路四段25號11樓

www.locuspublishing.com

讀者服務專線：0800-006689

TEL：(02) 87123898　FAX：(02) 87123897

郵撥帳號：18955675　戶名：大塊文化出版股份有限公司

版權所有・翻印必究

I DELITTI DEL MOSAICO © 2004 by Giulio Leoni

First published in Italy by Arnoldo Mondadori Editore S.p.A.,

Milano, in 2004.

Complex Chinese language edition published in agreement with the author,

c/o Piergiorgio Nicolazzini Literary Agency,

through jia-xi books co., ltd, Taiwan

Complex Chinese edition copyright © 2009 by Locus Publishing Company

ALL RIGHTS RESERVED

總經銷：大和書報圖書股份有限公司　地址：台北縣五股工業區五工五路2號

TEL：(02) 89902588　FAX：(02) 22901658

排版：辰皓國際出版製作有限公司 製版：瑞豐實業股份有限公司

初版一刷：2009年3月

定價：新台幣 340元

Printed in Taiwan

馬賽克拼圖謀殺案

I DELITTI DEL MOSAICO

朱利歐・萊奧尼（Giulio Leoni）著
羅妙紅 譯

謹獻給　安娜

推薦序

被想像的詩人，被增生的歷史

陳國偉

自一九八〇年代以來，台灣有過三波推理小說出版的浪潮，第一波是一九八〇年代以林白出版社爲中心的日本推理出版，第二波是一九九七年由詹宏志在遠流出版社所策劃的「謀殺專門店」所引發的歐美出版浪潮，第三波則是由小知堂、商周（現已另獨立爲獨步文化）肇其端，但在二〇〇四年《達文西密碼》的暢銷下正式開啓的推理出版戰國時代。

隨著出版版圖的擴展，出版類型也隨之多元。從最膾炙人口的福爾摩斯探案，以及謀殺天后克莉絲蒂（Agatha Christie）所代表的古典推理，到各式喋血街頭的冷硬派故事（當然包括出生入死、飛天入地的〇〇七），甚至是聯繫政治陰謀與社會黑暗的日本社會派，以及目前最夯的鑑識科學CSI……。這幾年間台灣推理犯罪類型出版的豐富度，有點像是流水席般，讓讀者們著實經歷了好長一段的文學饗宴。

而《達文西密碼》在台灣的暢銷，也正代表著這樣的一個閱讀現象，讀者絕對能接受一本糅雜推理、犯罪、驚悚、愛情、藝術、符號學等多重元素的小說，而且對於裡面的錯綜複雜，神爲之馳、目爲之迷。

當然，這裡面還包括了那出乎我們意料之外，卻是作爲整本書情節高潮迭起的迷人設定中絕對不可或缺的，「宗教」。以及，「歷史」。

歷史可以書寫，但可否虛構？

結合推理與歷史題材的小說書寫，對台灣的讀者而言，一點也不陌生。從早期廣受台灣純文學界推崇安柏托・艾柯（Umberto Eco）的《玫瑰的名字》，到後來引進的約瑟芬・鐵伊（Josephine Tey）的經典名作《時間的女兒》，及森雅裕《莫札特不唱搖籃曲》、海渡英祐《柏林1888》等兩部江戶川亂步得獎作，到近期的哈維爾・西耶拉（Javier Sierra）《祕密晚餐》、約翰・丹頓（John Darnton）《達爾文的陰謀》、馬修・珀爾（Matthew Pearl）《但丁俱樂部》、艾斯特班・馬丁（Esteban Martin）與安德瑞烏・卡蘭薩（Andreu Carranza）合著的《高第密碼》、約格・凱斯納（Jorg Kastner）《藍》等。當然，不能不提的，還有丹・布朗（Dan Brown）的《達文西密碼》。

無庸置疑的，歷史與推理的結合，是何等地迷人。因爲它往往會挑戰我們對歷史既有內容的認知，作者利用現有的歷史素材，在一定的眞實基礎上創造出虛構的人物、情節與衝突。但往往它又不全然是虛構的，而是在眞實與架空的界線上曖昧游移：有時是眞實的人物搭配上被想像的性格，有時則是眞實的死亡被擬構出被想像的動機，更有時是眞實的歷史被推演出錯誤的可能。

歷史與推理結合眞正迷人的地方，正是在於這種爲讀者帶來對於眞實信念破滅的不安，那種透過時間的沈澱而形成的眞理敘述可能的崩潰，是那樣既不願意它成眞，卻又隱隱然抱著期待的心理懸宕感，讓這樣的一種書寫形式，具有了非凡的魅力。

然而，歷史眞的代表的就是全然的眞實？它所記載的一切，眞的就是過往時間遺留的全部眞相？就像是約瑟芬·鐵伊所引用的那句英國古諺一樣，「眞相，是時間的女兒」，眞相眞的能被時間產出，而歷史將記載下這一切？

一九八〇年代崛起於英美學術界的新歷史主義（New Historism），其實就有著相當不同的看法，如海登·懷特（Hayden White）便在他的《元歷史：19世紀歐洲的歷史想像》一書中提出，所有的史家（歷史敘事者）其實都是「歷史編排者」，透過將歷史事件的編排及組織，講述成一個他所要呈現的故事。而一旦同樣的事件在編寫過程中被放置到不同的脈絡及位置中，那麼就會改變這個歷史敘事的性質。

所以歷史不再只具有唯一的眞實，而其實像所有的文學一樣，都是被撰寫的，都可能參雜著不同程度的想像。也因此，所謂在文學中書寫歷史將會「塗抹」或「增刪」歷史，其實都只是一種假說，因爲在新歷史主義的反思下，歷史不是只會有單一的版本。

但由於人們長期以來對於歷史有著太過堅強的信念，認爲歷史總是與「眞實」、「眞相」劃上等號，因此只要對歷史進行翻案，那麼就會引發爭議。《達文西密碼》就是一個相當好的例子，而且它所針對的不僅僅是人的歷史，更是宗教的歷史，甚至我們可以這麼說，丹·布朗之所以讓許多人輾轉反側，是因爲他意圖顚覆的，是「神的歷史」。

被想像的但丁：不朽詩人的探案

從前面述及的脈絡來看，我們便能夠瞭解到，朱利歐．萊奧尼（Giulio Leoni）《馬賽克拼圖謀殺案》所處理的題材，所具有的魅力及可能引發的不安。

故事從十三、十四世紀義大利最偉大的詩人但丁（Dante Alighieri，1265-1321），於一三〇〇年三十五歲初接任翡冷翠（Firenze）的執政官之際，在翡冷翠的大學預定地所發生的謀殺案開始。死者是一名著名的建築師暨鑲嵌畫師，被發現時雙手綑綁於背後，雙腳叉開站立且膝蓋微屈，但最令人匪夷所思的是，死者的頭頸被凝固的石灰泥覆蓋，而被掩藏在石灰泥下的，是死者痛苦的表情。

但對於但丁而言，更讓他訝異的是，對於翡冷翠即將成立大學的消息，他毫無所悉，而當他接觸這些即將主持這所大學的「第三重天」成員後，才發現他們不僅與鑲嵌畫師的死亡有著不為人知的關聯，且他們的知識觀點，也與但丁大相逕庭。而在一步步地追查過程中，但丁赫然驚覺到，這個大學不僅代表著歐洲知識版圖的新布局，更牽涉到教皇政爭及權力的布局，鑲嵌畫師的死亡與第三重天的成員背後隱藏的祕密，不僅只是關乎正義與城市秩序，更與宗教與人類世界秩序緊密相關。

關於但丁，其實留下的歷史記錄相當地少，除了他因為大量使用義大利托斯卡納方言書寫，而成為現代義大利語的奠基者。而他的文學成就之高，被譽為是與英國的莎士比亞（William

Shakespeare）、德國的哥德（Johann Wolfgang von Goethe）並稱西歐文學史上的三大天才。此外便是他後來因爲捲入翡冷翠的黑、白兩黨政治衝突中，而被放逐，最後客死異鄉。

但丁的生平留下太多的空白，因此他的思想，除了從《新生》（Vita Nuova）、《詩歌集》（Rime）、《俗語論》（De Vulgari Eloquentia）、《帝制論》（Monarchia）、《牧歌集》（Egloghe）、《水土探究》（Questio de aqua et terra）等著作中探究外，他所留下了不朽的長篇敘事詩《神曲》（La Divina Commedia），則是另一個相當重要的途徑。

《神曲》共分爲《地獄篇》（Inferno）、《煉獄篇》（Purgatorio）、《天堂篇》（Paradiso）三篇，主要呈現出他的神學見解，並譴責當時的教會對於世俗政治的干預之外。然而巧合的是，但丁《神曲》中的第一人稱敘述者，便是訴說著他自己三十五歲時，如何歷經「地獄」、「煉獄」、「天堂」的旅程，而與許多歷史人物的靈魂對話。而這個時間，也正就是《馬賽克拼圖謀殺案》所設定但丁的年紀，因此對照本書中但丁在偵察案情的過程中，有如遊魂般走蕩翡冷翠這個不斷被他譬喻成巴比倫的城市，一切世俗秩序與心靈秩序都瀕臨崩毀，充滿著墮落、慾望與敗德，《馬賽克拼圖謀殺案》有如《神曲》的又一篇，直指人間的種種罪惡風景。

正因爲但丁生平有著大量的空白，因此成爲小說家馳騁創意的遊園地。朱利歐．萊奧尼在《馬賽克拼圖謀殺案》中所選擇切入歷史的時間，讓他得以自由地穿梭於歷史眞實與虛構間，撿拾著關於但丁的蛛絲馬跡，拼湊出但丁可能的眞實面貌，增添他的血肉。而如同他筆下這位歷史上偉大的詩人偵探一樣，透過遊走於世俗政治與宗教的權力網絡間，努力還原出案件所隱藏的眞實面貌，而直指宗教形上學中被刻意壓抑的眞相。不僅是在案件的鋪敘，或是偵探的角色形構，甚至是重新詮釋歷史意圖上，朱利歐・萊奧尼的《馬賽克拼圖謀殺案》都獲得了極大的成功。

在約瑟芬・鐵伊那兒，歷史可以透過時間的女兒而還原眞相。而在朱利歐・萊奧尼這裡，歷史就像是一幅時間的鑲嵌畫，透過經年累月的拼湊，將成就它的完整；雖然它無法如素描一般地精準，但卻可以將歷史的輪廓，清楚地標記出來。然而在石塊與玻璃的貼蓋過程中，它也可能掩蓋掉某些眞相，而以另一個虛構的眞相覆蓋，成爲人間認知的典範。

歷史，就是這樣充滿著無限的可能，也因此總是引發人們無窮的辯論。然而這些因爲歷史爭論的角力而帶來不安與興奮，卻也是它最大的魅力。若你還未曾享受過這種不安的魅力，或許你應該就從《馬賽克拼圖謀殺案》開始，進入但丁的生命旅程，進入歷史。

（本文作者爲國立中興大學台灣文學研究所助理教授。）

人物列表

但丁・阿利格耶里（Dante Alighieri, 1265-1321），全名爲杜朗丁・德里・阿利格耶里（Durante degli Alighieri），義大利中世紀過渡到文藝復興初期的偉大詩人。他的一生與翡冷翠動盪不安的政治形勢緊密相連。一三〇〇年六月起成爲翡冷翠城邦共和國六名執政官之一，任期兩個月。他反對教皇干涉世俗政治。

本書中第三重天的成員

安東尼奧・達・貝雷朵拉（Antonio da Peretola）：法學家兼公證員，研究世俗律法和宗教教義。

奧古斯蒂諾・迪・梅尼柯（Augustino di Menico）：自然哲學家，精通煉丹術和古語。

布魯諾・阿曼納蒂（Bruno Ammannati）：聖方濟教派成員，神學家。

阿斯克利的契柯（Cecco d'Ascoli）：星相學家，原名法蘭西斯科・斯達比利（Francesco Stabili）。

雅各・多里迪（Iacopo Torriti）：建築師，幾何學家和數學家。

德奧菲洛・斯普洛維里（Teofilo Sprovieri）：藥劑師。

維涅洛・馬林（Veniero Marin）：航海家，曾擔任威尼斯某艦艇的艦長。

其他人物

安迪麗雅（Antilia）：小說中身世神祕的舞女。

安布洛喬（Ambrogio）：小說中第一個被害者，鑲嵌畫家，建築師行會成員。

巴爾多（Baldo）：前十字軍士兵，翡冷翠市郊一家名爲「通往耶路撒冷之路」酒館的老闆。

賈內托（Giannetto）：乞丐。

紅衣主教馬特奧・達・阿誇斯帕達（Matteo d'Acquasparta）：教皇卜尼法斯八世派駐翡冷翠的特使。

諾佛・德伊（Noffo Dei）：多明我會教士，宗教裁判庭裁判員，卜尼法斯的爪牙之一。

貝緹麗彩（Beatrice）：但丁的夢中情人，他自九歲那年邂逅同齡的貝緹麗彩後，便情不自禁地愛上她，爲她寫了很多情詩。貝緹麗彩後來嫁給了翡冷翠一位銀行家，但是，她很年輕便去世了，死時年僅二十五歲。此外，本書中，傳說曼弗雷德國王有個遺腹女，也叫貝緹麗彩。

教皇卜尼法斯八世（Bonifacio VIII）：世俗原名本尼托・加塔尼（Benedetto Caetani），一二九四年至一三〇三年間擔任教皇，期間，他肆意干涉世俗政治，出賣聖職，擴張教會勢力，覬覦翡冷翠等城邦國。但丁在《神曲》中將他放在地獄的第八層。

契科・安焦利埃里（Cecco Angiolieri）：二流詩人，曾是但丁的朋友。他以其寫實、嘲諷的詩體著名，曾寫過好幾首嘲弄但丁的十四行詩。契科出生於錫耶那一個相當富有的圭爾夫派家庭，生活過得相當放浪不羈。

圭多・卡瓦爾康蒂（**Guido Cavalcanti**）：詩人，但丁的朋友和良師，約生於一二五五年，一三〇〇年六月被流放，同年八月去世。

馬賽克拼圖謀殺案
I DELITTI DEL MOSAICO

序幕

阿克里的聖喬凡尼城，一二九一年五月二十八日，黎明

一聲呼嘯掠過天空，似乎沙漠中所有的蛇都從黃沙中探出了頭。被射出的巨石閃著火光，在曙光乍現的天空中劃出一道拋物線，在到達頂點之處的那一刻，卻靜止不動。在這漫長的瞬間之後，它繼續前進，隨著一聲轟鳴，擊中了大門上的塔樓。成堆的石頭與磚塊的裂片隨之騰空而起，劈哩啪啦地散落了一地。城牆顫抖起來，它的地基也在撞擊中晃動起來。

塔樓的外隅，整整有兩層的樓面被掀開。慢慢地，它開始傾斜，帶動著樓板的檁條向下滑落。樓上的人紛紛跌落到在他們腳下裂開大口的深淵中。他們發出的陣陣尖叫聲甚至一度超過了樓層倒塌的巨響。就這樣，整棟建築的頂部坍塌在圍牆上。大門的旁邊出現了一個缺口。沙土形成的一團巨大煙霧升騰而起，令廢墟殘存的部分變得模糊起來；與此同時，第二顆巨石在令人心悸的呼嘯聲中落在那塵土飛揚的廢墟中。

這一次，巨石的到來並沒有引發巨大的轟鳴，只在落入瓦礫堆中的那一刻發出了一聲悶響。它所攻擊的目標部位只剩下空蕩蕩的一片和第一波攻擊造成的斷壁殘垣。

大門的另一側，幾十米開外的一個瞭望塔也在撞擊中晃動起來，似乎已岌岌可危。

「他們又使用了那鬼玩意，兄弟。」屋裡面兩名男子中的一名說道。他費勁地從地上爬起來，奔向瞭望口察看工事受破壞的情況。「城牆支撐不了多久了。」

另一名男子坐在一張書桌前，正在聚精會神地寫著什麼。他抓住了那張厚重的橡木書桌的邊緣，僥倖沒有在震動中倒下。他下意識地抖掉散落在衣服上的石灰碎片，同時，迅速掃了一眼牆上的裂縫。不過，那只是片刻的分神，很快地，他又俯身專注於面前的紙張。他用手揉了揉雙眼，以驅趕一夜未眠的疲憊，然後又在紙上添加了幾個字。當他再次抬起頭來，目光中滿是絕望。

「報告寫完了，但是如果到不了他的手中，也是徒勞。」他喃喃說道，「我們輸了。全完了，一切都完了！」

「不！」同伴叫喊著，抓住了他的肩部，搖晃著，「不，我們沒有全盤皆輸！」然後，他突然停了下來，似乎後悔這一舉動。「我們是輸了，但是還有一線希望，」他激動地說，「有一艘船，停在下面的港口那兒。如果醫院騎士團的修士們還能夠在碼頭再堅持一個鐘頭，等海水漲起來的時候……」

「幸運之星並不眷顧我們，兄弟。不過，或許你是對的，咱們再碰碰運氣吧！」坐在桌旁的男子指著放在地板上的一個用鉸鏈加固過的匣子回答道。匣子敞開著。他在同伴的幫助下，把寫好的東西放進匣子裡，合上蓋子，再用一條皮帶將它捆綁結實。

桌上放著一把插在劍鞘中的劍。有著十字形的劍柄。他拿起劍，正想把它別在腰帶中，又馬上改變了主意。他提著劍，快速走向門口。另一個人跟著他，手裡緊抱著那個匣子。

一出門口，他們就陷入喧囂而激烈的打鬥中，伴隨著撒拉森人進攻的雷動鼓聲。他們在攻打尚處於基督教徒控制下的最後一道屏障：阿克里堡壘。兩人沿著城牆上一段有城垛的狹窄小道奔跑了一會。在他們的眼皮底下，在那沙土質的大山谷中，進攻方正在往兩架大型弩炮裡塞上塡充物。幾十名被蘇丹的貼身侍衛宦官的鞭子抽打出血的男子正奮力推動著那兩架猶如高塔的機器，企圖再次進攻。

較年長的那名男子停住腳步，凝視著這一場景。片刻之後，他說：「他們想攻打港口。快！」

整座城池陷入了一片混亂中：尖叫聲、呵叱聲與詛咒聲交織在一起，幾群全副武裝的士兵正奔向缺口處支援。在另一個方向，男男女女，老老少少，正驚惶失措地四處逃竄。他們被背負在身上的包袱和家什壓彎了腰，尋找著已不可能的生機。

此時，他們兩人穿過了堡壘所在的斜坡，消失在居民區那迷宮一般的街巷中。他們飛快地跑著，在驚恐萬分地湧向岸邊的人群中左衝右突，終於隱約看見了斜坡下面、在一道尚未倒塌的城牆保護下的港口。正如他們所希望的，那裡停靠著一艘船。那是艘黑色的中世紀兩桅帆槳戰船。船身傾向右舷，由於潮水尚淺，船的龍骨仍嵌在沙灘中。一個紅色的十字架掛在桅杆上捲起的船帆上，若隱若現。船尾，一面印有一個白色骷髏頭的黑旗在風中飛舞，劈啪作響。甲板上傳來一片亂烘烘的喧囂聲。船上，全副武裝的水手們正揮舞著船槳，奮力驅趕在絕望中試圖登船的逃難人群。

他們雙雙跳入淺水中，在逃難的人群中奮力擠出一條路，甚至踩到了那些跌倒在濁水中的人的身體。兩人好不容易才來到船邊——恰好位於船頭雕飾的下方。伴隨著恐嚇和威脅的呵叱，一根長矛的尖部差點戳中他們的頭部。

「我們不想上船，可你們得帶上這個，看在上帝的分上！」年長者喊叫道。年輕的那位則竭盡全力把匣子頂過頭部。在船頭艄樓的一角，有一群衣著華美的逃亡者，無動於衷地看著這可怕的場面。

聽到那一聲叫喊，他們當中的一人轉過身來。他離開緊緊拽住他手臂的女子，徑直走近船舷，然後，他探身下去，從年輕人手裡接過了匣子。「我該拿它怎麼辦？」他問。

「到聖殿去，到那去！」年長者一邊回答，一邊指著船尾那面旗幟。

「裡面裝著什麼？」那名貴族似乎還想接著說什麼，然而，他的聲音被突如其來的一聲巨響淹沒了。在一陣吱吱嘎嘎聲中，兩桅帆槳戰艦的船體晃動起來，正在上漲的潮水將它緩緩向上抬升。隨後，船又再次觸及河底，使得每個連接點都吱呀作響。就在那一瞬間，蛇的呼嘯聲再次響起。巨石落入水中，隨著嘩啦啦一陣巨響，在船舷附近激起巨大的泥水柱。在衝擊力的作用下，波浪淹沒了幾十名逃難者，人們發出陣陣恐懼的尖叫。與此同時，同樣是在衝擊力的作用下，船的龍骨再次從泥沙中挪動開來。

年輕人從水中探出頭，大口地喘著粗氣。他心急如焚地尋找著同伴，然而，在四周不斷掙扎的人群中，早已不見了同伴的蹤影。

「裡面裝著什麼？」船上的那名貴族再次高聲問道。他的旁邊，水手們已揮動船槳，船漸漸駛向外海。

「眞理！」年輕人話音剛落，又一聲呼嘯從他頭頂上空掠過。

第一章

菲冷翠，一三〇〇年六月十五日，夜半時分

他那細密的字體已填滿了好幾張紙，書桌上的蠟燭也越燃越短。從他落筆開始寫這份報告到現在，應該已過去好幾個鐘頭了。他停了下來，重新讀了一遍已寫好的部分。

他覺得疲憊不堪，偏頭痛像鞭子一樣抽打著他的太陽穴，令他毫無睡意。

「不錯，就是這樣！相反的假設能夠推翻錯誤的推理和事實。」他一邊喃喃自語，一邊用手揉了揉額頭。

桌上有一個罈子和兩只杯子。他將罈中的水倒入一只杯子中，直到水從杯口溢出，流向地面，形成一窪細流，在磚塊鋪成的地板上流動。水流繞過那不規則的磚塊，滲入到地板上的一條裂縫裡。

「向下流，一定是向下流。」他高聲說道。他覺得眼前似乎有個身影正點頭表示贊同。

外面一陣聲響打斷了夜晚那完美的寂靜，有沉重的腳步聲，且那聲音越來越近，還伴隨著金屬撞擊的響聲，就像是有人在晃動樓板或是在舞刀弄劍。他將手伸向貼身衣服的口袋，那裡有一把他隨身攜帶的匕首。

攜帶兵器的人出現在他門外，而且是在深夜這麼晚的時間裡。晚間熄燈實行宵禁的鐘聲響過多久了？他突然覺得自己有些暈頭轉向。

他搜尋著可以讓他重新找回時間感的跡象，然而，透過狹小的窗戶向外望去，外面的天空依然漆黑一片，絲毫沒有黎明的影子。他悄無聲息地站起來，吹滅蠟燭，躲到門後。屏住呼吸，豎起耳朵，他傾聽著每一個細小的動靜。

門外，金屬碰撞的叮噹聲仍舊傳來，就好像一些士兵正在惴惴不安地等待著什麼。但丁抓住匕首的把柄。此時，他聽到了兩聲低沉的敲門聲，接著，一個粗獷的聲音在呼喚著他的名字。

「但丁閣下？」

但丁動了動嘴唇，猶豫著，不知道該怎麼辦。聖皮耶羅修道院作爲執政官府邸，應該有警衛巡邏，特別是晚上。他就任執政官職位的授職儀式剛剛結束，難道那些混蛋就想搗亂？

「但丁閣下，您在裡面嗎？請您開門。」

他不能再猶豫了，或許，他們是爲了公眾的利益來向他這位執政官求助的。他迅速戴上有著長紗巾的執政官官帽，將刻有象徵翡冷翠的百合花圖案的印章戒指套到食指上，又仔細撫平了仿古羅馬風格的長袍上的皺褶，然後才拉開門的插銷。

「你想幹什麼？混帳！」他語氣尖銳地問道。

站在他面前的是一個壯實矮小的男子，身上穿著一件過膝的鐵甲衣。鐵甲衣的上面，他沒有穿常見的印有百合花徽章的戰袍，而是加穿了一件盔甲。盔甲由多片金屬板做成，金屬板之間是靠皮繩連接在一起的。這男子的頭藏在一個戰盔下面，頭盔呈柱形，一如當時流行的十字軍頭盔的式樣。他的肩上挎著一把帶鞘的劍，腰帶上還赫然別著兩把短劍。

「宵禁熄燈之後禁止在城裡轉悠，只有強盜和扒手敢違反禁令，而他們這樣做的後果就是上絞刑架……我希望你已好好地考慮過後果。」詩人用威脅的口吻接著說。

那人無言以對。雖然身著戎裝，但他看起來不像個危險人物。即便如此，和他說話的時候，但丁的雙眼仍一刻也沒有離開對方的雙手。此人一隻手提著一盞油燈，另一隻手則空空的垂放在腰側。要擊倒他並不難，頭盔邊緣與身上的盔甲之間有一道拇指寬的縫隙；此外，從頭盔中露出的一部分臉，即便難以觸及，仍然提供了一個足以致命的突破口，如果一刀刺中其眼睛的話。

「我是警長，我到這裡來是爲了我的公事，也是爲了您的公事。他們剛剛選您當執政官，在接下來的兩個月，我們都得聽您的吩咐。」來人的語氣中透出某種抱怨，同時，他竭力挺直了那敦實的身軀。

但丁身體前傾，仔細端詳對方藏在頭盔中的臉部輪廓。從那十字形的開口中，隱約可見一個高高隆起的大鼻子和兩隻像老鼠一樣擠得很近的小眼睛。

現在，但丁認出他來了，的確是警長，市政廳警衛部隊的頭子，一幫土匪的頭子。

他鬆開緊握著匕首的手。「是什麼魔法讓我們的公事聯繫到了一起呢？」

「在聖猶大教堂，新城牆那邊……發生了一樁命案。」面對執政官，來人似乎猶豫不決，「一樁……或許需要市政廳權威人物介入的命案。」他結結巴巴地說。

「誰被殺了？」

警長沒有回答，他在費勁地試圖解開頭盔的繫帶。最後，他終於將那笨重的頭盔從頭上取了下來，大汗淋漓的樣子。「我們還不清楚。可是，最好您能親眼看看，您能去嗎？」

「先告訴我事情的來龍去脈。」

「好，有某種……某種超自然的、詭異的東西……」

但丁開始不耐煩起來。「讓我來判斷什麼是、什麼不是詭異之事，就像我們的先人說的，如果我們一無所知，一切對於我們而言都是令人驚奇的。」他拍了拍警長的肩膀，「你自然不是最適合辨別什麼是符合自然規律發生的，什麼則截然相反；只有對事實認眞研究，對是非瞭若指掌，博學者才能區分什麼是司空見慣的事，什麼是奇特詭異之事——兩者之間存在天壤之別，你應該這樣想。」

「是的……我明白。」對方低聲回答。

「好吧，告訴我事實，而不是你所認爲的。」

警長抹了一把臉上的汗水。「一個男人，死了，在聖猶大教堂裡。被殺死了……我想。」

「你爲何需要市政廳的最高權威介入此事呢？難道稽查罪案不是你的職責？」

「是的，當然……可是……反正，我覺得，您最好親眼看一下，求求您了。」

這最後的請求似乎讓他付出不小的代價。但丁瞪著他，那薄薄的嘴唇因憤怒而變了形。

「不是用眼睛看的，警長，而是用大腦！你需要的是我的大腦。你就像其他的盲人一樣！你找我找對人了……你眞該謝謝聖施洗約翰——我們所有人的守護神，是他讓我當執政官的——如果情況像你所說的那樣嚴重的話。」

「那您去嘍？」來人又問，他的語調再次暴露了他的焦躁不安。「這兒有水，地上。」他指了指地板，接著說。

但丁沒有馬上作答，而是陷入了自己的沉思中。他將目光投向在天窗中露出的夜空，看著那些眞實的星星和它們被畫在屋內藍色穹頂壁畫上的圖像。這眞是他成爲執政官的一種奇怪的開始方式。一種不祥的預感向他襲來，令他倍感不安。

但丁回過神來，猛然抬起頭，取過他此前放在屜櫃上的鍍金權杖。「我們走！」他命令道，領先跨過了門檻。

他們走過拱廊，通往各個房間的門一溜兒排開。但丁在想，其他五名執政官，他們那軟弱愚笨的大腦必定還沉浸在渾濁的睡夢中，那夢裡可能充斥著縱欲和暴飲暴食的幽靈。他停了下來，拉住警長的手：「什麼原因促使你來找我？」

對方清了清嗓子，似乎有些尷尬：「因爲，因爲人們說您比任何人都有學問。您是詩人，不是嗎？您寫了一部作品。」

「那我，一名詩人，能幫你什麼呢？」

「在那死亡中有某種不可思議的東西。」

但丁聞言決定不再發火，面對那樣一個蠢人，他又能說什麼呢？

「他們說，執政官當中，您最適合……」警長繼續說。

「適合幹什麼？」

「適合……適合追查神祕的事情。」警長用一種特別的語調吐出這幾個字，裡面夾雜著崇拜和懷疑。在此人簡單的頭腦裡，神祕的事情是罪行的前廳，詩人想，或許，此人把他也看作一個潛在的罪犯。看來等執政官任期一到，他就得開始提防此人。不過現在看來，此人確實需要他的幫助。可不是嗎？只見警長一邊煩躁地搓著雙手，一邊有節奏地將身體的重量從一隻腳挪到另一隻腳。

於是但丁舉步繼續走起來，警長默默地跟上他。

他們首先穿越那土質路面的大廣場，一輪圓月的光輝灑落在廣場上，地面上堆滿了烏貝蒂家族房屋的斷壁殘垣——它們是吉伯林派在貝內文托慘遭兵敗之後被破壞的。該戰役之後的三十多年裡，這座廢墟便成了這座城市建造新建築的採石場。老橋上油燈的微弱光亮爲這一大片黑暗帶來了些許光芒。藉著燈光，可以隱約看見矗立在前方的烏貝蒂家族的領袖法里納塔家殘存的塔樓側面扶垛。①

這些建築殘存的部分就像一顆顆從地上冒出來的殘缺不全的巨大牙齒。在道路規劃師的設計圖中，那片混亂的、幾被夷爲平地的建築物所在地將成爲城市眞正的中心。從那往前，隱約可見將成爲市政廳新大樓的建築那龐大的黑色身軀。工程已接近尾聲，高大的塔樓赫然可見。一個睡夢中的巨人，猶如被宙斯的閃電擊中的泰坦，正伸出一隻手抓向天空。無人知道那圍牆裡堆砌了多少塊沾染了吉伯林派鮮血的石頭。

①註：十三世紀的義大利被兩個最大黨派間的紛爭撕裂。圭爾夫派成員多是新興的中產階級，像貿易商、店家等，他們擁載教皇。吉伯林派成員則是封建貴族及許多極有影響力的重要商賈，他們傾向支持君主權力。

巴別塔不也是以同樣的榮耀而建造的嗎？整座城市陷入了一種狂熱之中。破壞和建設。打敗高高在上者，然後用一種新的不可一世的傲慢來替代他，與此同時，妒恨已如同毒蛇一般在人們心中悄然萌生。

但丁轉向警長：「你說的是聖猶大教堂？……它可不是在第一圈城牆之內的一座堂區教堂，而是在城牆之外啊。」如果他沒有記錯，這座教堂非常遠，建在城門之外通往羅馬的大道上。「許多年前，它是一座屬於奧古斯丁隱修教派的修道院。在聖十字教堂，在關於方濟會修士的一堂課上，有人提到過它……」關於那些求學日子的甜美回憶在一剎那間浮現在他的腦海裡。「我原以爲它已經被遺棄了。」他總結道。

「它是被遺棄了，確切地說，它曾經被遺棄過。奧古斯丁隱修會的人多年前棄之不顧，從那以後它就日趨破敗，直到紅衣主教會議決定重新修復它。我聽說，它將成爲翡冷翠大學的所在地。」

「一所大學？」

「對……正是。」

「可翡冷翠沒有大學。」詩人疑惑地說。

警長聳聳肩，「反正，他們想在那裡建一所大學。您請，咱們乘我的馬車去。」

靠近染布商人雲集的廷多里路街角，停著一輛結實的四輪馬車。他們倆登上前方的位子，座位上方覆蓋著用麻布織成的篷布，隨從的警衛們則坐到後頭。待在那帳篷裡，詩人覺得又悶又熱，不過，至少，他可以不必與警衛們胳膊肘緊挨著胳膊肘地擠在一起。

馬車沿著石頭砌成的路面轟隆隆地跑了起來。拉車的馬對這不同尋常的夜間趕路似乎也不太樂意，不斷地發生偏離方向的錯誤。馬車在青條石地面上顛簸前進，綁在馬上的皮韁繩也無法減輕那陣陣顛簸。

在那跌宕起伏的晃動的折磨下，但丁的偏頭痛加劇了。他從身旁的車窗望出去，只看見冷峻的舊城牆朝後掠倒。隨後馬車拐向阿爾諾河，奔向感恩橋。在這裡，他們被看守出入行人的區域警衛攔住。藉著火把的光亮，警衛們認出了警長。在警長的命令下，他們撤去了攔住拱門的鏈條。

馬車漸漸駛離了市中心。阿爾諾河的對岸，空氣似乎越發稠密，人工鋪設的路面突然消失了，車輪開始行駛在被踩平的土路上，發出沙沙的響聲。先前有著石砌圍牆的建築物也被成片破破爛爛的木屋所代替。這些房屋位於通往羅馬的路邊，就像一大群衣衫襤褸的乞丐，只有不時出現的一兩座小教堂那較為高大的身影，以及開闊的田野和葡萄園，才能打破這著實令人乏味的風景。老橋的燈光早已成爲回憶，四處漆黑一片，只有微弱的月光才帶來了些許光亮。

他們在黑暗中前進著。但丁覺得某種東西似乎出現在他們身邊。它危險、令人窒息，如同那層層覆蓋在蔥蘢的草地上方的濃厚的黃色煙霧，當他們越來越接近郊區的時候，它似乎溜到馬車旁邊，幻化成形。那是罪惡，一種外來的罪惡，它先在城市的四周不斷變得稠密起來，然後，緊緊地將這座城市包裹起來。

「死者是誰？」他突然問道。只有在那一刻，他才發覺警長還沒有把死者的身分告訴他。有人幻化在虛無中，卻連名字也不被人用一句惋惜的話記起。但丁暗暗做了個趕妖除魔的手勢。

「不……我們還不知道。您等會親眼看看吧。」

但丁本想堅持再問，隨後，他無奈地聳了聳肩，不再作聲。歸根到底，這樣做是最好的，本來嘛，他就是被請來對此事做出解釋的，他寧願自己直接對事實做出判斷，而不是依賴於別人並不肯定的感覺。他的思緒重新回到了聖皮耶羅修道院自己的房間裡，回到他那被中斷的寫作中，他聽憑自己的身體隨著馬車上下晃動，力圖讓疲憊的身體得到片刻放鬆。

那座教堂位於阿爾諾河南邊約莫一英里的地方，處於一片開闊的鄉村地區中，現在已被新的第三重城牆圈入其中。最初，它應該是這條通往羅馬的道路上的一個堂區教堂。它的外面堆滿了建築材料、木工用的工具和軸線板。

教堂原來後殿的一部分被納入了新防禦堡壘的壁牆之中，舊鐘樓的底部被人用扶垛加固了，被改建爲一座瞭望塔。這座建築在幾個世紀的風風雨雨中經受諸多變遷的痕跡仍依稀可辨。這些變遷使它成爲一座集宗教與軍事特徵爲一體的建築，卻又令它顯得頗爲怪異。教堂的正面，是一座有著尖拱的正門與兩扇狹小的十字形窗戶，那是某種海外古老建築風格的典型特徵。從海外歸來的朝聖者曾向但丁講述過類似的建築構造。

過去一定有人曾試圖將入口用柵欄圍起來，現在，柵欄的多處都被拆除或連根拔去了。那洞開的大門裡透出移動中的火把搖曳的光。

「屍體就是在那裡頭被發現的……」警長說，他像嗅到某種突如其來的危險的動物一樣張大了鼻孔。

但丁在街邊屠夫那裡的牲畜身上看到過類似表情，但他不認爲警長是個儒夫。十一年前，在坎巴迪諾戰役②中，當敵軍騎兵進攻他們那已經潰不成軍的部隊時，但丁曾看到警長奮力抵抗阿雷佐騎兵的進攻。為何他現在會在一座教堂門前感到如此恐懼呢？

太陽穴的絞痛再次強烈地向但丁襲來。他強忍住嘔吐，急躁地離開這個尚在猶豫中的人。他想盡快處理這件事，然後躲到他自己的屋裡，重獲安寧。但丁穿過昏暗的中殿，徑直朝底部那群手持火把的人走去。

「大人……等等！停下！」

背後傳來警長焦慮的聲音。那聲音聽起來就像來自一個遙遠的地方。毫無疑問，是疼痛擾亂了他的感知能力。用美德與知識武裝起來的精神不可能永遠都能夠戰勝脆弱的肉體，他痛苦地想。他走了二十幾步之後，聲音再次響起。

「等等，停下！」這次，聲音聽起來不一樣，伴隨著回聲。

陣陣眩暈令詩人失去了平衡，他踉踉蹌蹌地又走了幾步。就像幾個小時前在自己的屋裡一樣，他感到自己不是單獨一人。「什麼……」他困惑不解地喃喃問道。此時，一束光籠罩在他周圍，他感到一隻手抓住了他的胳膊。

「停下！死亡就在這！」

拉住他的是一個身著戎裝的年輕士兵，從他的頭盔裡冒出幾綹金色長髮。士兵手裡握著一支

---

②註：一二八九年六月，由翡冷翠領軍的圭爾夫派，和阿雷佐領軍的吉伯林派之間的一場決定性戰役。在這場戰役中，圭爾夫派擊退吉伯林派。之後圭爾夫派又分裂為兩黨，走反動路線的黑黨，以多那迪為首，以及走溫和路線的白黨，以契爾基為首，他們雖擁護教皇職位，卻不認同當時的教皇卜尼法斯八世。

火把，籠罩住但丁的光芒就是它散發出來的。此人就像是突然間冒出來似的，一邊使勁拉住但丁的手臂，一邊放低火把，照亮他們腳下的空間。在那一剎那間，但丁看到了年輕人那湛藍的眼睛的反光。當他把目光轉到地上時，不由得驚呆了。

原來，他正站在一個深淵的邊緣。中殿的地面似乎被人從一側到另一側硬生生地橫向撕裂開了。一個無底洞在地板的中央敞開著大嘴，就好像有一個龐然大物從高處落下，砸裂了石頭地磚，朝地底深處直穿而入，如同突然從天而降的撒旦，只有左右牆壁邊上殘存的兩條寬不過一碼的狹長通道尚可通行。

只需向前再走一步，他就會葬身其中。他將手伸向額頭，擦了一把冷汗，蹲下休息。至少過了一分鐘，才覺得漸漸恢復了元氣，偏頭痛消失了。但丁將身體轉向他的救星，然而，那名年輕士兵已不見蹤影。於是，他小心翼翼地靠近深坑的邊緣，試圖掂量出它的深度。那一定曾經是個地下墓室，要不，這座教堂就是建立在另一座建築——一座帶有蓄水池的古羅馬大型別墅之上的。

他再次將目光投向空洞洞的後殿。此時，他的耳邊響起趕到他身旁的警長那氣喘噓噓的呼吸聲。「但丁閣下……幸好您及時停了下來。」

但丁覺得他的關切中帶著某種虛情假意的成分。他做了個推開對方的生硬手勢，然後，緊貼著牆壁，小心翼翼地沿著無底洞邊上那狹窄的過道挪步走了過去。

現在，但丁可以清楚地辨認出後殿牆壁附近一小群身著戎裝的人。他們手裡舉著火把，圍著一個由木樁搭成的腳手架。腳手架很高，頂部隱沒在黑暗中。他們將火光集中照在大家面前的一個人身上：一個對他們的躁動無動於衷的高個子男人。他的頭朝向中殿，就像是正在仔細觀察黑暗中的動靜，等待著某個人的到來。

但他的靜止不動中有某種異樣的東西：他的臉上好像蒙著一塊手帕，那手帕掩蓋了他的相貌特徵；他直挺挺地立著，雙手交叉在背後。

但丁驚詫不已，圍觀的警衛們臉上也是同樣難以置信的表情。此人似乎既是受害者，又是此命案無聲的目擊證人。

警長靠近但丁，如同一隻受到雷聲驚嚇的狗一樣想尋找慰藉。

但丁急切地走完剩下的幾步。他從一名士兵手中奪過一支火把，慢慢靠近屍體。

死者靠著腳手架的其中一根支柱，穿著灰蒙蒙的破舊衣服，雙手被綁在背後，雙腳叉開，雙膝微屈，似乎正處於一種一觸即發、馬上就會跳起來的狀態中。他的頭部和頸部都被一層石灰覆蓋住了，只能大致看出他的輪廓。

下意識地，但丁想伸手救他一把，但是他很快抑制住這種衝動——因爲正是靜止不動否定了他體內尚有一絲生命氣息的可能。他的雙手被綁在支柱上，臉上的石灰泥覆蓋層已變成固體。他杵在那裡，略微前傾，活像一個令人毛骨悚然的船頭雕飾——在地獄之河上面擺渡的靈魂的艄公卡隆特或許會把他用作自己的船頭裝飾，但丁這麼想。

「現在，您明白爲什麼需要市政廳的最高長官出面了吧？我們必須……必須通知神聖的宗教裁判庭。這座改爲民用的教堂裡有鬼……」警長結結巴巴地說。

他曾經多少次問過自己人類有多少無恥妄言，詩人對自己說，現在，它就在自己面前以最卑劣的形式出現。「你做得非常明智，帶我到這裡來。」他緩緩說道，「至於宗教裁判庭，現在，你先別讓他們介入此事。如果我認為合適而且有必要的話，我們有的是驚動他們的時間。」

他靠近屍體察看著，如果此人活著，應該和自己一般高。死者似乎正躲在面具後面偷偷地窺視著他。可是，他到底是怎麼支撐住自己的體重而又保持直立的呢？但丁向一名士兵要了一把短劍，隨著果斷的幾下切割，他挑斷了綁住死者雙手的繩子。

男人的雙手緩緩地朝前方垂下，似乎在模仿生者的動作，但是他的身體仍直立不動。在場的人發出陣陣驚呼，個個伸出手不停地在胸前畫著十字。

但丁用手輕輕碰了碰面具。石灰泥已完全乾透，像石頭一樣，硬邦邦的。似乎那不是通常塗牆用的普通灰泥，倒好像兇手往灰泥裡攙入了某種更為牢固的成分似的。他沿著死者的後頸切割那堅硬的包裹物，一下又一下，劃出了一系列細小的開口。如同他在鄉間爐窯所看到的場景一樣：隨著錘子的敲擊，外殼層層剝落，還冒著熱氣的金屬器物漸漸從石灰泥製成的牢籠模子裡顯現出來。

死者的頭部漸漸露了出來。一根繩子隱藏在石灰層下面，越過男人的下巴，將其脖子勒在支柱上。原來，這就是令他直立不倒的原因。一直在但丁背後看著的警長鬆了一口氣。

包裹物仍在繼續落下，先從腦後最薄的地方開始，那裡露出了一綹綹灰色的頭髮。然而，前面的部分仍很牢固，似乎有一隻魔鬼的爪子牢牢地抓住了被害人的臉，將他拉到黑暗的王國中，不讓他見諸天日。

根據當時人們深信不疑的一種說法，第二次死亡，即靈魂之死，比第一次死亡，即感官之死，僅僅晚兩個小時。在這段時間裡，運用恰當的招魂巫術，可以將死者的生命重新召喚回來。也許，兇手想確保巫師也無法破壞他的作品，詩人想。

死者後方的頭部已全部露了出來。但丁再次果斷地一擊，他感覺到手指下面一陣鬆動，好像那隻魔爪開始讓步了，隨後，面具驟然脫落，死者的臉部赫然出現在火光中。

但丁身後，圍近前來觀察他的舉動的那群人發出一陣驚恐的聲音。他感覺到他們在向後倒退，連警長也跟著發出一聲響亮的驚呼。

只有但丁紋絲不動，如同他面前那雙目圓睜怒視著他的死者。但丁手裡拿著那幾秒鐘之前還覆蓋著這令人不寒而慄的一幕的凹形面具。他幾欲再次將它放回原處，以抹去眾人剛剛看到的這一幕——但丁自己好不容易才抑制住向後退的衝動。

死者就像一個瘋瘋病人，正邀請他與之牽手共舞。

周圍的人陷入一陣混亂的騷動不安中。警衛們不顧一切地倉皇後退，往後方深坑所在之處逃竄。他們喘著粗氣，繞著那個大坑的邊沿奔跑，冒著被它吞噬的危險。他們的統領起初也跟著向後跑，接著，或許是爲了保持尊嚴，在那深坑前緣，警長停了下來。但丁也後退了一步，不過他是爲了撿起一支士兵們丟下的火把。他用官帽垂下的頭巾掩住口鼻，頂著惡臭，將火把的光亮投射到死者身上。

漸漸地，他的心臟恢復了正常跳動。石灰在肉上留下了猩紅的傷痕——在面具被扯下來的時候，一些皮肉也被帶了下來，將他的相貌破壞了——使之猶如一個瘋瘋病人，但是，他的手和頸部都完整無缺，沒有任何潰瘍般的痕跡。但丁鼓了鼓勇氣，將死者袍子的袖口向上拉至胳膊肘處，那裡也沒有任何被傳染的痕跡。

石灰泥應該是在男人還活著的時候就被塗抹到他臉上的，將他活活燒灼至死，然後，在男人痛苦的抽搐中，石灰泥漸漸變僵硬。在檢查中，但丁放下了摀住口部的頭巾。警長認爲這是一個令人放心的信號，又小心翼翼地靠近前來。

「不會是——」

「不，你放心，他不是痲瘋病人，也不是瘟疫患者。恰恰相反，從他的肌肉狀況來看，他死的時候身體應該是很健壯的。」

警長似乎戰勝了最初的恐懼，他注視著屍體，突然又張開了嘴，「當然！」他叫了起來，「我認識他！」

「你知道他是誰？」

「是的。現在我知道了，即使他已變得面目全非……他是安布洛喬，一名建築師。」

「一名專業建築師？」

但丁環顧四周。既然他們想到邀請一名建築師來主持工程，教堂的修復計畫一定非常龐大。他緊蹙雙眉，顯出憂心忡忡的樣子。一件完全出乎意料的事件，發生在那樣險惡的時期。翡冷翠已是危機四伏，現在義大利北部一個最重要的建築師團體的一員又死了，而且是被人以如此殘忍的方式殺死的……如果他的兄弟會的成員知道了，會發生什麼事呢？

如果他們也介入的話，但丁就得做最壞的打算。他覺得一股冰冷的風突然間驅散了教堂裡懋悶的空氣。「一名建築師……」他低語道。

「是的，一名建築師，」警長解釋說，「而且是一名偉大的鑲嵌畫師，主持教堂重建工程的正是他……您認爲，他是怎麼被殺死的？」

但丁沒有馬上回答。他覺得最好先問問自己。然而歸根到底，警長的這個問題本身並非問得不合時宜。事情發生的方式不是常常揭露了其原因嗎？他指著死者後頸上的一道傷痕說：「也許，他是被人從背後偷襲導致昏厥，然後，窒息而死。」

「被勒死的？」

「不，他不是被勒死的。」詩人一邊說著，一邊檢查使屍體保持那種異常姿勢的麻繩。繩子並沒有勒得緊到足以令之窒息的程度，確實如此，他的脖子上只有一道淡淡的紅色印痕。「當他失去知覺的時候，襲擊者將他的雙手綁到身後，用這根後來成爲屍體支撐物的繩子套住他的脖子。也許，兇手想讓他供出什麼……後來，兇手向他倒石灰泥，石灰泥凝固之後，就成爲這個令他喪命的面具——你看。」

似乎有一張痛苦的人臉從那亂糟糟的土灰色面具中跳了出來，齜牙咧嘴的，如同欲張嘴咬人的怪獸。面具凹陷的一面，石灰泥表面上還殘留著幾綹灰色的頭髮和皮肉碎片，那是面具被扯下來的時候帶下來的。似乎死者的頭就在那裡面，就在他們眼皮底下，冰冷的目光如同蛇髮女妖戈耳貢，令人毛骨悚然。

也許是爲了將目光移開那恐怖的一幕，也許是因爲火把的一束火光正好投射到牆壁上，直到此時，但丁的注意力才被吸引到死者身後巨大的馬賽克鑲嵌壁畫上。

他舉起火把好奇地端詳著，火光照亮了落在腳手架下面的一小堆彩色馬賽克。牆壁上與面具一樣的石灰泥的痕跡隱約可見。

「他被人用他的作品的原材料殺死了。」但丁喃喃說道。

他朝後退了幾步，以便看清整幅畫面。牆壁上赫然凸現一幅巨大的人像，那是一個令人望而生畏的老者，有著健碩的肌肉，高約二十英尺，目光投向身體的右側，雙腿微屈著。似乎這巨人正要邁向忽然間出現在他視線中的某個人。他的右臂前伸，幾乎是在預示著下一個動作。看來雖然創作者使用的是石頭這樣一種桀驁不馴的硬質材料，但他精湛的技藝仍成功地捕捉和刻畫了人物的內心狀態。

起初但丁以爲巨人身上穿著一件彩衣，就如同宗教寓意畫中的人物形象一樣。仔細一看他才發現，原來巨人的軀體本身就是由不同材料的小塊馬賽克鑲嵌而成的——頭部由精緻的金片拼成，眼睛部位還恰到好處地添加了深色釉彩，使之顯得越加深邃，髮絲微微凸顯，一絲難以覺察的痛苦似乎掠過了那張長著鬍鬚的臉；胸膛和手臂由銀片馬賽克構成；腹部至腹股溝部分則由經過捶打的銅片做成；那似乎支撐著身體重量的左腿由鐵片拼成，正做出欲舉步前進的姿勢；他的右腿略微彎曲，似乎正要邁步，是由一種紅色的非金屬材料拼成的，很可能是陶片。

人像有多處馬賽克小塊被移動過，就好像藝術家改變了初衷似的。

「就這樣，當安布洛喬大師還在工作的時候，死神就已經向他逼近了。」但丁若有所思地說，「可是，爲了什麼呢……」

「它有什麼含義嗎？」警長打斷了他的話，朝牆上看著，充滿敬畏的樣子，就好像那幅巨像從他那有限的大腦中驅散了屍體存在的事實。

但丁第一次向他投去了友善的一眼，「它代表了宗教歷史上的一步，一個關於異教的巴比倫國王尼布甲尼撒的故事。一次他夢見了一尊巨型雕像，構成巨像的材料層層漸變：從珍貴的金屬變爲用於製作油罎的極爲普通的脆弱陶土材料，它象徵著人類以及人類從古老的黃金時代墮落到當今時代。」

巨人的兩邊，藝術家用一片片石頭馬賽克勾勒出了塔樓、城牆和廟宇的輪廓。巨人似乎正準備離開左側的那座城市，前往位於右側一座較大的城市。但丁靠近右側的城市，以便藉著光亮更清楚地觀察它。其中一個細節吸引了他的注意。他發現在有著城垛的城牆環繞中，塔樓和穹頂林立，其中有一座如巨大岩石般的建築——在他前往天主教的首都遊歷時，他曾見過它，那是矗立在哈德良皇帝墓穴的廢墟之上的天使城堡。顯然這壁畫只是草圖，但是它的輪廓卻已清晰可辨。

看來用馬賽克鑲嵌而成的巨人正邁步前往的地方是羅馬的穹頂。因罪惡而陷入痛苦和墮落中的人類正邁向那座神聖的城市，或許是爲了在百年大赦——教皇卜尼法斯八世爲慶祝新世紀的來臨而公布的大赦年——之際獲得寬恕。

他再次用火把照亮死者。死者站在自己的作品前面，就好像想自豪地宣告對作品的永恆擁有。但丁覺得牆壁上的人像和這令人毛骨悚然的謀殺案之間，存在著某種聯繫。「你被殺死在壁畫下面絕非偶然，」他湊近死者的耳朵低聲說，「它一定和你的被殺有某種關係。」

警長也湊近前來，試圖弄清楚那竊竊私語的含義。在巨人像的周圍，一大片牆壁已被抹平，爲壁畫的繼續創作做好了準備。一旦完工，這幅壁畫一定比現在大得多。

也許謀殺案的動機並不顯示在已完成的那部分，而是留在死者腦海中的剩下的那部分。但丁的目光沿著後殿掃視了一圈，試圖尋找著什麼。但是除了幾張堆放在一起的桌子之外，什麼也沒有。「你們四處找找。」他命令警衛們，「畫布、圖紙……一定有壁畫的草圖。」

警長很高興離開這個對著死人說話的人。他帶領士兵們舉著火把開始四處搜看。此時，詩人又再次研究起巨人畫像腳部附近的景物。左側的那座城市與義大利其他教堂壁畫中出現的眾多城鎮的景觀沒什麼兩樣，自從用壁畫來裝飾牆壁的時尚開始風行以來，所有的教堂風景畫中都會出現這樣的城鎮。它沒有什麼顯而易見的特別之處，只有位於那短短的圍牆中央的一座城門，因矗立在其頂部的四個獅子的頭像，而顯得比較引人注目。

就在那裡，灰泥層的表面有幾處刮痕。他彎下腰，仔細察看。此時警長搜查完回來了。

「什麼也沒有，大人，只有破爛的雜物和工具。什麼紙張也沒有，什麼畫布也沒有。」

但丁對這個愚蠢的人的存在開始感到厭煩。他猛然轉身，將火把遞給警長，這樣此人至少還能發揮點作用。

警長困惑地接過火把，有點自尊心受傷的樣子，然而與此相比，他的好奇心還是占了上風：「您說，大師是還活著的時候就被綁到柱子上了？您是根據什麼推斷出來的？」

但丁指著屍體背後牆壁上的那幾處刮痕說：「儘管他雙手被綁在背後，還是寫下了一些東西，那麼他一定是當時還活著才能寫出來。」

警長將火把靠近牆壁，以便看得清楚些。牆上，在那一堆紅色的複雜條紋中，有幾個模糊不清、難以辨認的符號，那很可能是安布洛喬在絕望中用某種鋒利的東西寫下的，那些筆畫看起來像是幾個字母：「IIICOE」。

的。

但丁再次彎腰研究寫在灰泥層表面的這幾個符號，它們也許是用一片馬賽克的稜角劃出來的。

警長專注地看著但丁的每一個動作，他也彎下身子，看著那些符號，隨後直起身子。「是的，我看到了……可您怎麼解釋這個呢，但丁閣下？」

「無法解釋。它也許是個古羅馬數字，97（IIIC），接下來的那個單詞……大師當時可能已經沒有力氣寫下去了……不過我也不肯定。」

況且這些刻痕是在謀殺發生之時寫下的，也只是一種猜測而已。它們也可能是工作中的一個簡單記號，已在那裡存在多日了。但丁的思緒陷入一陣由各種假設構成的狂風暴雨中。「誰發現了屍體？」他略作思索之後問道。

「一個路過的牧羊人。他說他當時正在尋找一隻迷路的羊，或者……他進這裡來實際上是想偷點什麼，他報了警。他被嚇壞了。」

但丁再次仔細審視四周。不期然的，他的頭部又劇烈地痛起來，太陽穴那裡如同刀割，陣陣眩暈亦不斷向他襲來。他需要空氣和休息。在這裡已經沒什麼可做的了，他對自己說。

「吩咐你的手下解下屍體，將它運到慈悲醫院的太平間，就用那輛我們來時乘坐的馬車。我走路回去。你和守城的士兵打個招呼，到時放我進去就行。」

「可是，這不合適……黑燈瞎火的。」

「晨鐘已經響過好一會了，天馬上就亮了。我需要呼吸點新鮮空氣，需要思考。」

但丁朝教堂外面走去，沿著來時經過的深坑邊緣返回。在那深坑邊上，突然一陣頭暈，他搖晃起來，差點一腳踩空，可這回沒有人來扶他一把。

據說正直的人可以從果斷、毫不猶豫的步履中判斷出來；據說在每座城市裡，這樣的人都不會超過兩個。正因爲這樣，沒有人會注意到他們的存在。

他想起剛才救了他的那個年輕人。他本想謝謝他的，但是在周圍那群被疲倦與恐懼所籠罩的臉龐中，他沒有找到那個年輕人。

走到門邊的時候，他生硬地朝警長揮手告別，後者呆若木雞地站在他那群下屬當中，也許那愚蠢的傢伙想要但丁就在這兩步遠的距離中指出罪犯？他那失望的眼神讓人覺得他正是這麼想的。一股自尊的衝動催促著但丁，歸根到底，這個可鄙的傢伙並沒有錯。他一邊緊按太陽穴，一邊自言自語。如果他的大腦不受病痛如此折磨，他就可以將收集到的線索聯繫起來，賦予它們某種較具體的解釋。

然而他內心的一個聲音告訴他，要查明眞相需要的時間遠遠不止一個小時。「明天，明天我們再談這事。我們都需要光明。」他對自己說。

去到外面，迎接他的是黎明的第一道曙光。他轉過身，教堂那冷峻的輪廓現在終於清楚地呈現在眼前了，可那圍牆似乎透著某種邪氣。也許幾個世紀以來，不斷改變著這座建築的每隻手都在它身上留下了自己的痕跡，在那些石頭上刻下了自己邪惡的標籤。「命運將自己的足跡留在了建築中，同時也留在了人的生命中。」他想，和生命一樣，石頭也可能爲罪惡而矗立。

他想獨自待著，他需要呼吸新鮮的空氣，希望室外的空氣能夠減輕他的劇痛。他想到放在小屋中僅剩的那點備用藥——烏頭，但是又懷疑那分量不足以消除劇痛。天色尚早，還不可能找到已開門營業的藥店。

他一直對自己的記憶力引以爲豪，即便在那種情況下，他也能夠完整地背誦出《埃涅阿斯記》③的全文，他的腦海中浮起他眾多的公文中的一份——那是很久以前的事情，當他還是百人顧問委員會的一員的時候——他覺得那份公文仍歷歷在目：「我以行業協會會長的名義……向出生和來自阿克里的聖喬凡尼城的醫生兼藥劑師德奧菲洛．斯普洛維里授予……開設藥店的權利……」

此人的藥店位於倫卡路，靠近古羅馬城門。但丁眞想去把他從床上揪起來。說到底，那人欠他的。此外，他是執政官，可以違反宵禁的命令。他什麼都可以做。況且他也是藥劑師行會的成員，一名兄弟會員應該張開雙臂迎接他才對。

一點藥……一點藥加上一點純淨的空氣，他就能戰勝病痛。

通往古羅馬城門的路並不像但丁想像得那麼順利。此時，他已經筋疲力盡了，身體的每一個細胞似乎都處在瘋狂的狀態中。他大汗淋漓，連頭髮和鬍子也濕透了。一過城門便可見到聖靈教堂，一條條小巷從教堂的兩翼如蛛網般鋪陳開去。他發現自己迷失在那錯綜複雜的小巷中了。

在一條小巷的轉彎處，過來了一位大腹便便、正蹣跚走來的神職人員。此人喘著粗氣，臉色蠟黃，就像一個得時常看醫生、吃各種藥物、灌湯藥的「藥罐子」。但丁覺得此人在有意避開他，因爲他發現對方那躲躲閃閃的眼神中掠過了一絲恐懼。

③註：但丁最敬仰的詩人維吉爾的著作。

「這附近有家藥店，它在哪？」詩人攔住來人的去路，突然大聲問道，布滿血絲的雙眼緊瞪著來人。

神職人員的臉色刷地一下變得煞白。他充滿疑惑地打量著但丁的裝束，然後，看著他那因劇痛而扭曲的臉。但丁扶了扶頭上的帽子，捋平衣服上的皺褶，然後幾乎是吼叫著重複了一遍剛才的問題。

「在那……不遠，一過死亡噴泉就到……」那人結結巴巴地回答，指著那個方向的手篩糠一般抖得厲害。

但丁踉踉蹌蹌地向前走著，他的腳不斷地磕上凹凸不平的路面。可以說，太陽穴上的劇痛讓他的視線也變模糊了。街面在他眼中已變得坎坷不平，就像一團閃爍著金星的霧氣。

他也弄不清自己是怎麼到達那有著灰色石塊的死亡噴泉那裡的。噴泉的上方有一座古羅馬雕像的遺跡，幾百年的侵蝕和缺乏打理，那大理石雕刻的女神頭像已面目全非。她的臉就像一個令人望而生畏的大面具。但丁俯下身，喝了一口冰涼的泉水。

他坐在水池邊休息了一會。在這裡，死亡也如同一個邪惡的存在，向他的雙肩壓來，也在用空洞無神的眼睛注視著他。

多麼荒謬的事情，藥店居然開在這樣一個地方！要不，這樣的選擇是某種鮮爲人知的明智之舉。救贖與死亡，在那座城市的地理設置上緊挨在一起，就像一枚硬幣不可分割的兩面。就像生命的兩面。

他沿著開闊處一側的一條小巷又走了幾步，老遠就認出那扇雕刻著藥劑師行會標誌的門。最後的那段路，他幾乎是夢遊般走完的。

儘管時辰尚早，藥店已開門了。一束晃動的燈光從門裡透出來，似乎裡頭有人提著一盞燈在走動。

這家店就像一座圖書館一樣獨特：每一面牆壁邊都立著高高的架子，架子上整整齊齊地擺滿了各種玻璃和彩陶材質的瓶瓶罐罐；屋子的中央，一張大理石台面的大桌子上醒目地擺放著大大小小的各種研缽，有石頭的，也有青銅和木頭的；此外還有一溜排開的許多小爐子，爐子上面的小鍋和蒸餾瓶冒著熱騰騰的氣體，像是正在煮著什麼。屋裡彌漫著一股淡淡的香氣。屋子的後部，一只用耐火材料砌成的爐子正發出微弱的紅光。

詩人注意到一名男子站在桌邊，此人乍一看與詩人年齡相仿。他一邊好奇地打量著詩人，一邊小心翼翼地繼續搗著一個研缽裡的乾草藥。他身材修長，有著烏黑的頭髮和深色的眼睛，他的眼睛像東方人一樣，略顯長形。桌上擺放著一盞燈籠，在此照映下，他的眼睛越發顯得炯炯有神，閃爍著智慧的光芒，眼波流轉，如貓一般敏銳。

「我能爲您效勞嗎？」他問道，彬彬有禮地點了點頭，燈光映出他額頭上深深的皺紋。

但丁沒有答話，而是四處打量。周圍的環境有一種令人愉悅的井井有條和乾淨利落，一種外觀上的和諧和空間上的合理利用。

但丁放心了，他沒有誤入一個江湖騙子的破屋，這屋子裡洋溢著智者的光輝和新科學的智慧。這地方眞像是新時代的象徵，應該是理性的思維營造了這種明晰的氛圍，按照巴黎學派的看法，這地方是……對，是富有現代氣息的。

「烏頭根磨成的粉末、英國山楂粉、百里香浸劑、胡椒粒，還有……新鮮的柳樹皮。」但丁終於說話了。

對方盯著他，繼續慢騰騰地搗鼓著研缽裡的東西，像是正在思忖著這一要求。「您要的是個很奇怪的方子，就好像您既想收緊又想放鬆您的五臟六腑——您大概低估了烏頭的危險性……誰給您開的這一劑藥方？」他的聲音雖然必恭必敬，但明顯透著一絲懷疑。

「我是但丁・阿利格耶里，本市執政官。」詩人口氣生硬地回答道。一股劇痛襲來，他覺得自己幾欲死去。「我是藥劑師，也是醫藥方面的行家。我很清楚烏頭會置人於死地……」說著，他靠近那長桌，抓起一根搗槌。「我不想自殺，我只想利用此藥讓劇痛通過自然的疏導而離開體內。好啦，在我掐斷你脖子之前，快把這些該死的草藥拿來！」隨後，他立刻對自己的這一憤怒行爲感到後悔，趕緊將搗槌放下來。

藥劑師靜靜地聆聽著那怒氣沖沖的解釋，似乎並沒有被但丁的傲慢口氣所激怒。相反，他顯得很高興。「但丁・阿利格耶里？」說著，他張開了雙臂，「您的來訪眞叫我喜出望外。眞沒想到，您，一名詩歌大師，來到我的小店裡！還記得我嗎？我是德奧菲洛・斯普洛維里。我們還是學生的時候就相識了。幾年前，在波隆那……您記起來了嗎？」看到但丁有點困惑，他重複著，聲音中透出來一絲失望。

那一刻，但丁什麼也記不起來，稍後他那被劇痛所蹂躪的大腦響起了這個名字的回聲。多年前，在他那短暫的大學時光中，當他在寫獻給貝緹麗彩的情詩的時候。「噢，對的……現在想起來了，請您原諒，病痛讓我看不清您的容貌了。」

他以爲那幾句話已經夠了，然而對方並沒有馬上轉身從藥架上取藥，相反地，他繼續靠近但丁。「什麼病痛折磨著您？」他問道，眼睛注視著但丁，似乎想穿透他的雙眼，直至他的病痛所在。

「黑色的膽汁，在血管裡蔓延，像炙熱的火山岩漿一般燒灼著我的額頭。」但丁有氣無力地回答。

德奧菲洛的眼中掠過一道光芒。「也許，我有某種東西……一種新藥。」他說。他顯得很興奮，因爲能夠有機會爲一位有聲望的人提供幫助，同時又能夠顯示自己作爲藥劑師行會的一名大師的水平。「請您相信我，阿利格耶里閣下，請允許我向您已非常淵博的學問中增添一點我淺薄的知識吧！」

屋子的角落裡放著一只碩大的木箱子。箱子的四角用金屬片加固了，蓋子上用一只雙重掛鎖緊鎖著——很像翡冷翠大匯兌商們使用的箱子。藥劑師從一個精緻的櫥櫃中取出兩把鐵鑰匙，走近那猶如裝甲般的箱子，將其中一把鑰匙插入其上方的鎖孔中。

但丁雖然疼痛難耐，視線也變得模糊不清，但是他仍然帶著欽佩的神情觀察著那件機械藝術的傑作。那把鎖設計得十分巧妙，必須以交替的方式，用兩把鑰匙才能打開。德奧菲洛先插入第一把鑰匙，轉上一圈，然後，將第二把鑰匙插入下方的鎖孔，朝相反的方向轉上好幾圈。可在但丁看來，那轉動似乎沒完沒了。

最後，隨著嘎噠一聲，緊閉的無形牙齒鬆開了掛鎖那鋼製的弧形掛鉤，德奧菲洛打開了厚重的箱蓋。

從站立之處，詩人無法看清裡面有什麼寶貝，他覺得對方似乎在有意用身體擋住他的視線。他只能隱約看見箱底有一捆用細繩捆紮著的紙張，以及放在木隔板上的一個大細頸瓶。細頸瓶約莫有葡萄酒瓶一般大小，裡面裝滿了綠瑩瑩的液體，用金屬瓶蓋密封著。

「這就是我剛才和您說到的藥物。一種對付脆弱的人體所有病痛的靈丹妙藥，甚至連人的精神痛苦也能戰勝，像古希臘人所認爲的可以消除千種憂愁的忘憂之藥。」德奧菲洛一邊解釋，一邊迅速將箱子蓋上。

他極其小心謹慎地將細頸瓶放在桌上。但丁琢磨著對方的話。過了一會，他想他知道這是什麼藥了：在翡冷翠，曾流傳著關於一種由海外歸來的十字軍戰士帶回歐洲的藥草的故事。這種草被稱爲「殺手之草」，爲追隨可怕的山林老人的邪惡之徒所用。它能夠使人從激動中平靜下來，抹殺記憶，模糊神志；古希臘人曾描述過這種植物，將它稱爲「忘憂草」。他知道，在他的城市裡也有人在服用它。

「我想，我已經知道您指的是什麼了，德奧菲洛閣下。但是，我認爲蒸餾出來的忘憂草，並不是讓已被顚覆的體液重歸平衡的最佳治療藥物。」

「噢，不，大師，這藥不是從利比亞的草藥中提煉而來的。」藥劑師神祕兮兮地回答道。有那麼一瞬間，他似乎不想再補充什麼，後來，他似乎下定了決心，說：「說起這藥的來頭，那可是一言難盡。它不是來自摩爾人那乾燥的沙漠，而是來自一片連亞歷山大大帝也未曾跨越過的遙遠而豐饒的大地。兩年前，在敘利亞的阿勒波城，一名旅行者送給了我您現在看到的這點分量的液體。當時，他身上攜帶著珍貴的寶石和絲綢，但是這才是他所擁有的最不同尋常的寶貝。他告訴我，這叫chandu，最初發現它的人用自己的語言這樣稱呼它。」

「它含有什麼成分？」

德奧菲洛沒有馬上回答，似乎正在思考著什麼。

「你說它的成分不是忘憂草，而且來自一個遙遠的國度？」但丁緊接著說。一種直覺告訴了他什麼，「難道是……鴉片？」

「鴉片？」藥劑師緩緩地重複道。

「一種從東方的罌粟中提取出來的物質，老普林尼④曾寫到過它。馬可．奧利略大帝曾用它來緩解他的焦慮和治國之憂。」

「我覺得，您的學識可謂名副其實，阿利格耶里閣下。」對方不多言語，高深莫測的樣子，「這是我最珍貴的東西，也是最祕密的東西。如果使用它的是您，我將倍感榮幸。」

他從一只小抽屜裡取出一根細長的玻璃吸管，然後打開瓶蓋，從裡面吸出少許液體，注入一只小細頸瓶中。他搖了搖瓶子，液體沿著瓶壁晃動，那一滴滴液體晶瑩剔透，一股刺鼻的氣味隨之在空氣中彌漫開來。

詩人戰勝了最後的猶豫不決，伸過手去。頭部的劇痛再次如同刀割，此刻爲了消除痛苦，他幾乎不顧一切了。然而德奧菲洛似乎還不想將瓶子遞給他。

「您得注意用藥量，這是從一項謹慎小心、有時甚至是非常危險的研究它對人體產生的效果

④註：義大利古代歷史學家，著有《自然史》。

的實驗中得出的規則：十滴的劑量可以麻醉，消除最爲劇烈的疼痛，如人們有時會得的牙痛、耳道疼痛和頭疼，像您現在這種情況；二十滴的劑量，大腦將陷入一種夢幻般的極度瘋狂和興奮中，上帝放置在我們最爲隱祕之處的羞恥面紗也將同時被撕裂，理智將被拖入靈魂的王國之中，大腦將具有一種非上帝賜予的而是被這綠色魔鬼所吞噬的瀆神能力。處於這種狀態下的興奮刺激是如此強烈，哪怕肉體被外科醫生的手術刀或殺手的鋒利刀片切割成碎片，由此產生的劇痛也無法將陷入幻覺中的人拉回現實中來。」

聽著對方的話，詩人的腦海中再次回響起那混合物的名字。

「如果不怕招致教廷的盛怒，我想說，是人類的祖先將chandu從代表善惡的智慧樹上摘下來的。」藥劑師接著說，「您現在就回您的住所，按我的囑咐用藥，到九點鐘，您的疼痛就會消失。」

「如果超過二十滴呢？」但丁問，儘管對於他而言，答案已了然於胸。

「別這麼做，永遠也不要！超過二十滴，也許天堂之門會關閉，不過，沒有人活著參觀過天堂——超過那個劑量，就只有死路一條了。」

但丁用盡最後的力氣走完那段回到市政廳所在的聖皮耶羅修道院的路。修道院的大門口和台階上空無一人，似乎經過那樣一個地獄般的夜晚之後，警衛們也撤退了。他急切地走進自己的房間，將十滴藥液注入一杯水中稀釋，接著他又加了五滴，然後一頭栽倒在那當床用的大箱子上，和衣而睡。他希望德奧菲洛所言不虛。

並沒有什麼特別的感覺。黎明的曙光柔柔地從窗口照進屋內，街上的聲音似乎減弱了，彷彿給石頭地面鋪了一張毛氈地毯。他的耳邊響起各種令人費解的聲音，一種模糊不清的竊竊私語，就好像路人們都聚集到了一起似的。關於他，但丁・阿利格耶里，翡冷翠的執政官就住在那裡的消息，一定已經在城裡流傳開了。

突然間，他很想從窗口探身出去向他們致謝，但是他已經虛弱得沒有一絲力氣了，他的四肢根本不聽使喚。他的全身像是被困在一個被沸騰著卻又虛無的大海所包圍的孤獨小島上，是一塊任何船隻都不會經過的小礁石，連美人魚的歌聲也不會在那裡逗留。

他不知道那絕對的寂靜持續了多長時間，爾後，他聽見血液在太陽穴裡低沉的竊語。體內的血液開始洶湧地翻騰起來，不時地，他覺得自己隨時都會隨著一座巨大的瀑布墜入地下的萬丈深淵中。他已經被自己體內爆裂般的聲響折磨得筋疲力盡了。

突然他聽見門口傳來一陣輕微的腳步聲。人們正聚集在門口，用手掩著嘴說話，盡量不弄出聲響以免打擾他。可是，時候已經不早了，紅衣主教們在等著他，他們來此是為了將選舉教皇的時間告訴他。也許他們正在他背後密謀著什麼？為什麼他沒有被傳喚去參加選舉教皇的祕密會議？應該由他來決定誰將是卜尼法斯的繼任者，不，應該是他來掌管被神恩所照亮的權杖……

「你們進來吧！」他朝晃動的門那裡喊道，與此同時，一道由閃電般的光束編織成的紗幔透過門縫照了進來，光芒四射的光束在木桌子之間漸漸匯成了用火寫成的字母，死亡的字母：「IIICOE」。

光從門的每一條縫裡穿透而入，然後在一道閃電的強光中炸裂開來。門沿著合葉所在之處旋轉起來。一座火山，抑或是地獄本身，在他屋內敞開了大口。光線中出現了一個模糊的身影，正邁著緩緩的步子向他走來。

那是個女人。她的身體裹在一件寬大的白色、綠色和緋紅色的絲袍中。在耀眼的光芒中，她藏在面紗後面的美麗容顏隱約可見。她繼續向前走，她的腳碰到了那張簡陋的床，但丁感覺到了她向他俯身而來的身體的熱度。她解開衣服的帶子，腹部貼向他的臉部。

就在那一刻，那腹部露出了一道撕裂的傷口，一道鮮血淋漓的、污穢的裂縫，一座活森林似乎在女人的臉部四周矗立起來。同時，一團盤纏在一起的蛇，嘶嘶地吐著信子，向但丁猛撲過來。他竭力向後退縮，退到床頭的時候，他坐立起來繼續後退，幾欲將自己嵌入背後的那堵牆中，以逃離這個折磨他的地獄魔鬼。

美杜莎的眼皮像被痲瘋病損壞了一般變得極爲恐怖。她慢慢瞪大眼睛，此時一聲恐怖的尖叫撕裂了寂靜，猶如大槌的猛烈一擊，震撼著他的大腦。

第二章

六月十六日，九點左右

但丁猛然驚醒，渾身冷汗。驚叫的回聲尚在屋內四壁間迴盪，高掛在天空中的太陽那明亮的光芒已取代了夢中炫目的光。

他掙扎著起床，神志尚處於混沌之中。他將頭埋在兩手之間，試圖讓自己清醒過來，他覺得自己好像剛從一個怪獸遍布的大海中浮出水面。還好，太陽穴火燒般的劇痛已經消失了，一種美妙的舒適感充斥著他全身的每一個細胞，哪怕一絲一毫的疼痛也已經不復存在了。

身體的復元，使得他的神志也恢復了，思維亦變得敏銳起來。夜裡發生的一切，在他的腦海中顯得清晰極了，他覺得自己就好像剛剛從罪案發生的那座教堂裡走出來。鑲嵌畫建築師那飽受折磨的面孔再次浮現在他眼前，好像在呼喚他爲之昭雪沉冤，那個人就像是他的一個親戚，他有義務爲之復仇。

肯定是他的良知在鞭策著他：作爲翡冷翠的執政官，他難道不是他的市民的父親？他們的鮮血難道不是他的鮮血？他必須聽從理智與良知的召喚，毫不遲疑、毫無顧忌地採取行動。

但丁從拱廊探出身去，朝那名在一排房間前站崗的警衛招了招手。「市政廳的祕書在嗎？讓他馬上到我這裡來。」他命令道。

警衛沒有立刻執行命令，相反，他眨巴著眼睛盯著但丁。「剛才您還在睡覺的時候，有個叫馬內托的來過。您睡得很沉，大人。」

「馬內托閣下？他想做什麼？」

「他找您……一個臉色蠟黃的傢伙。他提到要算什麼帳，他還說，要是您不付錢，他就去找您的兄弟。」

但丁頓時怒不可遏。該死的高利貸商人，居然跑到市政廳來找他！那名警衛像狗一樣盯著他看，冷笑著。

「照我說的做！馬上！」他怒氣沖沖地命令道。

他惱怒地看著慢騰騰地沿著樓梯走去的警衛臉上不耐煩的表情，復又回到房間內，坐到書桌前等著。他的目光落在夜裡前往那黑暗王國之前寫下的那一小摞紙上。

那是他準備在執政官的任期結束之後，遞交給帕多瓦大學評議會的專題論文，題目為《水土探究》。繼詩人的桂冠之後，這篇作品將成為賦予他永恆榮譽的一篇論作。

他寫下它是為了反駁一種褻瀆神靈且不符合邏輯的說法：在地球的一些地方，水有可能會上升到突起的陸地之上；而且在南半球，除了海洋可能還有別的。

那些理論是瘋狂的，但卻有不少人在為之辯護，並以高山上的噴泉作為引證。相信這樣的論據，就等於承認在某些地方水有可能往高處流。

夜裡他曾注滿水的杯子還在桌上。他試圖再做一次試驗，但是罐子裡已空空如也。好像沒有人會爲市政廳的補給操心，他氣憤地想。但是歸根結蒂，再做一次試驗也沒什麼用處，亞里斯多德的權威理論就足以駁倒那些無稽之談。

祕書是個中年男人，頭頂全禿了。他從門口那兒探身進來，腋下夾著一本碩大的書，書頁夾在兩片印著聖人畫像的木板之間。

「您要見我，阿利格耶里閣下？我猜您是想看看市政廳的財務報告。我把它帶來了……」

「謝謝您，杜奇奧閣下，」但丁打斷他，「我們會有時間來看它的。您有關於新城牆工程的記錄吧？」

「有，當然有，雖然……對於那工程，需要另做記錄……」

「誰在修復聖猶大教堂？目的是什麼？」

對方在他那井然有序的記憶中搜索了一會之後，開始講起來，那神情就像在讀著一份攤開在他眼前的隱形檔案記錄：「該教堂及其附屬建築原本屬於奧古斯丁隱修會，後來，隱修會遺棄了它。那教堂有超過五十年的時間無人居住了，再後來，便被當作無主建築沒收，成了城邦國的地產。去年，羅馬那邊派人來，要求將教堂改建爲一座綜合大學。」

「從羅馬來的人？」

「是的，透過羅馬上院的一位使者傳達的，是羅馬城牆外的聖保羅教堂的修士遞交的申請。他們想把它變成屬於牧師會的大學校址。教皇卜尼法斯想在所有基督教城市促進人們對知識的熱愛。在羅馬，他已經促成了知識大學即羅馬大學的成立。」

「成立大學，是卜尼法斯的意思？」但丁警覺地問，「誰聘請了鑲嵌畫建築師？」

「承擔這項工作的是安布洛喬鑲嵌畫建築師，他下榻於聖十字修道院，與那裡的修士們住在一塊。」

「誰支付工程的費用？」

「不是市政廳……我認為是大學教師團直接付錢。」

「這麼說，教師團的成員很富有？」

祕書聳了聳肩，說：「他們當中的一些人在各自的行會組織中非常有名……也許，他們因此收入不菲，或者他們有其他賺錢管道。比如德奧菲洛閣下，光看他開的那家藥店，就可以知道他一定不窮，只需想想這些可惡的藥商，那些隨便攙和在一起的東西貴得有多離譜就知道了……」

但丁猛然一抬頭，朝祕書邁進一步，祕書驚愕地往後退。他這才突然想起執政官也是藥劑師行會的一員。他咬了咬自己的舌頭，暗罵自己該死，同時絕望地試圖彌補自己的過失。但是，詩人在想的其實是別的東西。「德奧菲洛？您說的是德奧菲洛．斯普洛維里，藥店開在死亡噴泉那邊的那個？他是這些大學教師的一員？」

突然間，他的腦海中出現了藥劑師那張聰慧機敏的面孔，不過，這回感覺不太一樣，那張臉變得有點詭異，如果他與極為虛偽的教皇扯上關係的話。

祕書在對此表示肯定之前，飛快地翻著那一摞紙，想找到確切的答案。

與此同時，但丁靜靜地思考著。最後，他好不容易才想起一旁的祕書杜奇奧閣下。杜奇奧仍緊抱著那本書，就好像那是傳家之寶似的。「您可以走了，但是，您還得幫幫我。我需要一份關於大學教師成員的詳細報告：他們都是誰，來自何處，屬於什麼政治派別，有何惡習，有哪些顯而易見以及藏而不露的惡行……所有的一切！」

祕書出去了。

但丁陷入困惑中。他環顧四周，目光游離於屋裡僅有的幾件家具之間，然而，他的注意力並沒有集中在其中任何一件物體上。一想到卜尼法斯正在翡冷翠組建一所大學，然後利用他的手下來支配它，他就倍感不安。

他從門口探出身去，再次用生硬的手勢招呼那名警衛。警衛正慵懶地倚靠在環形柱廊庭院的一根立柱上。他不耐煩地瞥了但丁一眼，在邁步之前，誇張地吐了一口氣，要刻意表現出他不耐煩的樣子。在幾分鐘內就有兩件任務，對於他這樣的人而言一定太繁重了。

但丁鐵青著臉等他走近前來，然後反手狠狠地扇了他一個耳光。「該死的懶鬼！我要求你以後要以和思維一樣快，如果可以，甚至更快的速度聽從我的命令！如果你不想受罰的話，就必須做到！」他怒斥著，又踢了他一腳。後者躲閃著他的憤怒。

警衛雞啄米般點著頭，仍驚魂未定。「當然……當然……隨時聽您的吩咐。」

「叫上兩名警衛，馬上護送我去聖十字教堂。」

警衛一邊連連點頭，一邊用手揉著臉頰。詩人看著他奔向警衛的住處。不過，詩人感覺到在離開之前，警衛向他投來的那個眼神猶如一把鋒利的刀，割向他的喉嚨。也許我應該慎重些，他對自己說，我不可能永遠都是執政官。

那是個趕集的日子。集市就設在舊城牆邊上。但丁穿行在那熙熙攘攘、擺滿貨攤的街道上。本想那樣做是抄近道，隨後，他才鬱悶地發現，如果他走彎路繞道阿爾諾河河岸反而更好，可以避免與各色人等以及各種不明不白的貨物擠在一起：騎士與妓女，貴族和小偷，在這座獻給聖喬凡尼的城市的街道裡匯集成一個混亂、嘈雜的鬧市。

看著這令人洩氣的場面，他心中隱隱湧起一股怒氣。「你們盡量跟緊我！」他朝跟著他的那兩名警衛大聲說道。然而，不管那兩名手持長矛的警衛怎麼呵叱和威脅著開路，在那人頭攢動的街道上，但丁看著他們一下子就消失在如織的人流中。似乎全翡冷翠的人以及拉著貨物的牲畜，都匯集到了那位於洗禮堂和聖方濟教堂之間的如蛛網般錯綜複雜的狹窄街道中來了。

他費勁地前進著，竭力從人流中打開一條路，並盡量沿著路邊走，以躲開一堆堆的馬糞。他本以為這一身執政官的裝束足以幫助他開路了，沒想到在和兩名身著武裝的警衛失去聯繫後，這官帽和鍍金的權杖對人群沒有任何威懾作用，反倒招來了一些大膽的冒失者的蠻橫對待。他已連續兩次差點被從窗口傾出的尿液潑中，他開始懷疑那行兇行為的背後是否隱藏著故意侮辱他的意圖。

他想記住有人潑尿的房子的模樣，發現原來是他的敵人多那迪家族的走狗們住的地方。我很快就會找到報復方式的，他思忖著。在一家匯兌商店門口遮陽簾的暫時庇護下，但丁踮起腳跟，尋找著那兩名警衛，然而那兩個笨蛋早已不見蹤影。

這時候突然有人拉住了他的一隻手，使得他驚跳起來，用力想把手抽回來，然而對方以出乎意料的力氣牢牢抓住了他。「一個錢幣！」

「妳想幹什麼，老太婆？」詩人朝拉住他的婦人怒喝道。老婦人衣衫襤褸，披頭散髮，長長的頭髮已經花白，披散在駝背上。她低著頭，似乎不敢直視但丁。

「換你的命運！」

「關心關心妳自己的命運吧，老巫婆，我看妳才需要它。」

「一個錢幣，拿一個錢幣來換你的命運。」她重複說道。儘管容顏衰老，她的聲音仍堅定有力，頗爲洪亮。說著，她猛地向他張開手掌，那氣勢就像要一把抓到他心裡去似的。此時，人流從他們的四周嘩地散開，如同波浪般沿著中心向外擴散開去，就像是害怕觸摸到他們似的。

他的執政官裝束這回應該有人能認出來了吧？詩人這樣希望著。

其實，人群的目光全都集中在那婦人身上——人們想避開的是她。

「放開我，我不會相信妳的鬼話的。」

「一個錢幣，你就能知道你何時會毀滅。」

「誰想讓我死？」

「你，是你自己在把自己推向絕路。」但丁再次試圖把手抽回來，可老婦人毫不鬆手。「你揭開了死去的人的臉。」她繼續說道。

「什麼……」

「但是，死去的男人不會和你說話。」

但丁困惑不解，他機械地將手伸進腰間的褡褳中，取出一個銅幣。「說說那死去的男人。」

「他將成爲生者的嚮導。」

「嚮導？到哪兒去？」

「到其他死者所在的地方去。你不該揭開他的臉。」

但丁困惑不已，老婦人的話諱莫如深，就像所有的占卜者一樣。不過她好像對前一晚發生的慘劇略有所知。「妳爲什麼要告訴我這個？」但丁問。

「因爲痛苦纏上了你。」老婦人驟然鬆開手，向後退了一步，很快就消失在熙熙攘攘的人流中。

但丁驚愕不已，愣了好一會才回過神來，他想追上她問個究竟，然而無論他怎麼努力，卻再也無法穿越再次變得水泄不通的人牆。「那個婦人是誰？」他問一座櫃檯前的一名匯兌商，但丁想，此人肯定看到了剛才的那一幕。「她是誰？說呀，翡冷翠的一名執政官命令你說！」

那男人似乎並沒有特別驚訝。「她是老馬爾蒂娜，她瘋了，您別理她。她的兩個兒子都在坎巴迪諾戰役中死了。」

但丁靜靜地在那裡又愣了好一會。此時，人流又開始洶湧起來。老婦人提及鑲嵌畫建築師只不過是個偶然，也許某個士兵將在聖猶大教堂裡所看到的透露了出去，於是消息就傳開了。他聳聳肩，繼續他前往修道院的艱難旅途。

他罵自己不該聽信那老巫婆的話，她不過是眾多由絕望婦人裝成的冒牌魔法師和女巫中的一個。這些人在翡冷翠遍地都是，多得像地獄裡的火坑。

用一個錢幣換取命運……

見他的鬼去吧！

他總算到了聖十字修道院，鑲嵌畫建築師安布洛喬在這座聖方濟修會的修道院住過，就在修士們用來招待朝聖信徒的廂房中。

守門的修士對但丁的到來並不感到特別意外，聽到客人去世的消息，他也沒有顯出特別不安的樣子。也許，他的平靜是因爲見識了太多人生的脆弱，已經習以爲常了；要不就是他對到訪這座建築的客人們的短暫逗留已經司空見慣了。而死亡，說到底，也是一種離開的方式。但是，但丁仍懷疑他已經知道了這件事，就像集市上的老婦人。

「有人進過他的房間嗎？」他問。

「我沒看見有人進去過，不過這門沒人把守。您過來，我帶您去看看安布洛喬大師的住處。」

他們沿著庭院內側的狹長走廊走到底就到了那個房間。房間的旁邊，在柱廊的那個角落裡，正好有一個教堂的邊門。誰要想神不知鬼不覺地溜進來可謂輕而易舉，只需混在那來來往往的信徒當中就行了。

房間的布置極爲簡陋：一張做工粗糙的木板床，一塊固定在牆上的木板權當書桌；桌上擺放著一只木盒，裡面裝滿了繪圖用的木炭筆和幾個裝墨水用的陶罐；其中一個墨水瓶一定曾被弄翻，在木板上留下了一攤墨漬，然後，被人用一塊抹布匆忙擦乾，沾著墨漬的抹布還扔在地上。在堆放著的紙張中，有一封任命書，落款處蓋著教皇的印章，命令安布洛喬前往羅馬，以執行加固城牆外的聖保羅修道院整體建築的任務，信上沒有日期，不過看起來好像事隔不久。

「在來翡冷翠之前，安布洛喬去過羅馬？」

「我想是的。他談到聖城的時候就好像對之非常熟悉似的。」

但丁再次看著那封信。這個細節驗證了他最初的猜測：鑲嵌畫師在爲百年大赦的慶典而工作。他再次思考著那幅壁畫剩餘的部分會是什麼。

「您有沒有發現他有什麼異常的行爲？他害怕過什麼嗎？他曾顯得心事重重嗎？」他問守衛修士。

「沒有，我不覺得。他當時全身心都撲在了那件工作上……除了信的事情。」

「哪封信？這封？」詩人指著那份合同信問。

「不，不是這封。大約幾個星期前，他問我有沒有修士將出發去北方，他想讓人捎封信給他的行會兄弟，那或許是一份報告……誰知道呢？」

「信捎出去了？」

「是的，就在那幾天，正好有個來訪的修士要出發去曼圖瓦，建築師就把信交給他了。」

「您知不知道上面寫了些什麼？」

修士聳了聳肩。簡易書桌的旁邊有一個敞開著的箱子，裡面堆滿了繪著建築設計圖的畫布和羊皮紙：拱頂和桁梁的細部、鑲嵌裝飾的圖案和平面圖，雜亂無章地堆放在一起。沒有任何一個行會大師會將自己的工具擺放得如此糟糕。一定是有人進來過，翻找之後沒有將東西重新擺放整齊。死者的圖紙中到底有什麼令人特別感興趣的東西？也許是但丁自己也在聖猶大教堂那邊搜尋過的……壁畫尚未完成部分的圖紙？

他坐在床上的草褥上，開始聚精會神地研究起圖紙來，希望至少能夠找到一張簡單的草圖，即使不是那幅大型壁畫的詳細圖紙。然而，他沒有找到任何與導致安布洛喬被殺害的作品有關的蛛絲馬跡。

或許來過此地的人已從死者的紙堆中取走了他要找的東西。

當他幾乎要放棄的時候，他迎著從天窗投進來的陽光看了看最後那幾張羊皮紙，其中一張吸引了他的注意，上面是一幅色彩斑斕的玻璃窗的草圖。他將紙反過來，發現背面還有別的東西。

藉著窗口投射進來的光，那上面有一系列細密的線條。輕輕觸摸紙張的表面，詩人感覺到一種由於筆尖畫過而留下的輕微的凹凸不平，一定有人將表面的圖案擦掉了。

他好奇極了，趕忙走近那裝著墨水瓶的盒子，還好裡面還有木炭。他拿起木炭，在羊皮紙上塗上一系列連續的細密線條，沿著羊皮紙的整個表面塗抹開去。在他背後，守衛修士伸長了脖子看著，他也想弄明白詩人到底在幹什麼。

慢慢地，原來的圖案的輪廓神奇般地顯現出來，不過不是但丁所希望看到的壁畫上正闊步前進的老者的圖像，而是別的更令人驚訝的東西——

那是一艘船，一艘中世紀兩桅帆槳戰船。船的前甲板上插滿了節日的旗幟，一字排開的木槳和在風中鼓起的方形船帆全部清晰可辨。此外，還有第二面張開的船帆，放置在一個令人出乎意料的地方——船的龍骨下面。

但丁瞇起雙眼，端詳著每一個細節。也許那是第一次的草稿，設計者本想將船擺放在紙張的下方，但後來又改變了主意，修改了最初的計畫，將設計圖移到上方。

然而，它看起來並不是因為作者的想法改變而留下的。那船帆像是用一個網狀的桅牽索綁在龍骨上，安布洛喬似乎有意指明這是一面在實際上可操作的船帆。

太荒謬了！這簡直是開玩笑。

可是他爲什麼會選擇羊皮紙這樣昂貴的材料呢？而且但丁從未聽說過建築師會對造船感興趣。他們是著名的建築師和石材大師，連阿爾諾夫・迪・坎比奥也曾雇他們來建造位於翡冷翠的房子。

當他讓守衛修士將資料收集起來送到聖皮耶羅修道院的時候，他注意到了另外一個細節：在船首上方的天空中，有一個小圖案，那是一顆細小的五角星和一個單詞：Venus，金星，統治著晶瑩剔透的九重星空的第三重天的璀璨明星。

他小心翼翼地捲起羊皮紙，盡量不破壞木炭畫過留下的痕跡。

當他正要離開房間的時候，他的目光再次落在裝著墨水瓶的盒子上。在那些陶製的瓶瓶罐罐旁邊，還有一個他此前沒有注意到的玻璃細頸瓶。瓶子裡空無一物，但是，當他將之靠近鼻孔的時候，他馬上就嗅出了chandu那特有的刺鼻味道。

他答應過德奧菲洛要回去拜訪他的。他決定兌現諾言，現在就去。

走出門口的時候，他看到了正上氣不接下氣地奔向他的那兩名士兵。這兩人眼中閃爍著的光芒，足以證明他們趁著先前的混亂溜到某個酒館裡去了。他咬咬牙，竭力壓住正湧向胸口的怒氣。

第三章

同一天，正午時分

藥劑師似乎很高興再見到他。「我覺得您已經康復了，但丁閣下，就像我向您承諾的那樣。」言語間他毫不掩飾自己的自豪。

「就像我向您保證的那樣，我回來向您道謝並敘敘舊。」

「太好了！這麼說我的藥取得了很好的療效？」

「絕對正確，我得再次謝謝您！它對其他用過它的人也產生效果了嗎？」

「此話怎講？」德奧菲洛突然問道，一下子從彬彬有禮變得警覺起來。

「安布洛喬鑲嵌畫建築師。您想不起來了嗎？」

藥劑師沉默了一會，回答道：「是的，當然。」就好像他終於想起這麼個人來。

「他也有無法忍受的病痛？」但丁問。

德奧菲洛仍沒有立即回答，沉吟片刻之後，他點點頭，說：「雖然那不是和您同一性質的病痛。病痛分肉體和精神兩類，對一些人而言，精神上的病痛更不堪忍受。」

「精神的病痛……也許是因爲他的任務過於艱巨、浩大造成的？」

德奧菲洛帶著詢問的表情注視著他。

「聖猶大教堂後殿的巨幅鑲嵌壁畫，」詩人繼續說道，「我看到了，那幅畫大得足以讓你血管顫抖，心跳加速。」

「安布洛喬是一名偉大的藝術家，藝術的大師……偉大人物都一樣，天生愛用偉大的作品證明自己，並爲之殫精竭慮。我很高興能夠對他有幫助。我很欣賞他。」

「您怎麼認識他的？」但丁問。他很驚訝對方談及死者時竟然不動聲色，莫非，他對謀殺案一無所知？

「他是我們這個小圈子的一員，自從來到你們這座城市，我就加入了這個圈子。他們都是學者，我爲擁有與他們的友誼……就像擁有與您的友誼一樣，而倍感榮幸。」

「一群學者，在翡冷翠？您可眞幸運，德奧菲洛閣下。我生於斯長於斯，也未曾在此找到超過五個值得敬仰的學者，而他們當中，三個已經去世了。」

對方微微一笑。「噢，當然不是柏拉圖學派，我們只是一小群在工作之餘，偶爾在晚上聚會、討論一些學術問題的人。我們想分享各自在學術研究中取得的成果——您知道，我們都是各自領域中的大師，爲了綜合大學而來到翡冷翠。」

但丁仍然是一副滿不在乎的神情，「我還不知道翡冷翠竟然有座大學。」

「它確實存在，三十年前就存在於安茹王朝查理國王的羊皮紙和文書中，不過用不了多久，它就會正式隆重成立。現在，我們的課程是在城市的四個角落裡的臨時課堂進行的，不久大學就會擁有最終屬於自己的校址。」

「說起這個，我聽說過一幅設計圖，莫非就是聖猶大教堂，位於城牆那邊的老教區教堂？」

德奧菲洛只是點了點頭——他還是不提及所發生的命案，就好像對那悲劇一無所知似的。

「一群學者組成的團體，在我的城市裡……如果可以，我將很榮幸能夠從你們那裡獲得一些現代的思想，並將我淺薄的知識呈獻給你們，請你們多加賜教。」但丁回答道，「況且，作為市政廳最高長官之一，不向一群正準備為翡冷翠帶來榮耀的人致以敬意，是一種非常無禮的表現。」

藥劑師半瞇著雙眼，沉默了好一會。在但丁看來，那一刻顯得極為漫長。隨後，藥劑師的臉上又綻開了但丁已熟悉的熱情微笑，之前那貓一般的面具消失了。「我敢肯定，大家都會為托斯卡納詩歌王子的到來而倍感榮幸，而您也會發現，參加我們的聚會一定會不虛此行。那麼您何時會來？」

「您的話讓我心中燃起了渴望。就今天，如果您覺得合適，如果不和你們的計畫有衝突的話。」

「不會。恰恰相反，今天正合適，我們本來就打算今天聚會的。屆時，我會在通往羅馬的路上——您知道那裡有個大噴泉嗎？我就在大噴泉後面的那家小酒館等您。那是前十字軍士兵巴爾多的店，在那裡，您將和第三重天的人見面。」

「第三重天？」

「這是我們之間使用的一種說法，一個學究們之間的玩笑。您一定明白的。這是一種照亮我們靈魂的知識之愛，當我們接受天使的教義時，我們每個人都覺得如同升上了金星即愛神維納斯所在的第三重天。不過，不僅僅因爲這個……您來了就會明白。」

但丁一語不發，陷入沉思中。也許，安布洛喬在爲大學工作的時候被殺只是一種偶然現象。可是他想，也許我們感官的局限性，限制了我們認識隱藏在偶然事件表象背後的陰謀眞相。詩人本想再問藥劑師些什麼，但他決定最好仔細思考之後再說，以後會有時間的。於是他向外走去，走到門口的時候，他停了下來：「德奧菲洛閣下？」

「請講。」

「您的藥方，那神奇的chandu裡面有哪些成分？」

「我不知道，阿利格耶里閣下，把它送給我的那個人沒有告訴我。」

「您沒有嘗試過……」

「我仔細研究過，但是沒弄明白，或者——它可能是由五種不同的物質構成的。」

但丁搖搖頭，他覺得對方在撒謊。有好一會兒，他想像著對方戴著足枷被關在斯汀格監獄地下室的情形。此人帶著祕密還能在繩索的捆綁中堅持多久呢？

而安布洛喬大師又帶著他自己的祕密堅持了多久呢？

第四章

同一天，黃昏時分

這是一家叫作「通往耶路撒冷之路」的小酒館，門口掛著一塊銅片招牌，以期召喚酒鬼們的到來。這個招牌上面的圖案頗爲奇特，它再現了一個貴族盾牌：背景所在的平面是六個全副武裝的騎士，線條簡潔，毫不浮誇；一個紅色的十字架將畫面一分爲二；下方凸顯的平面上，赫然出現一個被乾脆利落地砍下的撒拉森人的頭顱，鮮血淋漓，他雙目圓瞪，似乎正注視著每一位光臨此地的主顧。

「對付那些該死的摩爾人就該這樣。」但丁看著圖案想。應該就是這裡，因爲它是此地唯一的建築。

酒館是由方石砌成的牆圍起一座古羅馬時期大型建築的拱廊支柱而建成的。高處殘存的圍牆尚在，它原本應該是非常宏偉的，可能是在很久以前的一次倒塌之後，年久失修，現在已經不完整了；圍牆的一角尚在，被改建成一座有著城垛的矮小敦實的塔樓，尚能讓人依稀想像起圍牆原本的高度；其他部分則已變成了廢墟，破敗不堪。在那斷壁殘垣中，這座掛著聖城名字招牌、具有東方風格碎片痕跡的酒店，簡直就像一個壘在腐朽樹樁上搖搖欲墜的鳥窩。

這座建築以及環繞在它周邊的破落的木屋，都顯得頗爲骯髒。建築的四周，一片寬闊的草地將之與從新城牆邊上開始興建的新建築隔開來。但丁環顧四周，感到很惱火：爲何一群學者要選擇在這樣一個地方聚會，而不是舊城牆內的任何一座修道院？如果不是爲了避人耳目，躲開市民純樸的好奇心，這裡還能有什麼吸引他們的地方？一所大學又有什麼需要躲躲藏藏的？

此外，這地方的名字也不合時宜。經過了雇傭兵在海外的敗仗和重新奪取巴勒斯坦的漫長歷程，耶路撒冷的名字，已成爲一個既神聖又痛苦的象徵——當然不宜作爲一個酒館的招牌。

他沿著拱廊不連續的低矮台階走了進去。裡面人聲鼎沸，極爲嘈雜混亂，好像有很多人。雖然天色已經很晚了，但是這些人好像對夜間熄滅燈火的禁令視若無睹，詩人惱怒地想。他果斷地推開門，走了進去。屋裡，沿著四面牆壁擺放著眾多桌子，桌子間的間隔很寬敞，勤雜人員和各色人等的酒客穿梭其間。他好不容易才從人群中擠出一條路。屋子的正中央放著一只炭火盆，火燒得正旺，被撥旺的火苗不斷向外竄，劈啪作響；上方，一口深底的圓形銅鍋發出水沸騰的汩汩聲。幾個衣衫襤褸的小孩蹲在地上，不停地轉動著手中一串串的烤肉。被人從農村窮苦人家用幾個小錢買來的奴隸，但丁憤懣地自語著。

空氣裡充斥著油燈和炭火的煙味，那煙霧向上升騰，縈繞於屋頂的梁架之間，稍作停頓之後，湧向屋頂的天窗，散發開去。說話聲、叫喊聲、觥籌交錯的聲音，彙集在一起，震耳欲聾。那熱鬧非凡的場面讓他想起早上喧囂的集市，他眞害怕偏頭痛會因此再次回來折磨他。

他正思忖著是否離開的時候，一個聲音叫住了他。「您過來，阿利格耶里閣下，到這邊來！

到第三重天這邊來！」

詩人轉過身。在他左側，屋子最遠的一個角落裡，藥劑師與一群人坐在一起，正起身向他招手，示意他過去。

但丁故意邁著緩慢的步子走向他們。他想讓他的動作具有古人所說的智者與生俱來的穩重，這樣他就能夠有時間好好觀察圍坐在桌前的那群人。

他感到他的每一個細節，從衣著到走路的樣子，都成為評判的對象。那群陌生人圍坐在一張大桌子前。奇怪的是，就好像有一道隱形的屏障將他們保護起來，阻止其他人靠近他們似的，儘管人多擁擠，那些靠近他們的位子卻空著，少數幾個坐得離他們較近的酒客，似乎也比其他酒客顯得安靜而收斂。

他們身著做工考究的華服，他們使用的食具也顯示出他們的高人一等：覆蓋著一張寬大而乾淨的桌布的餐桌上，井然有序地擺放著餐盤和錫杯，在炭火盆的火光映射下熠熠生輝，截然不同於其他普通客人所使用的既粗糙又簡陋的盤碟；此外，他們的座椅是有著舒適靠背的那種，而截然不同於其他客人所用的長條板凳。

德奧菲洛繼續向他招手示意，其他人則紋絲不動，直到詩人走近前來，才一同站起來，彬彬有禮而又恰到好處地向他點頭致意，但並不言語。

但丁也點頭回禮。他詫異得很，肖像藝術的所有代表就在他眼前：狗、狐狸、猴子、獅子，此外，還有馬和鷹，牠們穿著人類的衣服，正注視著他……

在那天之前，他從未發現古人書中描述的動物與人的特徵如此相吻合。那群神態各異的人，就是藥劑師所說的由一群學者組成的學會嘍。在翡冷翠，這些學者應該爲數不多，可是，這些面孔他一個也不認識，或許，他們和德奧菲洛一樣是外邦人，他一邊巡視著他們一邊想。

「能在此見到您，實乃我們的一大幸事，但丁閣下。」藥劑師的聲音讓他回過神來。藥劑師又轉向其他人，介紹道：「阿利格耶里，詩人，我的老師和朋友。」

但丁謙虛地擺擺手。嚴格說來，他不該擁有老師這個稱謂，因爲他從未授過課。不過從內心深處講，那句奉承的話令他感到很受用：他的淵博學識能夠得到承認是正確的。「我得謝謝您的邀請，德奧菲洛閣下，還有，我希望我的到來不會掃了在座各位的興致。」

「瞧您說的，老師！能夠認識您，是我們大家的榮幸，就從您右邊那位開始吧。」藥劑師指著一名高大結實、比其他人整整高出一個頭的男子說。那人厚重的眼皮底下的雙目透著狗所特有的溫柔眼光。「奧古斯蒂諾·迪·梅尼柯，自然哲學家，他通曉造物最隱蔽的祕密，精通煉丹術和古語。他剛從異教的利比亞國的黎波里城回來，他在那裡居住過多年，研究那些非基督徒所寫的著作，將它們翻譯成我們的語言。他旁邊那位和他一樣傑出，安東尼奧·達·貝雷朵拉，法學家和公證員，是在這兩個領域都很有造詣的學者。」他繼續介紹，手指著一個臉龐瘦削如同狐狸的男子說，那人誇張地大大鞠了一躬，以示回答。

「我猜您爲羅馬教廷效力。」但丁說，竭力隱藏著自己的冷漠。

「我曾經是聖廷祕書處的長官。」長著一張狐狸嘴臉的那個人回答，表示肯定。他的職位以及高貴可以從他的裝束看出來：他的脖子上佩戴著沉甸甸的金項鏈，手上戴著多枚戒指，那黑色鑲金絲的衣服，與其他人相對簡樸的裝束相比，顯得非常奢華。

「布魯諾・阿曼納蒂，神學家。」德奧菲洛指著站在一邊的第三位男子說。此人的衣著與聖方濟第三級教士非常相像，在這樣一個享樂之地，顯得頗爲低調。他的臉上神情活潑，透露著猴子般的聰慧，同時也透著猴子般的難以捉摸。

但丁對在酒館裡碰到一個神職人員並不感到意外：似乎享樂型的修士，不僅存在於波隆那，而且還廣泛存在於義大利其他地方。他一邊想，一邊打量著那名男子。其實只需一眼就能看出，他的僧袍遠比其他兄弟修士的要華美得多。神學家雖然感覺到了但丁的猜疑，可仍顯得若無其事，反而彬彬有禮地向他致意。

「這位是雅各・多里迪，他是最後一個加入我們團體的，羅馬人，幾何學家和建築師。」「還有數學家。」那人帶著某種高傲匆忙補充道。

但丁聽說過此人：他是偉大的阿爾諾夫・迪・坎比奧的助手之一，在新的大教堂開始建造的時候，隨阿爾諾夫・迪・坎比奧一起從羅馬來到這裡。但丁飛快地掃了他一眼，目光掠過那狹長而醜陋的輪廓。他的四肢和臉龐都很長，活脫脫一匹偉岸的馬，有著一種內斂卻似乎正要爆發出來的力量；他雙手強壯有力，就好像天生是用於抓石頭的，也許不僅僅是石頭。

他們當中的第六個人，不等德奧菲洛介紹就靠近前來，點頭示意。此人長得很健壯，濃密的黑髮紮在腦後，嘴部如同獅子一般明朗而又富有威脅性。「我叫維涅洛・馬林。聽您的吩咐，但丁閣下。我希望，我能像擁有與這些學者的友誼一樣榮幸地擁有與您的友誼。自從我的木舟把我拋棄在沙灘上之後，雖然我無法提出什麼特別的理論與他們爭辯，他們仍接納了我。」他說話時用的是威尼斯方言特有的優美長句，「我的知識是關於大海的，船的甲板就是我的講台。那些地方常常能產生不同於陸地的景色。」

但丁對這個直率的人產生了一種油然而生的好感。此人應該與自己年齡相仿，儘管他的臉顯得飽經風霜，那網般的皺紋令之越顯成熟，在那群孤傲的學究當中，此人帶來了一絲暖意。

「關於風和海的科學與研究星相運動的科學是並駕齊驅的，它與精確計算和衡量物體的科學亦同出一轍。」但丁微笑著對他說。此時，對方正用清澈的眼睛打量著他。但丁繼續說：「它和那些最著名但不一定最古老的科學一樣。也許，我們的救世主正是從操縱帆與槳的人當中選擇了最早陪伴他的人？」

「維涅洛閣下不是漁夫，他曾是尊貴的威尼斯海軍艦隊一名英勇的艦長。」德奧菲洛解釋道，就好像想重新獲得被急躁的同伴奪去的主持介紹儀式的權利，「後來，他與執政當局發生了矛盾，不得不尋求避難，這就是他為什麼會來到我們當中，與大海離得那麼遠……」

「您就直接說我到此是為了避難，為了躲開劊子手。」維涅洛打斷他說，眼中的喜悅驟然間消失得無影無蹤。但丁對那尖銳的話感到很驚訝，維涅洛領會到他那無聲的詢問，「對於一個屬於大海的男人而言，太長時間地把眼睛停留在陸地上的女人身上是不合適的，在尊貴的威尼斯共和國亦然，而將之停留在政務廳某個成員的妻子身上則更不妥。屬於我們的，只有海洋中的美人魚和她們那散發著魚腥味的肉體。」他大聲說道，接著爆發出一陣大笑，像是恢復了剛才的好心情，然而一絲陰霾仍掠過他的眼睛。

最後，坐在桌子最遠處的是一名有著濃密黑色及肩長髮的男子。在他那年輕的臉上，那雙像鷹一般敏銳的眼睛顯得尤為突出。他雖然年輕，卻透著一種知識照耀下的睿智，抑或是某種不為人所知的內心的躁動不安。他靜靜地等待著，猶如但丁在波河三角洲看到的一幅拜占庭風格的巨幅馬賽克鑲嵌壁畫。他不動聲色地關注著整個介紹過程，雙眼卻一刻也未曾離開詩人的臉。

未等德奧菲洛介紹，他開口說：「您認識我的，但丁閣下，我也認識您。雖然我們是第一次見面，我是法蘭西斯科，來自阿斯克利。」

聽到那名字，但丁驀地一驚，其他人亦顯示出必恭必敬的神態。「契柯閣下被選爲大學的校長。」德奧菲洛言簡意賅地說。

法蘭西斯科・斯達比利，人稱「阿斯克利的契柯」。據說，他懂得關於星星的所有知識，根據推崇他的人的說法，他是當代最偉大的星相學家。

對方張開雙臂，詩人也熱情地將雙手放在他的肩上，用力地擁抱對方。「噢，我當然認識您，契柯閣下，我要向您這位偉大的醫師和星相學家致意。」他真誠而激動地說。

「我也向您，柔美詩體詩人、偉人中的偉人致意。」對方也擁抱了一下但丁，微笑著說，「我一直渴望見到您。全義大利都在討論您的柔美新詩體和您的詩歌之優美。如果腓特烈皇帝還活著，一定會聆聽您的詩歌以減輕國事之憂。」

「如果腓特烈皇帝還活著，您一定會在他的宮廷中用您的學識來指明國家的出路。您可是圭多・波那提最得意的弟子。」但丁回答道，並鞠了一躬。

「他是星相學的大師。」契柯恭敬地補充道，食指朝上指著。

「也是魔法的大師。」詩人回答，手指著地面。

「如果您喜歡這麼說的話。」

但丁過了一會才鬆開手，坐到唯一空著、肯定是爲他留的位子上，愜意地將身子朝後面的椅背上一靠。

這群人將在翡冷翠成立一所大學，他想，而他們當中竟沒有一個翡冷翠人。還有，死亡已向他們逼近了。

「這就是第三重天，屬於愛情女神維納斯的天空，智慧的所在，就像德奧菲洛告訴我的那樣。」他說，沒有特別朝其中的任何一個人說，「可是，你們爲什麼選擇這樣一個獨特的地方聚會呢？我知道大學還沒有校址，但是，在等待修復工程完工期間，市政廳一定會同意從聖皮耶羅劃出一間會議廳給你們的，或是某個修道院的殿堂……」

他發現，在場的人迅速地交換了一下眼色，心照不宣的樣子。「如果您有點耐心，您馬上就會明白的，阿利格耶里閣下。」藥劑師指著大廳的底部說，那邊似乎越加熱鬧起來。

有好一會，只聽見一陣低沉的手鼓聲，緩慢而充滿欲望，伴隨著敲擊青銅小碟發出的悅耳的金屬聲。在眾人熱烈的歡呼聲中，一名女子出現了。很快地，在她的周圍，森林般的手和肢體開始肆無忌憚地騷動起來，伴隨著粗俗的叫喊聲以及木製的盤碟有節奏地敲擊桌子的聲音。那嘈雜聲一度超越了伴樂聲。

但丁向德奧菲洛投去詢問的眼神。

「安迪麗雅，令巴爾多的酒館聲名遠揚直到羅馬的舞女。」藥劑師解釋說，他也突然顯得激動起來。

詩人看看四周。這間陋室的名氣甚至傳到了羅馬？他的城市正在變成什麼？不是他的翡冷翠，而是另一座城市，一座沿著舊城牆的周邊突然冒出來的陌生城市，一座新的巴比倫，卻沒有古代巴比倫城的輝煌。還有，這座城市的新偶像……就像那名舞女，一個不知從哪來的雙目彩繪的遊民。

「安迪麗雅？好奇怪的名字。這不是我們的聖徒名單中的名字⑤。」但丁說道。

「安迪麗雅進不了聖徒名單，哪怕她叫瑪麗亞．瑪達蕾娜，相信我吧。」維涅洛笑著說。

「不過，雖然她的名字不在名單中，我相信您也會讚美她那顯而易見的姿色以及藏而不露的才華的。」德奧菲洛帶著嘲諷的表情接話說。

但丁心不在焉地聽著，繼續注視著大廳另一頭那不莊重的場面，試圖越過那一排排柵欄般的身體的阻攔抓住一點細節。他看著那令眾人傾倒的女子。她是一個深色皮膚、四肢健碩的女子。

突然，他聽見一聲痛苦的尖叫，隨後有人又爆發出一陣震耳欲聾的大笑。廳的另一側出現了一個高大的男人，他一隻手臂沒了，倖存的另一隻手抓住了一名明顯醉醺醺的顧客的下腹。那個可憐的人發出殺豬般的嚎叫，獨臂男人拖著他朝門口走去。

「今晚，我們的酒館朋友又不得不露一手十字軍士兵的抓功。」布魯諾說著，朝那些人所在的方向擠眉弄眼。

「十字軍士兵的抓功？」

「您不知道這個從海外傳來的優雅技巧，阿利格耶里閣下？」維涅洛問，「這是摩爾人教給我們的眾多手藝之一，包括他們對亞里斯多德的評論。當我們身著鎧甲的士兵第一次到達亞洲海

⑤註：義大利人多以聖徒的名字給人命名。

岸的時候，那群魔王撒旦之子聞風喪膽，倉皇而逃，他們認爲我們是堅不可摧的。然而，他們憑藉奸詐的才能很快就明白，基督士兵的金盔鐵甲中有一個薄弱環節，擊中它就能產生您剛才所看到的效果。巴爾多雖然殘廢了，可憑藉這麼一抓，他就能制服比他還強壯的人，從而維持他的酒館內令人妒忌的秩序。」

此時，另一面鼓強勁有力地響了起來，聲音甚至蓋過了其他樂器。那聲音就像一個信號，舞女開始邁著莊重的步子向他們走來。她像一艘乘風破浪的船，穿過那些林立的手。她那半隱在面紗中的臉流露出對喧囂中的崇拜者們不屑一顧的神情。

不過，但丁覺得她那貌似被迫接受那些目光注視的不屑中有某種虛假的成分。他敢肯定她在演戲，在其內心深處，她對那些諂媚的動作是受用的，爲此才裝出嗤之以鼻的樣子。

鼓和碟的有節奏的音樂還在繼續，而且變得越加強烈。安迪麗雅繼續走近，她在那桌椅中間的空地上劃出一道大大的彎弧。詩人起初的好奇變成了一種輕微的、愉悅的顫抖。女子離他們越來越近了，她對那群狂熱崇拜她的下流人等仍視若無睹。

舞女的身體隱藏在一件薄若蟬翼的絲綢紗幔斗篷裙下面。衣裙上繡著的一個個精美的孔雀眼睛，更增添了她的優雅，令她恍若一隻美輪美奐的孔雀。但丁肯定自己從未在翡冷翠的衣店裡見過類似的服裝。

現在她來到了他們桌前，停住了腳步，並且開始緩緩地扭動腰肢，套在手腕上的圓形金屬片也隨之晃動起來。她的眼睛猶如兩顆黑色的瑪瑙寶石，正注視著他們。她低下頭，將誘人的脖子向後仰，脖子上綴滿了一圈圈纖細的金環。她晃動雙肩，似乎正要再次離去，同時不停扭動著腹部和美妙的腰肢，直到全身都繞著那同樣戴滿金環的纖細腳踝轉動起來。她轉了第一圈，又轉了第二圈、第三圈，她將雙臂升至臉部，模仿著手捧聖餐的姿勢。

但丁注視著她那沉魚落雁般的美麗臉龐：她有著東方人的輪廓，臉上恰到好處地施了一層淡淡的胭脂，令她增添了一種銅像雕塑般的光澤。舞動中的她令但丁想起豹子，就像多年前他在蘇丹使者的獸圈裡看到的那頭。那舞蹈宛若宗教祭祀儀式，一項因主祭者明顯不知羞恥的舞姿而變得瀆神的儀式，然而，那舞蹈卻富有一種詭異的神性。

他被那舞蹈深深地吸引住了。如果人世間的天堂裡有舞者，那麼其舞蹈一定就是這樣的獨一無二。莉莉斯⑥也一定曾經這樣舞過，人類最早的男性們也是這樣迷失的。這時，安迪麗雅的神情中沒有了將自己的身體開始呈現在人們面前的時候的淫蕩，此刻，她的臉上蕩漾著一種恍若天國的微笑。詩人驚詫得很，在那污穢的享樂之所，她就像一個上帝派來的使者，一個在索多瑪的路上行走著的天使，在那熱切的欲望的包圍中顯得如此不可侵犯。

她轉得越來越快，帶動著裙襬。裙襬開始張開、擴大，形成了一個美妙的花冠，在眾目睽睽中，如花朵般綻放開來。眾人看得目瞪口呆。與此同時，伴隨著疾風驟雨般的鼓點，音樂的節奏也變得越來越瘋狂。

但丁感覺到在場的男人的欲望如不斷上漲的潮水般湧向舞女。他甚至沒有發覺自己和其他人一樣站了起來，就好像有一股力量迫使他隨著裙襬的上升而上升。此時，她那曼妙的身體完全呈現在人們眼前。在那繃緊的腹部上有一根金色鏈子，上面的掛墜也在舞動。

⑥註：被指為亞當的第一任妻子，世界上第一個女人。

幾十雙眼睛呆若木雞地盯著她那腹股溝之間纖細的陰毛形成的美麗弧形。女人繼續旋轉著，陷入一種狂喜中，她已經和裙子上的孔雀眼睛形成的霧團渾然一體；伸至頭頂的雙手也劇烈地舞動著。她的旋轉似乎無休無止……突然間，音樂戛然而止，與此同時，舞女也驟然停止那令人眩暈的旋轉。她幾乎是毫不費力就停了下來，就好像身體是沒有重量的。裙襬再次落在那赤裸的身體上，遮擋了眾人的窺視。她拉了拉腰間的紗幔，一動不動地停了許久，喘著氣，那情形似乎她對在眾人心中激起的洶湧波濤毫不知情。

但丁也驚呆了。當他醒悟過來的時候，他猛地閉上張著的嘴。他的嘴在表演的全過程中一定一直張著，他不由得一陣羞愧。這肯定是那種名為chandu的藥引發的後遺症，它在一個翡冷翠市政廳成員身上引起和常人一樣的典型反應，他這樣告訴自己。他趕緊惴惴不安地坐下，心裡希望無人注意到他的失態。

首先打破沉默的是德奧菲洛。「您現在明白我們為何習慣將我們這個小團體稱為第三重天的追隨者了吧？」他說，眼睛盯著正朝廳的底部走去的女子。她仍處於一種夢幻般的沉默中。隨後，她消失在一扇門簾之後。所有的人又開始說笑起來，但沒有了剛才的喜悅，似乎，每個人都經歷了一場與淫欲之魔的祕密惡戰。

「我明白，」但丁喃喃說道，「不難想像愛神的使者在你們心中激起的愛情漣漪……」

此刻，驚呆了的他漸漸平靜下來，恢復了常態。他的城市未來大學的守護神竟然是一個婊子！一個不著衣衫、不顧廉恥、在酒館裡肆無忌憚地旋轉的趾高氣揚的娼妓！市政廳裡一定有人被收買了，這人將爲這顯而易見的腐敗付出代價。一個被愛神之天的成員所選中的妓女。多麼富有諷刺意味的時代隱喻，他抿了抿嘴，強忍住嘲諷的微笑。

維涅洛洪亮的聲音打斷了他的思索。維涅洛似乎是所有人當中最神情自若的一個。「對您所看到的，您是怎麼想的，但丁閣下？您不認爲，這些大師的智慧因追求美女——人世間偉大的一部分——而越添光輝嗎？這可是一個幾乎見識過地中海所有港口的美女的人告訴您的哦。」

「那女子是誰？」詩人問，盡量讓自己的語氣顯得滿不在乎。

奧古斯蒂諾的眼睛和聲音中都閃爍著欲望的光芒。「她來自遠方，剛到翡冷翠不久。您看見她的容貌了嗎？據說，她是躲避阿克里的聖喬凡尼城所蒙受的屠城災難的逃亡者之一。她孤身一人，除了那獨一無二的美貌，不名一物。她一定是在那裡學會那種舞蹈的，那可是和我們的獵歌舞或者拍手雙人舞截然不同的舞蹈。」

「她不像是拉丁人的後裔。」

「不是，她的父母也許是拜占庭的希臘人，又或許是希伯來人，或者是從土耳其的安納托利亞捕獲的奴隸。她自己也弄不清楚，要不，她壓根兒就不想說。」

「好啦，阿利格耶里閣下。」布魯諾·阿曼納蒂插話道。他盯著但丁，眼神裡閃爍著狡黠的光芒，一副沒安好心的樣子，似乎在有意挑釁。「難道，您的心中就沒有湧起一股親近我們的知識殿堂的欲望？」

但丁知道，在場的所有人，貌似漠不關心，其實，都在熱切地期待著他的回答。「你們，與其說是博學者的聚會，不如說是一個愛情的殿堂。」他含糊其辭地回答。

「您欣賞到的女人就是答案，阿利格耶里閣下。」安東尼奧・達・貝雷朵拉說，「況且，您自己的詩句，難道不也像是為她而作嗎？我有幸引述幾句：

你們知道什麼是愛情，
請聽我虔誠的歌謠，
一個傲視群芳的女子，
她的美麗掠走了我的心。

但丁臉紅了，那是他獻給貝緹麗彩的一首詩開頭的幾行。他憤怒不已，此人竟認為這首詩適合用來歌頌一個世俗舞女的美貌。他想激烈地反擊，但是又遏制住心中的怒火。也許，安東尼奧並不是想觸怒他，而是為了表示對他的崇敬之情。

「偉大而英明的所羅門也曾毫不猶豫地拜倒在示巴女王的石榴裙下呢，但他的光輝並沒有因此而黯然失色。」建築師雅各含沙射影地說，「也許，您可以在此獲取令您的詩人桂冠增光添彩的靈感。」

「雖然我公務繁重，但並不妨礙我談論愛情的甜美。」但丁回答。

「可是，我們討論的不僅僅是愛情，」阿斯克利的契柯平靜地說，「科學的成果在於揭示因大自然的嫉妒而被掩蓋起來的真相。尋根問柢、揭示神祕現象是學者的真正使命……也是大學的宗旨。」

「但是，沒有任何話題像愛情這樣值得我們費盡心思來探討。」雅各堅持己見，「您，阿利格耶里閣下，也會贊同這一點的。」

所有的人都表示贊同，像是都想對建築師的話做一番評論。奧古斯蒂諾似乎正要說什麼。

「什麼也不如愛情值得探討，謀殺也不？」但丁搶在他之前問道。

沒有人回答他的問題。

最後，有人打破了沉默。「謀殺？」布魯諾問，「您認爲，罪案在某種程度上可以成爲知識的物件？這怎麼可能呢？恰恰相反，但丁閣下，就像蘇格拉底和柏拉圖所認爲的那樣。」

但丁掃了他們一眼，「謀殺是一種邪惡行爲，但並不是與人類的思想靈魂毫不相干。它自人類誕生之日便存在，在伊甸園裡，人類的第一次謀殺，當該隱邀請他的弟弟到牧場裡去的時候。」他略作停頓，以觀察他們對他的話有何反應，「但是，我認爲，世上不存在理性和美德無法破譯的頭腦陰謀。因爲，兇手在被害者身上留下的，不僅有他雙手的痕跡，還有他思想靈魂的痕跡；而受害者則以一種隱蔽而神祕的吸引力召喚著殺害他的兇手。就這樣，生者和死者互爲對方的鏡子。」

「您這麼肯定？」阿曼納蒂問。

「是的。你們告訴我一個受害人，我就能將罪犯指給你們，就像偉大的阿基米德只需一個支點，就能撬起整個地球一樣。」

「您這是什麼意思？」

「我想說明的是，每個受害者選擇了自己的兇手並創造了兇殺的條件，該條件與他自己而不是與兇手相一致。受害者和兇手緊密相連，如同星辰與天空。在天體運動學中，托勒密認爲，在第一運動中，表面上截然相反的天體能夠通過本輪的相互有機聯繫而重新排列。同樣，兇手最卑劣的陰謀也會與其罪惡的運動軌道聯繫在一起，一個不犯錯的大腦能夠精確地把它計算出來。」

詩人感到眾人專注而困惑的目光。「因爲排斥罪惡，上帝運用力量照亮了我們的頭腦以阻止它。」他總結道。

他們似乎都呆住了。但丁自問，對他的推理分析，他們理解了多少。很少，他敢肯定，只有星相學家契柯是例外。他將身體放鬆地靠在座椅上，滿意地打量著他們臉上困惑不解的神情。看來，和這些外邦人打交道並不難，哪怕他們是有一定文化層次的人。

這一回打破沉默的是奧古斯蒂諾。「照您這麼說，阿利格耶里閣下，可以說，您對謀殺的興趣，並不僅局限於理論上的紙上談兵，而且，您還在塵世間的道路上探尋著它們的曲折軌跡。現在，您是執政官，或許您有機會追查那些您充滿激情地向我們講述的罪案之一的兇手？」他用充滿無辜的語氣說著。「是不是發生了一宗謀殺案？」他微笑著說，就好像正在斗膽做一個荒謬的假設。

「正是。而且，我所追蹤的罪惡已觸及了你們的足跡。」

他的話引起了一陣突如其來的沉默，酒館裡鬧烘烘的噪音也減弱了。藉著眼睛的餘光，但丁看見酒館老闆巴爾多也向他們靠近了些。雖然從他所在的地方，他無法聽見他們的對話，但可以肯定的是他一直在關注著他們。

「在將成爲大學所在地的那座教堂裡，有人被殘忍地殺死了——他是安布洛喬大師，鑲嵌畫家。」

他的話沒有引起任何反應。但丁巡視著那一張張毫無表情、如同戴上了冷冰冰的面具的臉。他原以爲他們會做出憐憫、驚恐，至少是吃驚的表情。然而，那無動於衷的表情是智者泰然自若的眞實見證，還是已得知消息的證明？這群人根本已經知道了所發生的事情，其中一人尤其清楚。

接著，魔法在一剎那間驟然消失，在場的人的臉上突然充滿了他所期待的驚愕和哀痛，同時，驚訝的聲音一下子使那個角落擁有了酒館其他地方的嘈雜氣氛。

「安布洛喬……死了？」阿斯克利的契柯終於說話了。「怎麼會？爲什麼？」他看上去很悲痛，然而但丁覺得他的動情中有虛假的成分。

「警長和他的士兵還在黑暗中尋找線索。」他略作停頓之後說道，同時一邊繼續巡視著圍坐在桌邊的那群人。他越加肯定自己的判斷，他們已經知道了兇殺案，但是爲了某種不可告人的目的，卻裝作對此一無所知。

當然，認爲這群學者與一樁駭人聽聞的兇殺案有關聯的想法看起來很荒謬。然而，有多少次，他見識了人們行爲中最難以預料的兩面性？

「您沒有回答我，阿利格耶里閣下，大師他是怎麼死的？」契柯繼續追問道。

「安布洛喬是活生生地被人拖進他的墳墓中的。」但丁簡單地敘述了在命案現場看到的一切。「不過，也許被害人當時尚有時間來譜寫自己的葬歌，儘管留下的標記模糊不清。」他總結道。

「標記，什麼標記？」

但丁將手指浸入酒杯中殘存的酒中，在桌上寫下了教堂牆上的那幾個字母，然後，他驟然停止。

藥劑師給他的神祕藥物引發的一塊幻覺碎片覆蓋於他對教堂中所見的回憶之上。一個在他的大腦中隱藏著的細節，他的夢亦曾向他暗示過的細節，現在，一目了然，完全可以肯定了。

當他還處於新發現所帶來的震驚之中時，他聽見德奧菲洛擔憂的聲音：「老師，您不舒服嗎？」

他沒有回答對方的問題，而是反問道：「你們當中有幾個人認識鑲嵌畫家？」

他們迅速交換了一下眼色，回答他的仍是德奧菲洛：「我想我可以代表所有的人告訴您，但丁閣下，我們都認識他，而且，我們都敬佩他的偉大才能。」

他語調平靜，然而他們那不安的神情表明，似乎所有的人都被這問題問住了，特別是問題中暗含的言外之意。

「您告訴了我們調查人員的粗略結論，」德奧菲洛說，「那麼，您的結論呢？」

「開始的時候，我的結論也並不比他們的深入，即使我的分析能力要比那群爲警長服務的粗人強些。」詩人回答。也許只是他的一種感覺，他覺得聽到這話的時候，他們都長吁了一口氣。

「直到剛才，」稍作停頓之後，他說，「智慧女神米諾娃的手撥開了我大腦中的雲霧，我才豁然開朗起來。」

「您想說什麼？」德奧菲洛問。

「現在對我而言再清楚不過的事情。」但丁再次用手指緩緩地描著桌上的字跡，「你們不認爲，安布洛喬在畫了三道豎線之後，又寫了一個他未能寫完的單詞？也許他想寫的是III

COELUM，也就是，第三重天？」

他的話再次引發一陣沉默。「偶然的巧合罷了，您不覺得嗎，阿利格耶里閣下？」最後，奧古斯蒂諾說，口氣漠然。

但丁決定與之周旋到底。如果他們想讓他道出他的意圖，他可以馬上做到。「如果我認爲你們當中無人比我先得出同樣的假設，那麼，我是在侮辱你們的智慧。」

「從這一假設能推斷出什麼呢？」坐在桌子另一頭的雅各問，聲音刺耳。

未等但丁回答，阿斯克利的契柯加入了辯論。「是的，阿利格耶里閣下，我也認爲那標記不是偶然寫出來的，我也得出了和您一樣的結論。但是，如果安布洛喬援引了第三重天的假設成立，他這樣做是爲了懲罰我們，還是爲了讓我們爲他報仇？如果是第一種情況，他是在指控我們所有的人，還是隱藏於我們當中的一個人有罪？而如果是第二種情況，我們又該向誰尋仇呢？」

「最後，第三種可能，如果前兩種情況都不正確的話，」布魯諾插話了，「第三重天並不是被大師而是被殺手援引的，這是一種截然不同的偶然性情況。那麼，我們又該認爲當時那個垂死的人的痛苦是爲了哪一重天？你們認爲呢，朋友們？」神學家總結道，並沒有特別對著某個人說話。

「在這塊礁石上，我們智慧的小舟將觸礁沉沒。」奧古斯蒂諾喃喃而語。

但丁沒有馬上接話，而是陷入了沉思中。他的對話者們所描述的場景是正確的。他又開始觀察那一張張注視著他的臉。有人正向他投來挑釁的目光，儘管表面上還顯得很客氣。

他已準備好對付這種情況。「兇手企圖隱藏在這種瘋狂的謎語之後，然而，翡冷翠已將正義之劍交到了我的手中，在將他的頭砍下來之前，我絕不會把劍放下。」他一字一頓地說。

似乎所有的人都表示同意，他們就像一群酒足飯飽的貓一樣，面無表情地看著他。這讓他想起羊毛行會的中間商，多少次，他在翡冷翠的街頭看到他們與買家挽著胳膊，關係融洽的樣子，然而那一刻，一種對這種融洽的懷疑湧上了他的心頭。

當他告辭離去的時候，宵禁熄燈的鐘聲已敲響好久了，然而周圍的人並不把它當一回事，就好像酒館裡所有的人都有通行證似的。走到門口的時候，他碰上了酒館老闆，對方好像在專門等待那一刻以接近他。他好像急於告訴但丁什麼，可是後來他只是草草地鞠了一躬，口裡含糊地說了幾句告別的客套話。但丁發覺，他一邊說一邊瞥著第三重天的人，而那些人也在關注著他的一舉一動。

但丁快速地穿過阿爾諾河對岸那夜幕中空曠的街道，來到了位於聖皮耶羅的住處。當他邁上通往他房間的台階，他覺得簡直累極了，連續兩天的可怕經歷已讓他的身體累得吃不消了。他不得不在走到一半的時候停下來喘喘氣，歇一歇。詩人一頭栽倒在床上，和衣躺下，僅僅將鞋子脫下，然後，用夜帽蒙住了頭。

他回想著他的所見所聞：死亡發生的教堂，安布洛喬尚未完成的鑲嵌壁畫，他那令人不寒而慄的面具。兩者之間到底有沒有聯繫呢？被藝術之光照亮的作品與被痛苦淹沒的面具？為何鑲嵌畫師會被人用那種方式殺死，變成像他的作品一樣的石頭？

他浮想聯翩，不停地向自己提各種沒有答案的問題，大腦在一陣陣銅片的叮鈴聲中，漸漸進入夢鄉。

第五章

六月十七日，太陽即將升起的時候

但丁用手擋住從窗口射進來的陽光，試圖從床上支起身子。然而，夢境與記憶仍在他的腦海中糾纏，有好大一會兒，他以為眼前閃爍的光芒是藥物發揮作用的後果。其實，酒館的烈性白葡萄酒和嗆人的煙味，才是造成這種感官遲鈍的原因。

他再次躺下，雙眼盯著屋頂的椽梁，竭力抑制住陣陣眩暈。整個房間似乎都在隨著安迪麗雅的衣裙而旋轉。他用力閉上雙眼，以躲開那直射入大腦中的強烈光束。噁心漸漸減弱，他小心翼翼地起來。他得出去，得重新恢復自我控制力。

他暗暗譴責自己的失態：作為翡冷翠的執政官，他應該行為檢點，不可縱酒作樂。他希望他的同僚永遠也不知道他的那次冒險經歷。

但丁花了一個多鐘頭的時間準備市政廳的第一場政務會議。當他還聚精會神地在腦海中醞釀著他的發言的時候，祕書將關於第三重天成員的報告交到他手上。正如他所猜測的，那些人都是各自行會中的精英，都持有由聲名遐邇的大學所頒發的自由執教證書。

年齡最大的是布魯諾·阿曼納蒂，他曾在巴勒斯坦長期逗留過，竭力規勸那些異教徒皈依他所屬的教派——聖方濟教會。最年輕的是建築師雅各。他們在最近一年內陸續來到翡冷翠。從市政廳獲得了從教資格的認可之後，便開始從事各自的教學活動，從而每個人都有自己的一群學生。他們與聖十字教堂和聖母馬利亞教堂的學校關係密切，但並不依賴他們。其中，藥劑師德奧菲洛．斯普洛維里，雖然主要在自己的藥店裡工作，但也偶爾在聖瑪達萊娜修道院教授醫藥課程。

至於船長維涅洛．馬林，只知道他與其他成員交往甚為密切，但是沒有任何關於他從事何種特別工作的記錄。無人知道他維持生計的錢來自何處，只是有人懷疑他靠借款和高利貸度日。在報告中，每個人的名字後面都相應記錄著他們所居住的街道名稱。

「您對此肯定嗎？」但丁問站在他面前的祕書，手指著一段文字，對方彎下腰，以便能夠看得更清楚。

「是的，執政官，他們都來自羅馬。」

「可以說，他們都是旅行家。可那名舞女呢？為何沒有任何關於她的記錄？」

「她……她並不是大學團體的成員。我本以為您不會對她感興趣……」

在但丁聽來，對方這是話裡有話。「市政廳對一切都感興趣，」他冷冷地反駁道，「正義監視著每一個可疑的人。」

對方聳聳肩，被那質問的語氣嚇得戰戰兢兢：「不……我們對她的情況知道不多。她好像是來自海外。通往普拉托的城門衛兵有她入城的記錄……根據記錄，她到這兒有六十天了，她自稱是自由人，而且沒有……」

他大大鬆了口氣。

「什麼？」

「沒有情況表明她從事賣淫活動。」

「她住在哪裡？這裡沒有註明。」

「在小酒館裡……我估計。雖然她的名聲頗受轄區衛兵的質疑，他們已對她多加留意了，但是她的行蹤不受限制。」祕書說，似乎想爲這一疏忽尋找藉口。當詩人揮手示意他離開的時候，他大大鬆了口氣。

但丁將報告放入櫥中，打算以後再好好研究那摞資料。然後，他沿著拱廊朝會議廳走去。清晨的空氣非常新鮮，空氣中可以聞到陣陣炊煙和麵包的香味。他竭力想將夜裡所看到的一切從腦海中趕走，將思想集中到市政廳政務會議將要討論的話題上——他的發言必須令人信服，這樣他的政治抱負才不會受挫。

詩人的發言將以歌頌神聖的自由爲開頭，然後他將引用古代哲學家亞里斯多德的《倫理學》，再後來是《政治學》。然而，安迪麗雅的身體和安布洛喬的面具仍不時地閃現在他腦海中。疼痛在他大腦中擴散。

正想著，突然感到腳下有人擋住了去路，他差點被絆了個踉蹌。地上蜷縮著一個男子，正用哀怨的聲音試圖叫住詩人。他的頭上半包著一些破爛的布，像是爲了遮掩那被毀壞的醜陋容貌。

「給個錢幣，我就會說出您的命運！」

「什麼？又來了！」但丁一腳踢開他，口裡咒罵著。他認得此人，是眾多成天待在聖皮耶羅斯奇拉喬區域教堂門前乞討的乞丐之一。此人還是個慣竊，並爲此失去了手指。

「滾開！不然我讓人將你關進斯汀格監獄。」

「您的命運，大人，一個錢幣！」他一邊走，一邊還在用蠻橫的聲音喊道。

如果只需幾個錢幣即可……在這座城裡，人人都急於爲我預測未來，但丁無奈地聳聳肩，對自己說。

政務會議在這座修道院古老的餐廳舉行。但丁走進去的時候，其他五名執政官都已經就座了。他們圍坐在長桌前，正聚精會神地研究一份文件，間或激烈地討論著。

看到他進來，代表羊毛行會的執政官清了清嗓子。但丁覺得他想吸引別人的注意力，就像是在提醒眾人他的存在似的。然後，他開始說：「放在我們面前的是一份教皇的聖諭，帶著卜尼法斯的要求。這是他的個人使節派人呈交給市政廳的。『神聖無比的翡冷翠，我們心中的至愛，我們眼中的奇葩，王國的明珠』……」

看著其他人在傳遞那份訓令時必恭必敬、幾乎不敢觸摸那張教皇摸過的羊皮紙的神態，但丁很反感。雖然他奉勸過自己要利用說服而不是斥罵的手段，但是，僅僅是同僚們的態度就足以讓他火冒三丈。當文件被傳遞到他身邊的那人手上時，他猛地一把搶過來，怒不可遏地將它一下摔到桌上。

「拉博閣下，我們都知道加塔尼的詩歌很優雅，可是，這些話又不是新的福音書，逐字逐句地研究他的話有什麼用？他想要什麼？」但丁勃然大怒。他對教皇索要的東西一無所知，而且他覺得其他人閃爍其詞，有意瞞著他，這令他感到很不痛快。

「尊貴的加塔尼——教皇卜尼法斯八世陛下要求我們為他在托斯卡納的偉業提供財政和軍事的支援。」

原來如此！他知道，拉齊奧之城效仿巴勒斯坦推翻了教皇的代理人——羅馬教區的主教，宣布成立了自由的城邦國。

「說到底，他要的只不過是一百多名弓弩手和幾匹馬……或許，在不給市政廳的財政造成過重負擔的前提下，我們可以答應他……」一名執政官說，語氣猶豫。

「皮埃特羅閣下，這和我們的財政毫不相干。」但丁口氣強硬地回答，「它關係到的是我們的自由，以及將自己託付給翡冷翠的人們的自由。難道我們得把脖子伸到販賣聖職的卑鄙小人卜尼法斯的枷鎖中？」

「卜尼法斯是販賣聖職的罪人？阿利格耶里閣下，您小心點，如此出言不遜，您會後悔的！您可別把我們都拖到跟您一樣的自取滅亡中去！白黨，我們的黨，沒有興趣……」

「白黨也是我所屬的黨派，您好像忘了這一點。我的所作所為都是為了黨的自由。不過，拯救我們的城市才是我們更高利益所在。」

「他要的不過是一百名弓弩手！」來自貨幣兌換行會的執政官插話了，帶著和事老的語氣，「也許，我們可以滿足卜尼法斯的要求，不激化與他的矛盾，同時也不削弱我們的防衛……」

「你們別被這看似少量的數目所欺騙，」但丁回答道，「你們不知道這放棄的是軍隊，雖然那是一支多年來指揮不當的軍隊。如果此時拉響開戰的警鈴，你們認為集合到戰場上的會是一支怎樣的部隊？幾千個披著鬆鬆垮垮的盔甲的作坊主！他們久不操練，部署不當，武器裝備落後，軍紀渙散，膽小如鼠，只會赤手空拳地打架，愚蠢地虐待戰俘，面對有組織的武裝進攻卻束手無策，毫無反抗能力。自從法律將貴族的孩子排除在軍隊統領職位之外以後，各區域的軍隊就落到了彈羊毛工、梳理工、暴發戶和妓女之子的手中……」

「阿利格耶里閣下！」坐在桌子對面的拉博・薩爾特雷洛大聲叫喊著站起來，「您這麼說，就好像翡冷翠人民不是您的子民似的，就好像您不是商人、兌換者或者什麼更糟糕的人的兒子似的！」

「該死的惡棍！」但丁也站起來，雙臂伸向拉博的脖子。其他人急忙勸阻，一隻手抓住了他。

但丁的手還是碰到了拉博，後者發出一聲低沉的尖叫。

「您抓起人來像隻貓，但丁閣下！」他呻吟著，揉著鼻子上一道紅色的抓痕。

「我進攻起來像老虎，貓只配對付像您這樣的鼠輩！」

詩人情緒激動地環顧四周。從太陽穴上暴突的青筋可以想像他是多麼怒不可遏。過了好一會，他才漸漸平靜下來，兩眼仍瞪著拉博。「是的……也許我們應該回到公事上來。」他再次拿起羊皮紙，雙手仍因情緒激動而顫抖著，「您說那只不過是一百名弓弩手，但是弓弩手連隊目前可是翡冷翠唯一一支眞正的軍隊。將它交給卜尼法斯意味著卸去我們防衛中的精銳主力，使加塔尼有機會收買我們的人，使之成爲他的人，再歸還給我們的時候，這些人將成爲我們軍隊中的毒蛇，隨時會反咬我們一口。不然，我們也會被迫尋找新的士兵，到時候，我們將不得不用成堆的錢幣來購買熱那亞的雇傭軍，想想吧！」

這些話起作用了。拉博·薩爾特雷洛雖然仍怒視著但丁，但是，他似乎也在斟酌著這些話。

「也許，我們最好還是再考慮考慮……我們不用急於做出決定。」皮埃特羅閣下喃喃說道。

但丁心中自語，看來，他的話起作用了。至少，他成功地在他們心中播下了對居心叵測的卜尼法斯產生懷疑的種子。他知道他擊中了要害，甚至無需搬出柏拉圖和亞里斯多德。金錢的聲音竟比美德和理性的聲音更洪亮。

「言之有理，我們可以答覆教皇說，在我們的新城牆完工之後，我們就將這些弓弩手給他。」杜奇奧閣下補充說。他顯得放鬆了些。現在無需面對必須做出決定的痛苦，所有的人都變得平靜起來。

「你們聽說了，從通往普拉托的城門那邊傳來的消息？」拉博問，「好像有一群痲瘋病人正從北方而來，欲前往羅馬。他們希望卜尼法斯的大赦禮能夠驅走他們身上的病痛。誰知道這群人中混入了多少招搖撞騙和煽風點火的人呢？卡里馬拉的執政官得下令加強軍力，以防止他們偷偷潛入城內。」

「得把他們全都殺了！」皮埃特羅執政官口氣僵硬地說，他那兇狠的語氣中透著一種恐懼，「教廷是不會饒恕他們的！」

「你們知道嗎？據說，帕多瓦的傳染病院都空了。莫非是吉伯林派透過一些被他們收買的教士，在那群被遺棄的人當中散布他們的病可以在羅馬得到治癒的流言？他們想利用這群骯髒污穢的人來對付敵對的城邦國？」

「可是，我們還是得收治他們，這群該受詛咒的人！馬喬內醫院已經準備好了一層地下室，那可能還不夠。痲瘋病人所受的折磨，應可以彌補他們的罪過。」

但丁在想別的東西。關於那支痲瘋病人組成的軍隊，對他而言，就像是個傳說。然而，最後那句話還是觸動了他。他曾在道德哲學研究中用很長時間探究過一個話題。

「您認爲，痛苦眞的是罪行的懲罰？」他問，像是在自言自語，「如果是這樣，那麼死於聖猶大教堂的鑲嵌畫師，又是因爲什麼罪過而受到如此殘酷的懲罰呢？」

大廳陷入一片令人尷尬的沉默中。但丁並不期望有人回答，他繼續說：「我剛剛得知，一所綜合大學將在翡冷翠成立，一座囊括各行各業的學府，像遙遠的巴黎大學一樣。這竟然是卜尼法斯授意準備開辦的。你們對此一無所知嗎？」

「沒聽說過。」皮埃特羅閣下回答，其他人也搖頭表示否定，「可是說到底，那是教士們的事，市政府不爲此類學校提供資金，只爲那些培養作坊員工的學校提供資金。不過，不管怎麼說，這也是一件好事，翡冷翠終於將有一所大學了。這樣，我們的居民將不必傾家蕩產送子女到帕多瓦、波隆那，乃至巴黎那幫異教徒的老家去求學了。」

但丁瞥了他一眼。他年輕時曾在巴黎求學過，正是在藝術學院這樣一座使巴黎城獲得無偏見之城美譽的學府學習過。這個粗魯的鄉巴佬想影射什麼？

他猛地站起來，收拾起自己的文件。眞是受夠了這群人。

市政廳門外的階梯下面，站著一名男子，正看著他。天氣悶熱，此人卻穿著白色羊皮長袍，如同沙漠裡的人一樣，他的臉上遮了一塊面巾，以抵擋烈日的炙烤。當他走近前來的時候，拉下面巾露出臉。原來這是第三重天的成員之一：奧古斯蒂諾・迪・梅尼柯，自然哲學家。

他走向但丁，臉上堆滿了友善的微笑。然而，他那冰冷的眼神出賣了表面上的和氣。但丁立刻警惕起來。

「您好，阿利格耶里閣下。我和我的學生約好在廣場見面，看到您，我想也許您會樂意陪我一起去。在貴市，很難享受到與您這樣高水準的哲學同行進行學術對話了，況且您還曾師從巴黎的大師們。」

似乎所有的人都知道他的求學經歷。「也許，您高估了那些大師。」但丁生硬地回答。

他們離開階梯，朝奧薩米凱勒修道院廣場所在的方向走去。

面料商將馬車停靠在廣場邊上裝載貨物，以運到北方的集市去出售。狹窄的通道上停了十來匹馬，馬糞在酷熱的空氣中發酵，散發出陣陣惡臭。成群的蒼蠅嗡嗡叫著，四處亂飛，有時甚至竄入行人的口鼻中。儘管烈日當頭，街上仍人來人往，熙熙攘攘，人們臉上都罩著遮陽的面巾。

「阿利格耶里閣下，我找您不是為了和您討論您的學識之師的理論，」奧古斯蒂諾一邊說，一邊揮手趕走一群蒼蠅，「而是為了更好地瞭解您對您正在調查的命案的想法。」

但丁沒有回答，而是在想對方為何對這個事如此感興趣。也許只是好奇，也許是心裡有鬼。但丁決定欲擒故縱。「罪犯在命案現場留下的線索不多。除了我告訴過你們的，就沒有別的了。」

「真的沒有更多的線索？」奧古斯蒂諾看起來有點失望，「我原以為，憑著您豐富的學識，您也許已經看到了一線曙光，而我們由於知識的貧乏尚處於黑暗中。不過，也許我的判斷過於受人們對您的高度評價的限制了。」

但丁緊閉雙唇，將目光移向別處，像是對周圍的人感興趣。「相反，我倒是有種感覺，」他說，並將目光再次盯著對方。

「什麼？」

「就是你們所有的人都對此事知之甚多，甚至可以說是瞭解來龍去脈。」

奧古斯蒂諾沒有馬上回答，略作停頓之後才說：「我想您一定仔細研究過大師死前尚未完成的鑲嵌畫。」

但丁趕走一隻停在他腮幫上的蒼蠅。「您也見過此畫？」

「巨人像？是的，我見過，就在安布洛喬開始創作的時候。」奧古斯蒂諾不再多說，像是在等著詩人繼續這個話題。

「那幅畫看起來好像是宗教故事中尼布甲尼撒夢境的再現。」但丁審愼地說。他沒有提到畫上的細節以及此畫僅完成一半的事實。「它的象徵意義太顯而易見了。」他總結道。

「這幅作品不只是巧妙地利用色彩和線條再現了那場夢境，您沒有注意到此畫的靈魂所代表的隱祕含義？某種更爲複雜的含義，鑲嵌畫師試圖通過他的藝術將它公之於眾。」

「這麼說，您也認爲他是因此而被殺的？」

「難道不可能是這樣嗎？」

但丁聳聳肩，沒有馬上回答。奧古斯蒂諾似乎還在等著他再說些什麼。「我想是這樣的……

當然，犯罪的誕生源於對已完成的某個行爲的報復，或者是爲了防止將來某種行爲的發生。總之，是爲了抹去本質，即被殺害人的更深層次的身分。可又有什麼比一件作品更能反映一名藝術家的本質呢？」

走著走著，他們來到集市上。哲學家停了下來，在一個狀如狼首的噴泉前俯下身子，湊著一根青銅管喝起水來。但丁覺得口乾舌燥，酷熱難耐，於是，他也喝了一口溫熱的水。

「我認爲您說得有道理。」奧古斯蒂諾接起剛才的話題，「也許，安布洛喬錯在不願意改變計畫。」

執政官用袖子擦乾了嘴巴。「作品的主題不是由訂購方——也就是你們大學教師團體決定的嗎？」

奧古斯蒂諾再次露出他特有的僞善微笑。他像是有意賣關子，以占據上風。「是這樣的。不過，我們的本意與此大相逕庭。我見過用炭筆畫在牆上的底稿，是契馬布埃的一名學生描繪的。一幅百草百獸圖，水草豐美，動物成群結隊，就像那不勒斯王國的奧特蘭托大教堂中那幅氣勢恢宏的百草壁畫。」

「後來又發生了什麼呢？」

「大師他請求並獲准改變主題，由他另選一個主題。他拒絕挑戰這樣一幅如此宏大的畫作，或者說，至少，他想讓人相信他是這樣想的……」

「那您相信嗎？」

「我認爲，安布洛喬大師他不是一個會在藝術上拒絕任何挑戰的人。他當時有一種近乎瀆神的觀點，他說他將使聖猶大教堂成爲世界的中心。不，我認爲，是別的原因促使他做出這一決定的。」

但丁把玩著腰帶，默不作聲地思索著。爲何《聖經》中記載的那無關緊要的一筆，會如此深刻地影響著藝術家乃至決定改變設計圖，而不惜違背訂購方的本意呢？尤其是，如果奧古斯蒂諾的斷言是正確的話，爲何安布洛喬要拒絕挑戰基督教最偉大的作品之一呢？那個巨人像爲何如此重要？

只有安布洛喬自己能夠做出回答了，他想。奧古斯蒂諾似乎看穿了但丁的想法。「得問問死者，」他突然說道，「如果可能的話。」

「您認爲可能嗎？」

哲學家沒有回答，似乎認爲繼續沿著那個話題冒險不太妥當，但是，他仍不禁要嘗試一下，「好像是不可能的，不過……至少您不是正在試圖質問他的靈魂嗎？」

「質問死者需要依靠耐心的分析，奧古斯蒂諾閣下，收集並研究他們在這個世界上留下的蛛絲馬跡。如果得到美德和知識的正確指引，理性的光輝就永遠錯不了。」

「言之有理，但是您得當心點。因爲其他人爲了別的目的，正在走一條與沉默的死者對話的路，如果您不巧碰上他們，就可能會有生命危險。有人認爲，用奇術的力量可以更輕而易舉地召喚死者，將他們從他們所在的那些地方拉出來。」

「那些是上帝所在的地方。莫非您正在談論的是招魂術？黑色的魔法？」

奧古斯蒂諾聳聳肩，不置可否。

「您認為能夠迫使死者的靈魂與生者對話？您認為您自己或你們當中的某個人能夠做到？」略作停頓之後，但丁決定姑且試探一下。

奧古斯蒂諾的臉色一下變得慘白。他直愣愣地盯著但丁身後的地方，就像是看到了一個幽靈。但丁飛快地朝自己身後看了一眼，看看是否有人正在窺視他們。那一刻，奇怪得很，廣場上空蕩蕩的，就好像所有的居民都為了躲避瘟疫而逃離了這座城市。也許，死者所在的大地與那石板鋪就的骯髒路面別無二致，連奧古斯蒂諾也似乎變成了一個死魂靈，但丁竭力抑制住自己想摸摸對方以確認他不是個幽靈的衝動。

「當心您說的話。我們可是在教會的土地上。」對方回答，手指著出現在阿恰依烏利路拐角上的一群僧侶。

「在教會的土地上，就不會有招魂巫師的存在？」但丁緊追不捨。

「但其他地方更多，也許。」

「在上帝的追隨者的房間裡也是如此？」

「聖方濟曾列數過，樞機會議中的魔鬼比地獄中的軍團還要多。」

「在第三重天中也是如此？」

奧古斯蒂諾默不作聲。隨後，他裹緊身上的衣服，以抵擋一陣突如其來的熱風。熱風橫掃過廣場，捲起一團灰塵。他拉下面巾，罩住雙眼。「願主保佑你，兄弟。等你再次來到第三重天的時候，我們會有機會繼續我們的話題的。」

向但丁微微點了點頭以示告別之後，哲學家匆匆離去。此時街道四周又變得嘈雜熱鬧起來，詩人對此充耳不聞。他再次思索起奧古斯蒂諾的話，那諱莫如深、含沙射影的話以及他對死者恃才傲物的指責。

說到底，他對安布洛喬所知甚少，只知道他是個偉大的藝術家。得問問安布洛喬的同行，誰能夠比一個同行更瞭解他呢？那個長相如馬的人的臉浮現在但丁腦海中——雅各．多里迪，他是唯一一個在建築師來翡冷翠之前就與之相識的人。

至少，事情看起來是這樣。

但丁知道，建築師多里迪應該正在位於洗禮堂前方的大型工地上工作，那是正在建造中的新大教堂。但丁快速地穿越卡爾扎尤里街，朝聖喬凡尼廣場走去。街邊到處是小商販支撐起來的五彩斑斕的遮陽傘，僅在馬路中央留出一條狹窄的通道。

洗禮堂前方的土地已被平整好了，長達二百多碼，延伸到羅馬帝國時期遺留下來的舊城牆附近。龐大的支撐結構已經初現雛形，將教堂分割成三座殿堂的巨大支柱赫然矗立在眼前，圍牆也已砌至窗戶所在的高度。通往十字形耳堂的地方，具有三座壁龕的後殿的框架結構也已基本完成了。在那裡，偉大的阿爾諾夫已造好了將覆蓋基督教最宏偉的教堂的圓形穹頂的支柱。

詩人走進工地。他不得不竭力躲避來來往往的獨輪手推車，以及在他周圍正沿著軌道瘋狂轉動的環形滑車組。裡面，在即將矗立起未來的聖體盤的地方，在未來的磚砌圓形穹頂的巨大八邊形的幾何中心之處，有一些倚靠著腳手架擺放的長桌。他遠遠地就認出了在那裡的建築師雅各，他正俯身於一堆設計圖紙上。

但丁走到他身後，對方太專注了，沒有發現他的到來。但丁默不作聲地欣賞了好一會雅各建築師的傑作。只見他揮動粉筆，三下兩下就勾勒出某個拱柱的一處細節，同時，向站在他身邊的一名建築工頭解釋著。由柱子形成的圓鼓形的完美圓弧呈現在他們上方，猶如上帝警惕的眼睛，正注視著將以他的名義矗立起來的建築，以便他們不再重複巴比倫的驕傲。

隨後，建築師轉過頭來，發現了但丁。他似乎並不太樂意看到但丁，因爲他只是勉強地擠出了一點笑容。他站起來說：「阿利格耶里閣下，眞榮幸能在我們這卑微的工地上見到您——本市執政官。遺憾的是，阿爾諾夫大師他不在這裡，無法給予您應得的榮耀。我想您是來視察工程進展情況的吧？」

「事實上，我找的是您，雅各閣下。你們的作品——」但丁抬頭看了看高處，接著說，「眞是氣派恢宏，我看人們必定會交口稱讚阿爾諾夫和助他一臂之力的您。」

「您找我？」雅各問。他對溢美之詞置若罔聞，看上去有些心事重重。

「是的，我想知道更多關於被害的安布洛喬大師的情況。我相信，在大學成員當中，您最瞭解他。」

雅各聳了聳肩，說：「當然，安布洛喬大師是我的同行，即使他所屬的鑲嵌畫建築師行會不怎麼傾向於和行會成員以外的人來往。不管怎麼說，我們曾一起在羅馬工地上待過。那些日子裡，我們常常在一起，不過我們並不是朋友，如果您想知道的就是這個的話。此外……那段日子也不長，因爲有一天他突然離開了，就此中斷了他的工作。我和阿爾諾夫來翡冷翠的時候，也沒想到會碰到他。」

但丁盯著他問：「您怎麼看他的藝術，雅各大師？他真的是義大利首屈一指的鑲嵌畫建築師嗎？」

對方過了一會才回答：「在他的藝術領域裡，安布洛喬不愧是一名大師。卜尼法斯曾授權讓他用壁畫裝飾自己將來在聖彼得堡大教堂下葬的小教堂的牆壁呢。」他口氣生硬地回答。

「您並不欣賞他的風格，對嗎？」

「時代不同了，但丁閣下。從法國傳來了一股新風潮，然而安布洛喬大師仍是拜占庭風格，頑固地堅持重複運用一成不變的模式。也許一幅適合描繪國王雄姿的畫卻不適合現在的新時代，一個不斷前進的時代。您見過他在那座教堂裡的鑲嵌壁畫，肯定注意到了那些線條很生硬……」

「那幅被中斷的鑲嵌畫……有人告訴我，最初的計畫想表現的完全是另外一個主題，隱喻造物主的一棵生命之樹。您知道他改變初衷的原因嗎？」

「不知道，我甚至不知道他曾選用這一主題。我只知道，他在接受任務之後的許多天裡都沒有動手工作，而是在教堂裡走來走去，沉浸在冥思苦想中。」

「就好像他不肯定要表達什麼似的？」

「是的，或者說……」建築師欲言又止，臉上帶著尷尬的表情，似乎後悔開始這一話題。

「或者說？」

「或者說他似乎害怕什麼。」

「什麼？」

「我不知道，但不管是什麼，這種恐懼如影隨形般從羅馬跟著他來到了這裡。」

但丁掂量著這些話的意思，問道：「您認爲，那就是他的畫所要表達的內容，他在作品中想要揭示的？」

雅各不耐煩地環顧四周，似乎想回到他的工作中。

「您對它所涉及的內容略知一二，對不對？」詩人緊追不捨。雅各沒有回答，但丁抓住他的一隻手臂，晃動著對方。「是這樣嗎？對不對？您別忘了市政廳有的是讓不願意說話的人開口的法子。」

「在我們工作過的聖保羅教堂裡，有過一種傳言……關於切萊斯廷五世……這位隱居教皇之死……」雅各結結巴巴地說。

「不錯，人人都知道這個傳言，說是卜尼法斯派人殺死他的。」

建築師似乎倍感意外，露出驚訝的樣子：「不，但丁閣下，不是他下的命令。在羅馬的傳言稱，卜尼法斯聽說這一消息後勃然大怒，據說整整三天的時間，他都在詛咒從他手中奪走他的獵物的死亡之神。」

「獵物？」但丁驚呼起來，臉上寫滿了困惑。

「據說老教皇知道一個祕密，他死了，這個祕密也隨之進了墳墓。」

但丁仍是一副難以置信的樣子，這必定是卜尼法斯的追隨者爲了使教皇擺脫不光彩的醜聞，而在教廷內傳播的眾多傳言之一。「它說的是什麼？」

「就這些，或許安布洛喬知道別的什麼，又或許不止他一人知道。」

但丁竭力琢磨著他剛剛聽到的這話裡有話的句子。「不只是他一人，您指的是誰？」

「在我們當時居住的附屬於聖保羅教堂的修道院裡，還住著一些教廷的人，一群爲了教皇的某項特殊使命而工作的法學家……」

一個名字閃過但丁的腦海。「安東尼奧·達·貝雷朵拉，第三重天的法學家也是其中一員？您想說的是這個嗎？」

雅各點頭默認，「也許他對您更有用，但丁閣下。可以肯定，他當時比我更靠近傳言的源頭。」

但丁閃了一下身體，避開槓桿機械手正向上運送的一堆磚頭。他的注意力被該機械裝備所吸引。這是個阿基米德的簡單槓桿，只不過其體型大得驚人，這是機械建築師的專長之一。「我看到您這裡有很多這種機器。」

「是的，它們是大型建築項目的靈魂。」

詩人環顧四周，原來的聖賽巴萊特教堂僅剩下外側圍牆的一點痕跡，很快這僅剩的斷壁殘垣就將被平坦的路面所取代。他抬頭向上望，想像著這座建築完工後的樣子，那將是一座宏大的廟宇，人站在裡面，將顯得非常藐小……

雅各注意到但丁的目光，「一旦封頂，蓋住這些立柱，它將成爲基督教世界最大的教堂。這是阿爾諾夫的傑作，它將令翡冷翠聞名於世。」

「翡冷翠早已聞名遐邇，包括在地獄裡，雅各閣下。」但丁喃喃說道，「一座城市高聳而起，另一座城市則深入地下，就像在地下開闢了一條通往魔鬼撒旦的通道。」

對方驚訝地盯著但丁，一言不發。

安東尼奧·達·貝雷朵拉，那個長著一張狐狸臉的男人，住在聖馬可教堂的客房裡，但丁決定去那裡找他，他希望此人已經從聖方濟修會學校回來。

不錯，他就在那裡，正聚精會神地在一本厚厚的法典上寫著什麼，像是正在對不同的內容進行艱難的比較，並對之做出評註。

他看到但丁，立刻停了下來，很快合上手中的那本法典。

「向您致意，安東尼奧閣下。」但丁說，「請原諒我的到來打斷了您的工作。」說著指了指那本書。

對方站起來，點點頭以示回禮。「沒有什麼事不能往後推的。」他說，一邊向客人示意坐到一張木板凳上，一邊急忙把上面攤放的一堆羊皮紙挪開。

「市政廳伸張正義的需要迫使我不得不冒昧來訪，希望您多多原諒。」詩人接著說，舒舒服服地坐到凳子上。

「相反，我很高興見到您，但丁閣下。您的聲望已傳到了羅馬，您的詩句爲人們所傳誦，包括我這個從事不同精神領域研究的人。與您交談是非常寶貴的……『交談即可知道一個人是否有智慧』……那天與您在第三重天的會面眞是件令人愉快的事情。」

又是對詩人詩句的引用，似乎大學團體中的成員都是但丁的崇拜者。

但丁臉紅了。他心中湧起一陣自豪感，很想接著對方將那十四行詩朗誦完，但他還是抑制住這個衝動：對方目光中的某種東西促使他提高了警惕——此人那狐狸般的臉部輪廓下隱藏著狼的利齒。於是，但丁只是略表感謝，說道：「我到此是爲了請您協助我做調查，安東尼奧閣下。我聽說，在來到翡冷翠之前，您在羅馬城外的聖保羅教堂邊上的修道院裡住過。」

「是的，我當時剛從海外回來，就住到那裡了。」

「您也去過聖地？」但丁吃驚地問。

「我本以爲您知道的。我當時跟著利埃吉紅衣主教——最後一位被派到阿克里的聖喬凡尼城的使節。該城淪陷的時候，我和他一起逃回來的，當我回到義大利的時候，教皇卜尼法斯熱情友好地邀請我利用我那微薄的學識爲偉大的教廷工作。」

「您在羅馬逗留的日子裡，認識了安布洛喬？」

「鑲嵌畫建築師？是的，但是我和他沒有深交。他當時不知在忙著大教堂裡的一項什麼工程。我見過他幾次，每次都是在走廊裡擦肩而過。」

他說最後一句話的時候輕描淡寫，似乎想特別強調他們的交情非常淺。事實上，他的用詞可謂是字斟句酌，小心翼翼，警惕得很。也許這是法學家的思維慣性，非常注意用詞的細微差別，又或許，這是一個想隱瞞什麼的人才會採用的禦敵之術。

但丁決定開門見山：「大師是不是在工作過程中獲悉了某件危險的事情？」

「我不知道。某件他可能因此而被殺死的事情？」安東尼奧似乎眞的很吃驚，但是，他那狐狸一樣的臉部輪廓越發明顯。

「是不是他的作品所揭示的某件事情？」

「聖保羅修道院是羅馬聖殿騎士團的財產，當時裡面住著一個法學家委員會，我也是其中一員。卜尼法斯委託該委員會為一封他即將發表的訓令尋找論據。沒有什麼能夠證明該事件與謀殺有關係。」

「一封訓令……關於什麼內容？」但丁問道，神情專注。他此行的目的被放在了第二位。

「關於宗教權力高於世俗權力，也就是說，宗教權力從第二位上升到第一位。」

「那是不是說，利用法律手段使加塔尼的暴政名正言順？」

安東尼奧注視著他的眼睛說：「您不認為卜尼法斯理應向帝國要求歸還屬於教皇的至高無上的權力？您可是屬於圭爾夫派的人吶……」

但丁沒有回答，而是指著那本合上的法典問：「您的觀點都收集在那裡面？」

「是的，我原來是那個委員會的公證員，我手中掌握著與此相關的所有文書和記錄資料，而我正在準備的訓令的文本正是以這些資料為基礎的。上帝給了人類一個太陽，那就是聖彼得所在的教廷，讓他管理和照亮帝國的所有土地。教皇的至一至聖詔書：這是教會的使命。這就是我所寫的內容。」法學家驕傲地說，看來他對他所支持的教廷沒有絲毫懷疑。

「但是，被上帝所照亮的人類為精神的太陽找到了第二顆太陽，那就是羅馬皇帝所代表的世俗權力，您好像忘了這一點。」

「您的理論，阿利格耶里閣下，是想把上帝所創造的太陽的光輝與另一種光等同起來，雖然這種由人類所點明的光也很強烈，這種觀點……」他似乎一時間找不到合適的詞語來形容。

「純屬無稽之談，或許，您想這麼說？」但丁脫口而出。

對方聳聳肩，「不，不是無稽之談，而是邪惡的。」

「我會讓您明白那是截然相反的。好了，讓我們回到安布洛喬之死上來……」詩人大聲說。時間緊迫，他後悔被自己對政治的熱中沖昏了頭。「您知不知道鑲嵌畫家的第一份方案與他最後動手繪製的不一樣？」

「不知道，他爲什麼這麼做呢？」

「我本以爲您知道的，據說這和他在羅馬的逗留有關係。也許在那些天裡發生了一些您可能也見證過的事情。」

「我只對我的研究感興趣，阿利格耶里閣下。您也是一名學者，您很清楚，這些研究工作會讓人與世隔絕，不關心他人的事。不過讓我想想，我確實有件可以告訴您的關於已去世畫家的事。據說，有一次他被從他正在裝飾的一座教堂趕走，他在那裡的作品也被摧毀了，因爲訂購方發現，他將耶穌的門徒的臉都繪成了皇室成員的樣子，從『紅鬍子』腓特烈一世到康拉丁……不過，那也許只是流言蜚語。」

但丁明白，法學家不可能透露更多的信息了。也許他眞的不知道；也許，每隻狐狸都會在其老巢深處留有一條逃生之路。

雖然他不能忽視其他公務，但是安布洛喬那張被毀壞的臉仍不斷地閃現在他眼前，令他感到怵目驚心。

一想起他在翡冷翠的國民大會中所見到的卑劣行徑——人們狂熱地投票贊成剝奪戰敗者的一

切的提議，而在面對一個有權有勢的人的傲慢時卻又謹小愼微，他就不由得悲從中來。要是這座受詛咒的城市裡至少還有另外兩個像他這樣的人，那就好了……

但這樣想是沒有用的，他搖了搖頭，用手擦了擦額頭上的汗。思緒不由得再次回到鑲嵌畫家之死上來。

一定會揭開那個謎團的。得回到謀殺案發生的教堂裡去，就一個人去。

第一次，但丁是和其他人一起去的，當時偏頭痛模糊了他的視覺，五官的感知力也變弱了，使他無法聆聽那個地方對靈魂的低聲傾訴。他肯定忽視了一些最根本的細節和線索。只是，漏掉了什麼呢？

黃昏以後，街上的行人應該少些了，這樣就能走得快些。作爲翡冷翠的一名執政官，但丁有權在宵禁信號發出之後自由行動——他準備在那以後行動。

第六章

當天，宵禁信號之後

詩人走在那些狹窄的街道中，在每個拐彎處都會停下來，豎起耳朵，警惕地聽聽是否有巡邏隊邁著有節奏的步伐經過，然而，整個街區似乎陷入了一片死寂，只有從樓房底層窗戶不時傳來的突然爆發出的笑聲、低聲的尖叫和竊竊私語。他聳聳肩，對自己正漸漸發現的這座城市的風氣感到憤懣。

他的大腦記錄著每一個細節，不日將向市政廳遞交一份詳細報告，以阻止這樣的世風日下。霧氣又升起來了，空氣悶熱得令人喘不過氣來。當他到達那座教堂的時候已疲憊不堪，走得渾身是汗，連衣服都濕透了。教堂隱沒在夜幕中，在鄉間的夜色中只能勉強看見它那龐大的黑影。月光下，唯有那高聳的塔樓清晰可見。

他越過那些斷壁殘垣，跨入大門的門檻。黑暗中，藉著從天窗透進來的微光，他扶著牆壁上的石塊，一步步摸索著前進。他還記得位於中殿中央的大坑，因此並不太費勁就繞過了它。

後殿裡應該還有衛兵們留下的火把。他來到那半圓形的後殿中，昏暗中壁畫隱約可見。他從口袋中掏出導火索和火鐮。很好，在腳手架的下面，有一盞油燈，他連忙將它取過來。

當他正敲擊火鐮準備點火的那一刻，一個身影猛然撞向他的肩膀，但丁不由得驚叫起來。此人從黑暗中撞向他之後，即刻奪路而逃。火鐮跌落到地上，彈跳了幾下，發出清脆的金屬撞擊石塊的聲音。他竭力保持住身體的平衡；同時，他的手迅速握住腰間的匕首。當他拔出匕首的時候，神祕的進攻者已經消失在柵欄後面的通道裡。但丁一動不動，豎起雙耳，捕捉著黑暗中的每一個動靜。

然而，他一無所獲，此處似乎已別無他人。他蹲下身子，摸索著尋找跌落在地上的火鐮和油燈，仍警覺地注意著每一種細小的聲響。他好不容易才找到了它們，手指觸摸到了從油燈中灑落在地的油，心中不禁暗暗希望燈裡剩下的油還夠用。

那人會不會是個小偷？可是一座被遺棄的教堂裡又有什麼可偷的呢？要不，是一個和他一樣爲了檢查犯罪現場而來的人？在被襲擊之後，當他尚在黑暗中踉蹌的時候，他覺得身邊似乎還是有人，但願那只是錯覺。

但丁好不容易才點亮了油燈，將那小小的光圈移到安布洛喬被殺害的地方。先在地板上仔細搜索，然後舉起手中的油燈，再次觀察起那幅尚未完成的馬賽克鑲嵌壁畫來。在黑暗中，僅依靠這點光亮是無法看清整幅畫像的，火光只能一點點地照亮巨人像的一些細節。

他終於發現了一些不同於先前的情況：地上有一小堆馬賽克碎片和一些剝落的石灰粉末。抬起頭又發現，在靠近壁畫中央的部位有一些明顯的痕跡，就像是有人想毀掉這幅畫，但卻未能如願。但丁踮起腳，竭力舉高油燈這才發現，先前看似隨意的網狀刻痕，竟然是一個清晰的五角形。

這讓他想起五角星形，巫術中最強大的符號。

這個符號是匆忙中用力刻下的。再看看四周，殿堂中央有一個腳手架，那是慘案發生之前就架在那裡以備施工之用的。他將腳手架拖到馬賽克畫像前，靠在牆上，將油燈放在架子上面，以便能夠把那個詭異的符號看得更清楚些。摸著刻在石灰牆面上的溝痕：這一定是有人用鋼刀或者匕首的尖端反覆在牆上刻畫出來的。他踮起腳尖，伸手剛好觸及刻痕的最高處，那麼，這一定是個身高與但丁相仿的人。

他曾在一本關於巫術的書上看到過類似的罪惡符號。那本書是從一個被懷疑利用巫術招搖撞騙的人的家裡繳獲的。當時，那人正心無旁騖地做著召喚死魂靈的儀式，一下子被抓了個正著，並被送進了宗教裁判所，連同所有被查獲的資料。據說，他被關在一座囚車裡，直接給送到羅馬，從此便杳無音訊了。

當時但丁擔任市政廳的人民最高行政長官，正是他簽署的將此人送交教廷處置的命令。不過最後他將資料保留了一個晚上，以讀一讀那本《影子書》⑦，瞭解巫師的魔法到底有些什麼。

那本書是用一種陌生的語言寫成的，充斥著令人費解的圖案、符號和數字，也許那是魔鬼使用的某種語言吧。他沒能看懂，只是覺得腦子裡一片混亂，在那裡面，每一個話題的自然秩序都完全被顛倒了。只有極少的內容他能看明白：星星與星座的圖案，還有幾何圖案，其中五角形占據著重要而醒目的位置。

當時，他曾長時間地審問過那人，想從他口中獲得某些解釋。他讓士兵解開捆綁那人的繩

⑦註：女巫日誌，內容涵蓋各時代女巫的個人經驗，描述她們如何使用祕密處方、魔咒、藥草等。

子，但是那人只是口中念念有詞，不斷重複著一大段莫名其妙的話，還伴隨著一種奇怪的舞蹈和召喚魔鬼的咒語。當但丁發現他正用腳上流出的血在自己周圍畫出一道圓弧，就像是想把自己關在那邪惡的行爲中的時候，但丁忍不住狠狠地扇了他一耳光。

「你打我是因爲我落在你的手中，」囚犯克制著疼痛嘟囔著，「可是，如果你落在我手中，我會爲你打開眞相，而不像你這樣將我關在火中。」

「如果我落入你手中，那就意味著世界被顚倒了，反基督的軍團正在地球上肆虐。」詩人冷冷地回答。

「但是，那個軍團帶著關於善惡的祕密，那令我們像上帝一樣的智慧果。來吧，加入到我們的團體中吧，它的名字就是我的主人。」他的話夾雜著帶血的唾沫，他朝但丁靠過來，「把耳朵湊到我嘴邊吧，我告訴你那個能夠挪開石頭，在大地上打開死亡之門的詞語。」

他的眼睛閃爍著地獄般的幽光。但丁覺得那是火把的反光，抑或是那人被瘋狂的閃電擊中的表現。

但丁恐懼地向後退，用手摀住雙耳，而對方還在念念有詞地嘟囔著什麼，嘴角上掛著一絲陰險可怕的冷笑。

多年來，但丁一直譴責自己當時的儒弱，沒有勇氣讓自己的信仰接受挑戰。而現在，這個圖案又再次出現在面前。

這麼說，在翡冷翠，有人在偷偷舉行黑色巫術儀式，而翡冷翠的執政管理者卻沒有發覺。但是爲什麼這個圖案被刻在牆上，幾乎毀壞了這幅宗教寓意壁畫，而不是被刻在地上，就像人們所說的，巫師們將它畫在地上爲他們舉行儀式所用？

他再次仔細觀察那幅畫。刻上的符號毀壞了巨人的左腿，一堆陶製的馬賽克碎片散落在地面上的石灰中。

在那些碎片中，有某種東西在閃爍。那是一種但丁在托斯卡納一帶從未見過的短刃匕首，極像這一帶農民在地裡使用的一種鐮刀的微縮版。那種鐮刀很適合用來嫁接葡萄藤，也很適合在僻靜無人處解決某項榮譽問題，給某個仇人來上一刀。

匕首的角形刀柄上刻著些什麼，詩人將刀靠近火光，這才看清刻著的是聖殿騎士的十字架。

他不安地環顧四周。不，那人肯定不是個簡單的毛賊，直到現在他才發現，自己並未聽到偷襲者遠去教堂出口處的腳步聲。也許，此人尙躲在暗處，隨時準備再次襲擊他。他盡最大努力舉起油燈，然而那微弱的光亮只能反襯出成片的陰影，四周一片空蕩蕩。

他敢肯定此人沒有跑向大門。他前方是黑黝黝的無底深坑，也許有辦法能進入到那大坑下面，或者地下室那裡有個祕密出口。他將油燈高舉過頭，小心翼翼地靠近坑口，還要探個究竟。

這是他第一次仔細觀察這一廢墟。從大坑的邊緣，可以隱約看到一排碎石，一些類似於粗糙台階的殘留部分。他靠近前去，想看看那裡是否可以行走，一湊近才驚訝地發現，那不是地面的殘留物，而是通向黑暗深處的一排台階的開始。他緊握匕首，探步邁向第一級台階。

階梯呈螺旋狀，沿著圓形的牆壁向深處延伸，越往下走，那螺旋狀的階梯就顯得越緊湊，活像一個在潮濕的地中挖出的黑暗世界的漏斗，好似有一隻走獸在那裡開挖了一個洞穴以躲避光亮。

他貼著左側的牆壁小心翼翼地向下走著，腳步的回聲被詭異地放大又傳回來。他覺得自己就像是被一群前進中的人所包圍，絮絮的低語聲從無底洞深處傳來。在那一片混亂之中，他似乎聽到了水流動的聲音。

從牆壁的一處裂縫中，一股細小的地下水流漫過階梯，最終墜落到空蕩蕩的深處。猶豫片刻之後，但丁一躍跳過那泥濘的小溪流，心中暗暗祈禱階梯能夠支撐住他的體重。他覺得自己像是在跨越一道無形的界線，而那小溪流就像是不能跨越的邊界。隨著他的跳躍，火苗跳躍了一下，照亮了下行的台階。

洞穴的牆壁不再是結實的岩石，牆面上開著十幾個大小不一的墓穴，極似一個恐怖的堆滿人體遺骸的蜂窩。燈光掠過那一個個擁擠著人體殘骸的蜂房般的洞穴，陰影交錯間彷彿令那些殘缺不全的肢體又活了起來。

死者空洞洞的眼睛緊盯著但丁，那些骷髏的手似乎正朝他伸來，就好像整個地獄的魔鬼都在那裡等著他的到來。

但丁只覺兩腳發軟。

那一定是個被遺忘的墓室。他又向下走了幾步，恐懼緊緊地攫住了他的喉嚨，只得稍作停頓，喘了口氣。裡面的空氣憋悶極了，著實難以忍受。他腳下的地面慢慢升騰起一股黃色的煙霧，似乎夏天的所有酷熱之氣都在此凝集了。

詩人竭力保持鎮定，想用理性來驅走心中的恐懼之魔。在上面殿中偷襲他的應該是個人而不是魔鬼，否則就不會快速逃走了。

第一次，當他差點掉入這深坑的時候，他以爲這是個古羅馬蓄水池。現在看來，它是被基督徒們改建成一個郊區墓室，遠離非基督徒的眼睛。

聖猶大教堂在它上面建成，墓穴從而被遺忘了，直到有一天，支柱倒塌之後，這地獄之口才得以重見天日。

要不，那是古代伊特魯斯基人在他們的土地上建立的墓穴之一。在瑪雷瑪一帶就有很多這樣的墓穴。不管怎麼說，毫無疑問地，這是人建造的工程而不是魔鬼的作品。

如果地獄有形狀的話，但丁想，那一定與此別無二致，也會是呈漏斗形。

理性讓他漸漸從驚魂未定中鎮靜下來，接著往下走時空氣似乎不再那麼凝重了，有一股微風從下方吹拂而來，驅散了憋悶的空氣。

石階終止於一個被磚塊封死的拱門下。在墓穴建成之後的日子裡，可能有人決定將這通往地底深處的路封上，也許是爲了防止有人繼續向前探索，也許是爲了封住深處那可能肆虐於地球的力量。

墓室的底部是一個直徑至少有十碼長的圓形建築。地面是不規則的玄武岩石板，中央部位有個坑，匯集了從上方階梯跌落下來的水。在最後的幾級階梯上，有人留下了許多蠟燭頭。但丁拿起一根，蠟燭頭看上去還剛剛用過，上面的蠟很柔軟，散發著一股若隱若現的淡淡香味。

對那名神祕陌生人的恐懼再次襲來。不可能有人能夠從這被封住的路逃走，他再次舉起手中的燈，警覺地四處張望。火苗閃爍不定起來，他小心謹愼地朝那股氣流傳來的方向走去。

從近處看，巍峨的牆壁是用不規則的巨石砌成的，權作古老建築的地基。在其中的一個地方，有個區域顯得尤爲深邃，那不是岩石色彩的改變，而是一個過道，一個僅容一人通過的過道。他走近前去，盡力照亮洞孔以看清楚。狹窄的通道後面，似乎有個更爲寬敞的所在，牆壁很規則並井然有序。

猶豫一下，他決定冒險穿過去。

雖然無法推測出通道所延伸的長度，但是他可以肯定，在他的前方，一定有個比他剛過來的地方更爲寬敞的所在。隨著燈光漸漸照亮那些新的細節，建築的樣子變得熟悉起來——那是一個從岩石中挖出的地下通道，寬約四碼，上方是一個狀如酒桶的拱頂。拱頂並沒有很明顯的結構，多處地方被人用磚砌的柱子和拱柱固定住，通道前方消失在油燈光圈以外的黑暗中。他覺得腳下是一片濕滑的泥濘，散發著陣陣刺鼻的腐臭味。那一定是阿爾諾河在汛期帶來的淤泥，現在是夏天枯水期，這條通道才可以行走。

他繼續看看四周，由衷地欽佩不已。這是一項宏大的工程，配得上它的古老建造者的名聲，但是它卻成爲罪惡之國的一部分。在這個城市裡，到底有多少個這樣的地下建築？那些教堂和修道院的地底下又有多少類似的洞穴？

地下室裡的那些蠟燭足以證明，有人在此舉行一些見不得光的儀式，這是個令人不安的事實，也許，鑲嵌畫建築師也參加了這些儀式？

但丁又向前走了幾步。現在，他可以肯定那個神祕人是從此處逃走的。但是現在已經太遲了，不可能追上他了。他正打算往回走，突然發現前方有什麼東西在動。沿著牆壁靠近拱柱的地面上，橫七豎八的一堆堆，像是破布做成的包袱，正慢慢地從地上豎立起來。

他緊貼著牆壁，不寒而慄。

眼前發生的，無疑就是他一直想像中末日審判裡死者的甦醒，只是那甦醒中有某種不確定的東西，像是一個卑劣的版本，一種滑稽的模仿。那不是一個洗淨了罪惡的清潔之軀，而是個正從昏暗中向他蹣跚而來的肢體，上面布滿了極為可怖的瘡口，勉強地用繃帶綁著，繃帶上還滲著鮮血，滴著膿液。

他覺得心跳都停止了。在市政廳時所擔心的污穢成群的痲瘋病人不是正在逼近，而是利用這條壕溝，已經在翡冷翠的地下深處氾濫成災。

他鼓起所有的勇氣向前走，將匕首對著離他最近的一個，然而那人對此視若無睹，還在繼續逼近，並將傷痕累累的手伸向他，臉上露出淒然的笑容。

「站住！魔鬼！再向前邁一步你將必死無疑！」但丁發出一聲怒喝。

「阿利格耶里閣下，您不認得我了？」

這個聲音喚醒了他腦海中的某個記憶。詩人沒有回答，而是再次揮舞著手中的武器，在空中劃出了一個圈，以在自己和地獄之間築起一道鋼鐵屏障。「我不認識你。」他說。

「是我呀，阿利格耶里閣下，賈內托，在聖皮耶羅乞討的乞丐。」

一道微弱的光照亮了此人的臉。他停了下來，開始把頭上血跡斑斑的繃帶解下來。但丁緩緩地放下了手中的武器。真的是他，那個潛入市政廳的衣衫襤褸的乞丐，那個曾向他要錢說為他算命的人。此時，其他人都停了下來，不再向他靠近，似乎對他失去了所有的興趣，又回到原地蜷縮起來。

「歡迎來到乞討者的王國，阿利格耶里閣下，您也在尋找過夜的棲身之所嗎？」男人冷笑著，露出斷齒。

詩人已將匕首插入劍鞘中，一股怒氣湧上心頭，取代了剛才的恐懼。但丁向前一把抓住乞丐的脖子，兇猛地將他的頭撞向牆壁，讓他停住手的不是對方哀求的聲音，而是對方恐懼的眼光，否則就有可能太遲了。

他放開了乞丐，乞丐倚靠著牆壁，現出痛苦的神情，費勁地喘著氣。但丁也是氣喘噓噓，他用手揉了揉眼睛，似乎想抹去剛剛發生的事情。「你爲何裹上了這堆骯髒污穢的破布？那些人莫非是……」

「他們？」賈內托指著周圍那群橫七豎八地躺在地上的人。他們當中有人動了動，抬起頭張望了一下，又回到原地躺下，一副愛理不理的樣子，好像類似的吵架在這裡是司空見慣的事。「我覺得您被祕密行會騙了。」他說，恢復了常態。

「祕密行會？」

「是的，窮皮行會，最卑微的行會。它沒有被記錄在冊，連市政廳少數行會目錄裡也沒有，但是，我向您保證它是存在的，就像您現在所看到的。翡冷翠的有錢人住在他們的高樓大廈裡，然而，在馬路上，還有住在陰暗宮殿中的一群人。您知道，我們這些靠乞討過日子的，也需要神恩的光。」

長期以來，翡冷翠布滿了成群結隊的乞丐。他們就像死馬骨架上密密麻麻的蒼蠅一樣，多得數也數不清。冒充的朝聖者、瘸子、畸形人、瞎子、十字軍老兵與眞正的肢體不全者、眞跛子、眞瘋子和眞惡棍混雜在一起，形成了一支由四處訴苦的人、爲人算命者、聲稱能預測奇蹟的人組成的軍團。他們毫無理由，別無其他目的，只是將這潭水越攪越渾。但丁知道他們的存在，不過，他沒有想到他們的人數如此之多。

他在遊歷巴黎期間，見過更糟的情況。那裡的乞丐渣滓甚至組成了強硬的聯盟，他們與法國國王談判，要求控制城市的所有大街小巷……看來翡冷翠不久也會陷入這種在整個基督教世界氾濫的混亂中。

「你們的疾病如此不堪入目……怎麼可能被允許在誠實的市民眼皮底下自由地乞討呢？」詩人問。

「我們當中沒有一個是眞的患有所展示的殘疾的。士兵們對此很清楚，不過，他們更對能夠每天收到一把錢幣感到滿足，所以就對我們聽之任之。相信我，阿利格耶里閣下，我們這些小偷有技藝超群的同夥，而且就在翡冷翠城裡。」

但丁不由自主地點頭贊同。的確，被吊在絞刑架上的人與熱烈鼓掌的圍觀人群之間，沒有很大的差別。也許這個無賴能有用處。「你剛才看見有人從這裡逃走嗎？」他問。

「我看到有人從教堂上面下來。」

「誰？他穿著什麼衣服？你看到他的臉沒有？」

「沒有，抱歉幫不了您，他一晃就消失在黑暗中了。」

「其他人有沒有可能看到了什麼？」

「在我們行會裡，沒有人會關心別人的事。況且經常有人從教堂上面下來，我們已經習以爲常了。」

但丁抓住他的肩膀，「你想說什麼？那些施工學徒知道這個通道嗎？」

「那上面沒有徒工，執政官大人。我進去過好幾次，試探過……情況的。我見到的唯一的工作人員就是鑲嵌畫師——那個死了的人，他也不做什麼事。可我指的是其他人。」

「誰？」

「那些在地下室底部那邊舉行儀式的人。我還以爲您知道這事呢。」

「我對此一無所知……什麼儀式？」

「很多次了，總是在深夜裡，就在教堂下面的那個地下墓室裡，我見過一夥人聚集在一起開祕密會議。我們從不過墓室那邊去的，您知道我們可不想打攪死人的夢，但是他們的聲音會傳過來。」

「他們說些什麼？」

「聽不懂，混亂的詞語和討論……有時，他們還做祈禱。」

但丁摸著下巴，陷入沉思中。那個畫在祭壇上用來召喚魔鬼的五角形……

突然，他抬起頭，盯著他的對話者。賈內托的嘴臉從繃帶中冒出來，就像一隻從牆洞裡探出頭來的老鼠。他懷疑對方可能在騙他，也許此人編這個故事只是爲了培養他的想像力。可能這裡從來沒有舉行過任何儀式，而大師之死也很簡單，就是被這些冒牌的痲瘋病人之一所殺，兇手可能想上去偷他的東西。鑲嵌畫師們聞名整個歐洲，他們的聘金之高也是眾所周知的事，連喬托也從未因其作品而拿過像他們那麼高的酬金。

賈內托貌似毫無進攻性，而且一臉討好的樣子，實際上他那繃帶下面藏著的是沾滿鮮血的手。但丁對自己說，他會把他們都抓起來的，他知道了他們的老巢在這裡，他會回來的。

「那邊通向哪裡？」他指著黑乎乎的前方問。

「這通道的出口靠近阿爾諾河，就在新橋附近。」

詩人靠著牆壁默不作聲，陷入沉思中。過了好一會，他才發覺賈內托一直在盯著他，似乎想告訴他什麼，但又找不到合適的話起頭。

「我想求您一件事，阿利格耶里閣下。」他摸著後腦勺，好像又想起剛才被撞疼的地方。

「說吧。」

「您寫東西的，對吧？寫寫我吧，求求您了。」

原來如此，但丁心中自語。這是我們都希望得到的，最卑微不幸的人也希望留名於世。如果我們能夠訪問死者所在的地方，他們的要求莫非也是這樣？

「作為交換，我可以透露某些對您有用的事。」賈內托接著說。

但丁注視著他，這個可憐的人能夠透露些什麼有用的東西呢？

「也許是可以救您的消息。」乞丐接著說，耗子般的眼睛盯著但丁。

「我的命運？又來了！」

「您準備好逃走吧，你們輸了。」

詩人豎起耳朵。這個窮困潦倒的人對翡冷翠的政治能知道些什麼呢？

對方似乎看出了但丁的疑惑，接著說，「向我收保護費的一個士兵有個親戚是教皇軍隊裡的人。卜尼法斯正準備到我們的城市來，表面上他是爲了和平而來，而事實上，他是爲了替黑黨推翻市政廳，奪取戰利品來的。對於我們乞丐來說，派別爭鬥誰勝誰負都是無所謂的事情；但是，對於一個像您這樣的人而言，可就是性命攸關的了。快逃走吧，不然就太遲了。」

此人所言讓人擔心眞的會發生：不難想像，一個像賈內托這樣生活在馬路上的乞丐，能獲得的消息是源源不斷的。但丁藉著眼睛的餘光，發覺兩個原先蜷縮著的人站起來走向出口。他還注意到，賈內托用懷疑的目光看著那兩人的舉動。在消失之前，他們當中一個轉過身來。那一瞬間，但丁覺得此人有些眼熟，可一時又想不起來。「他們是誰？」他問。

「兩個我從未想過會在行會裡見到的人。」

「什麼？」

「不知道。他們出於某種原因裝成我們的人，他們騙得了其他人，但騙不了我。」

當但丁試圖再看看他們覆蓋著破布的身影時，兩人已經消失在黑暗中。

第七章

六月十八日，早晨

但丁緊急召見了執政官邸的警長。

警長喘著粗氣跑進來，還是那副心不甘情不願的樣子。他沒有穿上通常穿戴的盔甲，這樣一來看起來就瘦小多了。「您有什麼重要的事，阿利格耶里閣下，需要我離開崗位十萬火急地趕來？」他脫口而出。

「那酒館就是你該查看的地方，該死的傢伙。」詩人這樣想著，但是，他沒有說出口。他在手中反覆把玩著在教堂裡找到的那把奇特的匕首。「在翡冷翠有聖殿騎士會的成員嗎？」他問道。

「什麼？」

「醒醒吧，警長！耶穌的貧窮騎士，又稱聖殿騎士，他們身披白色斗篷，配有顯眼的十字架。您知道在城裡是否有他們的存在？」

對方好像總算明白過來了，漠然地聳了聳肩。「那個派別啊，他們很有權勢的，不過後來他們假裝能夠爲耶穌聖墓而死，結果卻丟失了聖地。還有，他們和摩爾人做生意都發了財。他們目中無人，傲慢無比，像猶太人一樣貪婪，還嗜好打架鬥毆……不，我們城市從未准許過他們在城裡住下。再說了，我們已經有夠多的高利貸商人了。」說完最後一句話時，他噗嗤一聲笑起來。

但丁也忍不住笑了。他發現他第一次和衛兵意見一致。接著，一個念頭令他又變得冷峻起來，這個無賴是在指桑罵槐，影射關於他父親阿利吉耶羅的流言嗎？他緊握拳頭，走向對方。「您想說的到底是什麼？」他叫起來，眼睛冒火般地瞪著對方。

警長嚇得猛地向後退，好像真的是對但丁的反應感到既意外又害怕。「沒，沒有什麼別的意思。」他結結巴巴地說，「在市區裡，沒有聖殿騎士。他們離此最近的職俸所在地是阿圭拉，他們在那裡和那不勒斯王國的卡比塔納塔以及該國的其他領地做買賣……」

「我明白他們這個團體沒有正式登記在冊，但我想知道的是，你們在調查過程中是否偶然發現過他們的蹤跡，包括喬裝改扮、隱藏在別的外衣之下？」

這個問題其實問了也白問。哪怕有一群獨角怪獸從這個人的眼皮底下走過，他也不會發覺的。然而，他的回答卻令但丁感到意外。

「沒有……不過，也許有，或者曾經有過，像您說的那樣，喬裝改扮。」

「此話怎講？」

「據說以前在方濟修會，包括我們翡冷翠的方濟修士當中有一個派別，一群帝國的擁護者，祕密加入了聖殿騎士會。不過，無人知道這事的真假，可能只是傳聞而已。要想瞭解清楚，我看得進入這些苦修者們的腦袋才行。他們內部互相傾軋，但對外卻守口如瓶，就好像在他們的修道院的圍牆裡面還有聖方濟和貧窮的存在……」

看來他別無所知，但丁惱怒地讓他下去。此人的寡廉鮮恥，令詩人氣惱不已，那充斥著關於修士的句子也令他厭煩。只有像他這樣一個熟悉他們的人，才能夠深刻地知道他們的無恥濫言與美德，只是，他們的美德少得可憐，無恥濫言卻數不勝數。

警衛長剛離開，一個士兵就進來通報說有個陌生人求見但丁。

「他說他是誰了嗎？」

「沒有，不過他很肯定地說他認識您。」

詩人覺得頷骨上的肌肉一陣抽搐，肯定又是那個臭名昭著的高利貸商人馬內托來討債了。他緊張地看看四周，思索著該怎麼辦。「現在不行，讓他在市議會的會議結束之後再來。」

「但丁閣下，總是那麼忙呀？就像在坎巴迪諾吃敗仗的時候一樣！」一個聲音尖利地響起來，語氣裡滿帶著冷嘲熱諷。

但丁像一隻被踩住尾巴的狗一樣，隨時準備反擊了。在他面前的是一個寬臉男子。此人兩手握著拳，扠著腰，正嘻皮笑臉地看著他。他穿著奢華的旅行服，裝飾華美，非常惹眼，這與市政廳所頒布的禁止過度奢侈的法律格格不入。從他的裝扮可以看出他是外地人，說話還帶著錫耶那一帶的口音。

「您有多少年沒有看到我這張臉了，難道愛情真的讓我變得如此難以辨認？」來者接著說，話語中滿是輕佻的口氣。

但丁抬起手，遮住從柱廊筒形穹頂穿透進來的陽光，注視著他。「安焦利埃里閣下……是您？您不是在監獄裡嗎？」

來者爆發出一陣大笑。「我的哭訴最後說服了我們家老頭子付清了我欠高利貸商人的債。我出來差不多三年了。至於那個被我用匕首刺傷的無賴，他已在錢幣的誘惑下獲得了他的臭名。如果我不是逃得快，恐怕我又得坐監獄了。命運的骰子再次背叛了我，而這一次老頭子聽不進解釋了，因爲他讀了我的小十四行詩，在裡頭我說我想看著他被燒死。多虧我逃得快，這不，在和我的貝琪娜最後快速見了一面之後，我來到了你們這座自由之城避難……我聽說，您現在可是官運亨通啊，您現在是執政官啦。一個詩人，在錫耶那，他們不砍掉我們的舌頭就不錯了。他們說的是眞的嗎？說是在阿爾諾河畔一座新的雅典城正冉冉升起，這裡的學者比亞歷山大的整個圖書館還要多？」

但丁張了張口，正要說什麼，馬上就被對方搶了話茬過去。此人繼續情緒激昂地高談闊論。

「還有，你們的小酒館……眞是太棒了！不像我的同胞們光顧的骯髒的老鼠洞。我見過一個叫巴爾多的人開的酒館，一座古城牆外頭的公開宮殿。您認識他嗎？那裡有賭博遊戲，您知道嗎？還有漂亮的女人。」

「契科，」但丁總算插上了話，「在這裡，市政廳不會對賭棍和違法亂紀的人聽之任之的，在這座聖巴蒂斯塔的城市裡，我們的行爲是以美德爲基礎的。您得當心，可別自找麻煩，如果您進了我們的監獄，您就會明白什麼叫地獄。至於在坎巴迪諾，我的軍隊當時只是向後撤退了一點，在清晨，那也是爲了發動反攻，用我們的力量制服蠻橫的敵軍阿雷佐人。」

「或許，事情像您說的那樣……也許我沒有發現您和您的翡冷翠人一起逃走，是因爲當時我正忙於和我的錫耶那人逃生。當令人愉悅的和平牧場正爲我們帶來希望時，咱們幹嘛談這令人悲傷的戰爭呢？我拜讀過您的詩歌和您對美麗的皮婭特蘭的詛咒。怎麼，您那顆被貝緹麗彩所傷的心已經康復了？這麼說，我聽說的是眞的啦？他們說，在愛情詩人中，連但丁・阿利格耶里也回到了肉欲的骯髒王國。」

但丁臉上一紅，看看四周，心裡琢磨著離開的藉口。

對方看出了他的窘態，但還想繼續挖苦。不過，念頭一轉，突然換了個話題，語氣仍如剛才那樣輕浮。「我參加了您在聖皮耶羅市政廳的就職儀式，那場面眞是令人難忘啊！天的權力與地的權力結合在一起。我爲自己的幸運感到高興：對於逃亡者而言，擁有一個有權勢的朋友，那可是最好的慰藉了。」

但丁口氣生硬地問：「六月十三日那天您也在聖皮耶羅？您到底什麼時候到我們城裡的？」

「三天前，恰好趕上參加您的勝利慶典。」

恰好是謀殺案發生的那天晚上，但丁一邊想，一邊打量著對方。此人一邊東拉西扯地胡謅，一邊四處張望。從柱廊的屋頂平台透過去，可以看到大廣場的一角：正在建造中的由喬托設計的鐘樓，鐘樓的宏偉底座擋住了通往阿爾諾河的視線。

「看來，您的城市正在不斷擴大之中，但丁閣下，就像你們翡冷翠人的傲慢一樣。不過，在錫耶那，我的同胞們也已經打好了基督教世界最壯觀的教堂的地基。我們可以站在它的屋頂上面，朝你們翡冷翠人和羅馬教皇做這個。」說著，契科兩手拇指對拇指，食指連食指形成一個圈，展示給但丁看。

但丁忍俊不禁，他似乎看見契科站在一座鐘樓的頂部，做著那下流的手勢，破口大罵。

「說到卜尼法斯，他正打算利用大赦年大賺一筆呢。看來，我最後也得排隊和成群湧向台伯河谷的遊手好閒的人一起去那裡，那只會讓教士們變得更有錢而已。不錯，十年後，這座城市將變得今非昔比。」

「現在已經今非昔比了，」但丁喃喃說道，「只不過不是變得更好。這麼說，您去過巴爾多的酒館？」

「不僅去過，實話告訴您，我就住在那裡。那個獨臂惡棍本想敲我一筆，可我一提到您的名字，他就馬上軟了下來。看來，您眞是個重要人物，在你們城市裡，或者，至少是在巴爾多的酒館裡。」契科不懷好意地奸笑著說。

他繼續嘲弄地看著但丁，就像是他命運的決定者似的。執政官覺得一股怒氣直湧上心頭。不可忍受的劣等詩人！竟然用外省髒話來譏笑他。但丁竭力抑制住針鋒相對反駁對方的衝動。「那麼，是什麼風把您吹到翡冷翠來的？除了像您所說的是爲了躲避警察的追捕？」他只是這樣回答。

「您想像不到吧？在您的城市裡，有一個學者的團體。利用你們的大學，可以搞個學者的大赦年絕佳聚會。我是來爲之服務，奉獻我的學識的。」

「您就像希伯來神祕哲學信徒，說起話來神祕兮兮的。您想在藝術的學院裡傳授什麼呢？看來，您不缺少雄辯之術；但是，如果對之進行討論的話……」

「誰告訴您我要開設那些晦澀的科目，阿利格耶里閣下？在錫耶那，我學了很多別的課程！

三個女人來到了我心中……就像來到您心中一樣，賦予我靈感。」

「那麼，她們是誰呢？」

「女人、酒館和骰子。」

但丁冷冷地看著他，對方對此無動於衷。「骰子是陽性的⑧。」但丁提醒他。

「只要不用鉛來糾正，它也會變成女的⑨，而如果是女的，就得像女人一樣聽從主人的吩咐。」

「知道嗎，契科，您知道我一看到您就想到什麼嗎？」

「什麼？」

「您像肖像學中所描繪的眾多獸類中的一種。」

「您最近在路上遇到了很多獸類？」

「很多，除了您代表的那種以外。」

「那麼，是什麼？」

「傳說中一瞪眼就能置人於死地的怪蛇。」詩人一本正經地說。

「可那種怪蛇根本不存在！」

「可它有毒，會殺人，就好像眞的存在似的，和誹謗中傷的話一樣。」

⑧註：義大利語中，女人「donna」和酒館「taverna」皆為陰性名詞，但賭博用的骰子「dado」是陽性名詞。

⑨註：義大利語中，鉛「piombo」是陽性名詞，在契科看來，只要骰子不是用鉛做成的，就不是陽性名詞，而是陰性的。

第八章

同一天，黃昏以後

但丁來到那群學者們的桌前，沒有絲毫的猶豫。現在已經再清楚不過了，小酒館的那個角落其實是個私人的空間，那裡坐著那群他已經認識的人。他們站起來，默默地向但丁致意。大家好奇地觀察著他，但誰也沒有首先開口的意思。

首先打破沉默的是德奧菲洛．斯普洛維里：「您又來到第三重天了，阿利格耶里閣下。我們也希望您能再次光臨，這是我們的榮幸。我們很想知道，前天晚上我們所談到的事情的結果。」他讓但丁在他身邊的位子上坐下，接著說：「如果有結果的話。」

但丁覺得藥劑師的話綿裡藏針。他正要做出針鋒相對的回答，卻被阿斯克利的契柯搶了先。「朋友們，爲何要我們的貴客談論這令人不快的話題，如果命運饋贈我們這樣的優待，何不讓他談談對一些更高領域知識的看法？告訴我們，在公務之餘，您現在正準備寫哪些作品吧。」

「我正準備寫一部作品，一場知識的宴會，讓所有有求知欲的人都能享用⑩。」但丁回答道。

⑩註：此處暗指但丁於一三〇六至一三〇八年間著手以義大利方言撰寫的作品《饗宴》。他原本預計寫完十五個論述，但最後僅完成四篇，包括一篇概述及三篇註釋。《饗宴》以寓言體裁解釋但丁如何投入哲學思想的懷抱。

「一場宴會？」一個聲音問。但丁不由得轉身，契科・安焦利埃里出現在他身後。這人就像是一直藏在桌子底下，直到那一刻才冒出來似的。要不，在多次出入監獄之後，他學會了梁上君子輕盈無聲的走路方法？「向所有的人開放的宴會？而不是只供學者享用？」他環視眾人，似乎想引起其他人對他正要說的話的注意。他貿然靠近這張桌子似乎也沒有令任何人感到不安，但丁甚至感覺到有人露出了興趣盎然的目光，似乎此人的詼諧已是眾所周知。

「阿利格耶里閣下，您不覺得——」契科向大家打了一聲招呼之後接著說，「您的食堂可能會變成一個乞丐和騙子雲集的、令人無法忍受的場所？您這部作品又將談論哲學研究的哪些領域呢？」說著，他坐到維涅洛旁邊，將威尼斯人酒杯裡的酒倒了一些到自己的杯中。

「所有領域。」執政官冷冷地回答，每個字都擲地有聲，「井然有序地，分門別類地，從宇宙的形狀到內心思想波動的祕密，最後我將用我們所擁有的最崇高美德作爲結束。」

「什麼美德？」

「正義。」但丁掃視眾人，目光在每個人臉上都稍作停留。似乎，所有的人都爲他最後的那句話所震撼。

「當然，正義是所有美德的核心。」安東尼奧・達・貝雷朵拉低聲說，「不過，您的計畫又將我們帶到剛才阿斯克利的契柯本想迴避的那個令人悲傷的話題上來，您認爲謀殺案的原因會是什麼？」

「是啊，阿利格耶里閣下——」布魯諾・阿曼納蒂插話了，「我也想知道。還有什麼能比鑲嵌畫建築師之死更適合用來討論正義的呢？很多人都認爲，如果一種強烈的個人動因能夠導致犯罪，那麼，同樣強烈的思想力量就應該能夠阻止它。如果眞是這樣的話，那麼安布洛喬要麼是被一個弱者所殺，要麼是因爲一種極強烈的動機而被殺。」

「我想是這樣的。」

「您怎麼看待這樣的假設——即建築師他可能是被同行會的人所殺呢？」

「那是出於什麼動因呢？」

「一種極強烈的動因，毫無疑問。行會的尊嚴，被害人曾試圖冒犯的行會尊嚴。您也看到了那幅畫和那價値越趨降低的五個部分。我敢肯定，他想用那畫像來影射義大利五名最偉大的建築師。」阿曼納蒂轉向其他人，就像是想尋求他們的贊同，「你們記得吧？對於安布洛喬而言，這是件很稀鬆平常的事，炫耀自己的作品，與其他四名和他分享藝術榮耀的同行進行對比：波恩德爾蒙特、馬爾蒂諾、裘斯托．達．伊莫拉，最後，還有您，雅各閣下。我雖然最後提到您，但您絕不是排在最後一位的。」

聽到自己的名字，建築師微微一笑以示回答，並點了點頭以示贊同。「他從不掩飾自恃才藝比其他人都強的想法，有時甚至有誹謗、抹黑他人之嫌。我認爲，他選擇用不同的材料來表現那名老者，是想用巨人的軀體來象徵藝術的整體，顯然是爲了影射五名藝術家之間的等級高低之別。」

「是的。」阿斯克利的契柯肯定地說，「我記得，他常常將其他人的才能與自己的做比較，不過……據此就認爲……」

「你們都知道，石材行會的行規是多麼嚴厲。」阿曼納蒂接著說，「他們嚴格禁止每個成員詆毀同行的名譽，如果違反，就會受到極爲嚴厲的處罰。行會成員殘暴處置違反行規的人也不是第一次了。您一定知道，阿利格耶里閣下，關於翡冷翠染布匠的故事。」

但丁默認。這是全義大利都知道的事情：卡里馬拉染布行會的人不惜長途跋涉前往法國，追殺兩名將布料染色祕密透露出去的染匠。事後，他們還將消息散播出去，以達到殺雞警猴的目的。可是，安布洛喬所遭遇的如此恐怖的兇殺，似乎是一項與簡單的敵對不相稱的處罰。

然而，神學家對這一假設似乎深信不疑，況且，這有利於消除任何對第三重天的成員的懷疑，只有建築師雅各．多里迪除外。這是顯而易見的，但丁注意到，在場每個人的臉上都流露出對該解決方案表示歡迎的神色。

「您的假設是建立在什麼根據之上呢？」但丁審愼地問。雖然，從內心而言，他懷疑該理論是否站得住腳，但是鼓勵討論或許可以收集到進一步的線索。

「您只需想想看，鑲嵌畫師被殺死的方式，」阿曼納蒂回答說，「兇手採用了他的職業所用的原材料：石灰。兇手似乎想證明：犯罪的原因正應該從受害人的職業裡去尋找答案。」

「您眞的認爲，同行之間的敵對足以支撐一個極強烈的殺人動機？」德奧菲洛插話了，一副難以置信的樣子。

「您忘了第二個條件：一個軟弱的靈魂。尊嚴受損的事實，有可能會輕而易舉地將一個不太堅強和不夠虔誠信奉基督眞理的人推向犯罪。一些人道德的軟弱有可能會變成一種武器，爆發出一種出乎意料的攻擊力。復仇並不一定是整個行會的行爲，受冒犯的個體也可能是責任人。如果你們能夠發現安布洛喬在壁畫中的陶片所代表的人的名字，你們就找到了元兇。」

「這太難了。」安東尼奧說，「那些藝術家都沒來過翡冷翠，除了您，雅各閣下。當然，您的技藝之高超已能夠將您排除在受懷疑之外。」他急忙補充說。

從布魯諾．阿曼納蒂開始陳述他的觀點，但丁就一直在想在聖猶大教堂地下室裡隱約看到的那兩個身影。賈內托說這兩個人他從未見過。不過，似乎在場的人對此也是一無所知。

要不就是他們根本知道，並且正準備將但丁引向那個方向。

「他們都在羅馬工作過，和偉大的喬托一起，為了大赦年而裝飾羅馬城。」布魯諾堅持說，「也許，敵意是在那時候產生的，卻在這裡爆發了。至於他們沒有被記錄是否進入翡冷翠，只要想想那熙熙攘攘的人群中，數不勝數的朝聖者、神職申請人、武士和商人，像叮著懷孕的母馬的牛虻一樣，密密麻麻地湧入這座城市，我想，這個問題就再簡單明瞭不過了。」

「那麼，您認為哪位大師最受貶低呢？」詩人問。

其他人避而不答，交換著茫然不知所措的眼神，就好像在猶豫著要不要回答一個美學判斷題，而答案可能導致自己受批判似的。

「您的論點可以解釋為什麼他畫了羅馬，但是如果鑲嵌壁畫是關於這一事實的話，他為何不把巨人安放在羅馬城之上？此外，作品右側描繪的又是哪座城市呢？」詩人繼續問道。

「也許我知道它的名稱，」安東尼奧輕聲說，他的話吸引了其他人的注意力，「杜姆亞特。」

但丁很驚訝。「是的，杜姆亞特！」對方用肯定的語氣說，「它有一扇巨大的石門和四隻石獅，巴爾多告訴我的。」

「您肯定是酒館老闆告訴您的？」

「是的，我敢肯定。再說了，我們當中又有誰能夠知道如此遙遠的地方？除非曾在海外漂泊流浪過……」

詩人將目光轉向眾人，試圖尋找對該假設的肯定，然而，似乎沒有人有話要說。

「您能請店主到我們桌邊來嗎？」執政官問。酒館的底部，巴爾多的頭不時地浮現在其他顧客的腦袋之中，就像一個在海浪中漂浮的南瓜。

此前一直默不作聲的維涅洛站了起來，走向酒館老闆。兩人悄聲低語了一會。但丁注意到，這位前十字軍士兵曾多次將目光投向他們這邊，表情困惑的樣子。隨後，他們倆一起走近前來。

來到桌前，巴爾多停了下來，將唯一的手臂擱在桌上，注視著但丁的眼睛，一副傲慢的樣子。他那隻戴著厚厚的綠色手套的手，牢牢地抓住了桌面。「他告訴我，您有話要和我說，大人。」

他那隻抓住桌子的手更用力了，但丁覺得木頭似乎呻吟起來。那男人的所有力氣似乎都集中在那隻倖存的手臂上，就像是大自然爲了彌補他失去另一隻手的痛苦似的。而令人怵目驚心的則是那隻殘存的斷臂：從肩部馬甲開口處露出的，是一截短短的如同尖尖的翅膀般的東西，上面扣著一個原來可能是酒館餐具的杯狀黃銅套子。

男人注意到了詩人的目光。「您喜歡我的聖杯，大人？」他用嘲弄的語氣問，同時，將斷臂靠近詩人的臉。

「你是在杜姆亞特受傷的？」但丁問他，竭力將目光從那上面移開。他對此人的賣弄感到厭煩。這酒館老闆想用其不幸遭遇來嚇唬但丁？他以爲，在坎巴迪諾戰役中，但丁沒見過斷裂的骨頭和在塵土中滾動的人頭？

「不，大人。死亡是從阿克里城開始追隨我的。不過在旅途中，我見過杜姆亞特。」

「它的城牆眞的是用一座白色的石門做裝飾的，它的頂部矗立著四隻獅子嗎？」安東尼奧插話問，想獲得對他此前的斷言的肯定。

「不錯，和您所說的一樣。一座白色的大門，寬敞如同地獄之門，城牆上立著四隻獅子，隨時準備咬住想用暴力跨越城門的人。但是，我看，最好是用四條龍來看護這座臭名昭著的魔窟。」

男人顯得情緒異常激動。隨後，令眾人出乎意料地，他突然唱起來，聲音嘶啞，還有些五音不全：

爲了你，我備受折磨
噢，怯懦的建議欺騙令人刻骨銘心
陷入戰爭的國家
杜姆亞特，流放因你而起
該受詛咒的一系列命運安排。

他剛唱起來，酒館就突然陷入一片寂靜中。但丁看到，不止一人的眼睛濕潤了。似乎所有的人，包括最卑微的顧客，一想起十字軍東征就黯然神傷。杜姆亞特，尼羅河之花，一座受難之城，在那裡，基督教軍隊遭受慘敗，兩次失守又重新奪回該城，十字軍士兵死守在城裡，而不是撤到另一個較容易守衛的地方。

援軍沒有趕到，孤軍奮戰的守城者遭到了慘烈的屠殺。這是政治上的突然變卦和拒絕負責任所導致的悲劇，還有聖殿騎士團的狂妄自大，決意孤軍應戰，自以爲戰無不勝，加上他們與其他級別的隊伍的矛盾戰爭，導致他們最終被拋棄，在兇猛如野獸的摩爾人的進攻中終於一敗塗地。

五十年後，那次兵敗的痛苦連同懸而未決的爭議仍折磨著基督教世界。但丁還記得兒時在五月迎接春天的慶典中，曾聽過人們歌頌翡冷翠軍隊參加了那不幸的戰役的榮耀。

「您聽到了嗎？」安東尼奧脫口而出。他覺得很欣慰，巴爾多的話令他覺得自己的判斷是正確的。

「是的……也許是。」詩人讓步了，「但是，在這種情況下，與其說是這座城市本身，不如說鑲嵌畫師更想描繪這座城市的被拋棄，所以奇怪地使用了五種材料。」

「也許我能幫助你們二位。」

眾人將目光投向維涅洛。這位前艦長坐在桌子的一側，與其他人之間只隔著巴爾多。

「你們聽見的，歌中唱道，被一種怯懦的建議所欺騙，也就是說，守城士兵被人出賣了。我也曾到過海外，在離開海軍艦隊之前，我曾多次運送過成群結隊前往耶路撒冷的朝聖者。在船上，人們經常談論和詛咒的正是杜姆亞特的失守。在這一悲劇中，備受指責的主角有五個：法蘭克人、倫巴底人、條頓人、熱那亞人和聖殿騎士團。每次談起，人們總會爭論他們當中誰是兵敗的罪魁禍首。也許，安布洛喬大師想在作品中表達的正是這五支力量，並用不同的材料來賦予他們不同的價值……」

「用軟弱的陶土代表在他看來應該對兵敗負責的力量，」安東尼奧插話說，「也許，有人不願意被指責是懦弱之徒，特別是在一座……即將建立起一所大學的基督教堂裡。」

「甚至因此而殺人？」但丁問道。

無人應答，然而，事實明擺著，人已經被殺了。此時，其他人都朝著這個思路激烈地討論著各種可能。但丁默不作聲，心不在焉地聽著他們的爭論。將責任推給法蘭克人或倫巴底人，等於不再指責任何一個人。另外，如果鑲嵌壁畫的主題是背叛，爲何要選擇一名老者的形象？年齡向來是智慧與美德以及遠離激情的象徵。安布洛喬爲何要顚倒這種象徵？而且，他爲何讓老者做出邁向羅馬的動作呢？

但丁的周圍，衆人好一陣熱烈討論之後還是毫無結果，他們的熱情漸漸消退。但丁再次轉向小酒館老闆。他還站在桌邊，那隻手仍牢牢地抓著桌板。「你說，死神自阿克里開始就與你緊緊相隨，此話怎講？」

男人咬緊牙根，突然，他鬆開那隻手，摸了摸斷臂上的黃銅套子，就好像一陣劇痛再次向他的斷臂襲來似的。「大人，您揭開了我的舊傷疤。不過，我可以回答您。當時在異教徒的烈日炙烤下，我和戰友們正奮力守衛最後一段城牆。我被一支毒箭所傷。我眼睜睜地看著它朝我直飛而來，情急之下，我用手擋了一下，箭頭刺穿了手套。很快，毒藥就開始在體內擴散、發作，如同那蜂擁而至的摩爾人越過我們的刀棍的阻攔一樣，我那因戰鬥而變弱的身體支撐不住……」

巴爾多的聲音變得冰冷起來，似乎那戰爭的場面又再次出現在他眼前。「隨軍外科醫生斷言說別無他法，只能截去那隻手，否則我就沒希望了。就這樣，僅做簡單的麻醉之後，我將手腕送到了他們的刀下。」他看著眾人，自豪的樣子。眾人不寒而慄，似乎都親身經歷了斷臂人所述說的那種刀割的痛苦。「然而，那些異教徒的毒藥遠比預期擴散得快，壞疽出現了，先是手腕，爾後到了肘部。就這樣，在那以後我先後又有三次將斷手送至刀下。這就像是一場刀與毒藥的賽跑，這個，」他動了動那斷臂說，「是我的第五條手臂啦，不是上天賦予我的那條唯一的手臂。」

「你是怎麼活下來的？」但丁曾在戰場以及翡冷翠的醫院裡見過類似的慘不忍睹的截肢手術，通常後果都很慘。此人忍受了四次手術的煎熬，而且身體健康，真是奇蹟。

「我應該感謝我的守護星的庇護。」這位前十字軍戰士從牙縫裡擠出這句話。

詩人看著他，困惑不解。

「她的光芒……治癒了我，還有祈禱。」

但丁繼續注視著他，尋思著對方到底想掩蓋什麼。他問威尼斯人：「維涅洛閣下，您知道有哪顆神奇的星星能夠治癒斷臂的？您在航海旅途中可曾碰到過？」

「噢，不，阿利格耶里閣下，恐怕這樣的一顆星星，您在任何星空中都找不到。」對方以戲謔的口氣回答道，「如果存在，我將會非常喜歡……」

突然維涅洛停了下來，好像被什麼吸引住了。但丁好奇地循著他的目光望去，只見安迪麗雅出現在酒館的後方，正朝他們走來。

那女子款款而來。她的全身，從頭部直到腳踝，都裹在那件孔雀圖案的披風中。走近他們桌子的時候，她在但丁身邊停住了腳步，巴爾多慌忙讓開地方。詩人覺得身體變僵直了，一股羞澀之情湧了上來。那一刻，他想起了貝緹麗彩，她沿著翡冷翠街道走動的神態，彷彿與這名舞女那柔軟的腰肢疊加在了一起。

現在，他終於可以從近處觀察那曾讓他興奮的、雕像般的美麗軀體。

她那赤裸的腳從孔雀綠斗篷的下襬下露出來，腳踝上綴著一圈圈閃閃發亮的金環。她的臉上，除了一雙深邃的黑眼睛，引人注目的還有那古銅色的皮膚和潔白的牙齒。那紅潤的肌膚如同古老的雕像一般光潔。她緩緩地搖動頭部，碩大的金耳墜也隨之晃動起來。隨後，她優雅地在他身旁坐下。就在這動作發出的那一瞬間，斗篷的衣邊略略張開，露出了那璀璨奪目、令人眩暈的裸體。

但丁的臉在燃燒。第三重天的成員們也一定看到了那美妙的胴體，一陣騷動如遊蛇般在他們當中掠過。而其他座位上的顧客們則像是沒有注意到，都在專注地喝著葡萄酒。似乎對於他們而言，這個女人的出現不再是一件令人驚訝的事情……或者，他們不敢將目光投向這邊桌上的這些人。

對於自己所激起的波瀾，安迪麗雅視若無睹，氣定神閒地坐在他們當中，那張酒館凳子就像是閨房裡的一張座椅一樣。

詩人則很害怕別人的注意和嚼舌議論：一個剛剛當選的翡冷翠執政官竟然和一名舞女同席而坐，而且是在一個花天酒地的地方。

在起初的靜坐不動之後，女人的頭動了動，目光掃過在座的男人，最後落在但丁臉上。但丁竭力保持目不斜視，空洞洞地看著前方，試圖避開那穿透他內心的眼睛的力量。那雙眼睛裡並沒有激情，在她眼裡，但丁只不過像是一件裝飾品，然而她卻無意將目光移開。

但丁緩緩轉向她。化妝使她的眼睛顯得狹長，眼睛下方是高高的顴骨。她現出一副難以捉摸的表情，目光似乎消失在遙遠的時空中。他記得曾經在一個農民的牛奶房裡見過一張類似的臉，那是農民在犁地的時候發現的一個雕像。據說那也許是出現在古羅馬人之前的伊特魯斯基人的某位貴族婦女的頭像。

但丁將安迪麗雅與所有他見過的、愛過的美麗女子相比較。她們幾乎沒有一個人的美貌能夠與這位舞女相媲美，除了貝緹麗彩，有著天使般的笑容的貝緹麗彩。他再次憤怒地遏制住這種不相稱的比較，但這個念頭仍不斷出現在他腦海中，令他心神不寧。

「好啦，但丁閣下，安迪麗雅似乎令您心旌搖曳啦。」契科・安焦利埃里說，臉上帶著奸詐的笑。此前他一直默不作聲地仔細觀察著但丁的反應，表面上卻假裝專心致志地喝著他的酒，就像是對關於杜姆亞特城命運的故事感到厭煩似的，而此時，安迪麗雅的出現正巧喚起了他的興趣。

「是啊，您還沒告訴過我們您對她的美貌的評價呢。」安東尼奧・達・貝雷朵拉接過話說，「像您這樣一名歌頌愛情的詩人，對於女性之美應該更富有激情。您爲各種女性寫了許多優美的詩句，何不也寫寫她，好爲我們助助興呢？」

「我的詩句是愛情在我的內心甦醒後結出的果實，而不像您所認爲的感官渴望的結果。我的詩歌頌的是女性的高貴和她們與上帝的相近，而不是她們那迷惑我們眼睛的外表。」但丁帶著心中越加強烈的怒氣說完最後那幾個詞，同時竭力地不去看安迪麗雅。讓他給那女人——酒館裡的一個婊子寫詩……

「我們非常理解，您不好意思在酒館的飯桌上誦讀您的詩句。」契科．安焦利埃里緊追不捨，「當然，一名詩人寫詩需要慢慢推敲，不可能像我們這樣要求您即興創作。那麼，就讓我來幫幫您吧，朗誦一首您的東西，您告訴我這幾句詩是不是就像是爲她而作的：

觀者皆沒有勇氣直視她，
璀璨奪目的美麗少女，她的眼神，
令我呆若木雞，靈魂出竅，
對於我，還有什麼能比死亡更爲艱難？

契科停了停，說：「您看到她的眼睛了嗎？阿利格耶里閣下？您眞的看到了嗎？」

他朗誦那些詩句的時候，帶著怪異的戲劇般的激動語氣，並將眾人的目光引向舞女。她認眞地聽著，但丁尋思著她能否聽懂用不同於她自己的語言所朗誦的這首詩，她是否明白這首詩是爲另一名女子而寫的。安迪麗雅仍在注視著他。突然，她開始唱起來，開始聲音很低，幾乎是淺唱低吟，從她那一張一翕的嘴裡飄出的是一首節奏感很強的小調，由一連串晦澀難懂的詞語組成，隨後，歌曲的調子漸漸升高，那悲傷的旋律在小酒館的穹頂內迴盪。

但丁聽得入了神。那語言不是他所懂的任何一門基督教國家的語言，也不是希伯來語或摩爾人的蠻族語言。由於唱歌用力的緣故，女人抖了抖肩膀，斗篷的上邊緣往下垂，露出了脖子。他覺得有一道火焰在她的胸部燃燒，並向上竄動，像一條蜿蜒的舌頭，直到喉部。那是潛伏在她身體隱祕深處的紋身，攀緣而上，直至她的胸口之上。他仔細看了看，原來是一條有著怪異頭冠的猩紅色的蛇，或許是一種東方怪蛇。想到那條怪物在她身上的藏身之處，他興奮得不能自已。

現在是他在尋找她的眼睛，然而，安迪麗雅的目光卻變得游離起來。在她幾近聲嘶力竭地唱完最後一個音符之後，她的歌聲戛然而止。她緩緩地站起來，再次凝視了一下詩人，離席消失在酒館底部簾子後面。

她的胴體在薄如蟬翼的眞絲紗裙下若隱若現，在場的人們的目光跟隨著她移動。契科・安焦利埃里是第一個開口的，他恢復了那一貫調侃的腔調，但沒有人願意聽他說話。

「您一定受寵若驚了，但丁閣下，安迪麗雅爲您而歌唱，這可是頭一回呢。」安東尼奧的口氣裡帶著嫉妒，「我們原來還以爲她是啞巴呢。」

但丁臉紅了。那個尤物的眼睛，遙遠而深邃，還有那條隱藏在她身體深處的猩紅色的蛇，這些都在他心中激起了陣陣漣漪。

第九章

六月十九日，早晨

但丁醒來的時候，眼睛裡仍只有一片古銅色。得想辦法趕走它，那誘惑是不道德且有毒的，那女子身上有某種不祥的東西，詩人敢肯定。

但丁竭力想把注意力放在公事上，雖然這一天市政廳沒有會議安排，但他的潛意識告訴他不能在那個時候離開。另外五名執政官什麼都做得出來。他們膽小怯懦卻又野心勃勃、心狠手辣，這三隻猛獸正在蹂躪著翡冷翠，必須用他的智慧、學識和直覺來拯救這座城市。

然而，安迪麗雅的身體仍不斷地出現在他的腦海中。

他豎起耳朵聽聽四周的動靜，什麼也聽不到，連走路的聲音也沒有。修道院像是被清空了，住在裡面的人也似乎都消失了。他從房間走出來，很快地巡視了一番其他房間，眞的一個人也沒有。也許其他的執政官都回家了，他可以利用這個機會安安靜靜地處理那件命案。

直到那一刻爲止，他已經搜索過了犯罪現場以及周邊的地方，尋找過可能的兇手，卻還沒有檢查過受害人——除了在屍體被發現的時候粗略看過。

屍體已被運至慈悲醫院，主治醫生應該已完成了屍檢，也許那醉鬼已發現了有用的線索。

那個年邁的醫生似乎就在他眼前。一個騙子、同性戀者，他是那個時代的不知第幾個例子：他不懂最基本的星相學、物理學、關於動植物的科學，對草藥和化合物也一竅不通，但是他卻獲得了那個極爲重要的職位，僅僅因爲他屬於一個依靠榨取公共錢財才得以致富的家族。他會拚命保住這個位置的。不過，他早晚會與但丁狹路相逢，像那個該死的警長，像其他很多人一樣，已被列入但丁的名單中。

但丁邁著矯捷的步子走了出去。從環形走廊庭院到大門，他沒碰見任何人，他更確定那地方空無一人。腐化墮落的又一個徵兆：政治不發生在市政廳官邸，而是發生在有錢有勢的人的家中，發生在祕密的會議中。那正在建造中的市政廳新大樓又有何用處呢？一個空殼子，用毫無用處的宏偉來展示那已經凋零的法律與正義，就像古羅馬人的凱旋門一樣。

在奧薩米凱勒市場的柱廊前，如往常工作日一樣，到處是熙熙攘攘的人群，他卻驚訝地在人群中發現奧古斯蒂諾和安東尼奧兩人顯眼的身影。他們正聚精會神地和一個背對著但丁的人談話。他們一定也看見了但丁，因爲他們突然停止了親密的交談轉而向他走來；那個陌生人則頭也不回地快速離開，但丁無法看到他的臉。

「但丁閣下！您正爲公事而奔忙？」安東尼奧問。

「要不就還是在追蹤兇手？」另一個接過話。

「兼而有之，執政官的任務之一就是與罪惡做鬥爭。」

「您已經從記憶中抹去了美麗的安迪麗雅，以繼續追查那由五構成的謎？」安東尼奧問。他的口氣中帶著嘲諷，似乎仍爲舞女對但丁的偏愛而耿耿於懷。

「是的，」但丁直截了當地回答，「不過，我碰見你們是件好事，或許你們能夠幫幫我。我想知道更多關於你們大學的方案。誰帶你們來翡冷翠的？誰提出這一想法的？它是卜尼法斯想出來的，就像我最近聽到的傳言那樣？」

兩人迅速交換了一下眼神，就像是相互用眼神商量了一下，復又把目光轉向但丁。「不，但丁閣下，」安東尼奧回答，「沒有人召集我們，教皇鼓勵成立大學，爲的是在與帝王派神學家的爭辯中宣揚有利於他的思想。可他並沒有限定我們的意向，我們每個人都是自己來翡冷翠的。我們是在這裡認識的，也是在這裡，我們覺得缺少一所傳播我們所深愛的知識的大學。」

「我明白了，這眞是一項值得稱頌的事業，如果令人悲傷的安布洛喬之死不發生的話。」

那兩人又再次快速地交換了一下眼神，對但丁含沙射影的話置若罔聞。「在義大利有四所偉大的大學，翡冷翠大學將是第五所。」

「第五所。」但丁若有所思地喃喃說道，又是這個數字：五名鑲嵌畫建築師，死者刻下的五角形，五個可能的叛變者……還有，五所大學。

他陷入天馬行空的沉思中，四周其他人的說話聲變成了隱隱約約的嗡嗡聲。他思索著那個無法擺脫的數字，他所能想起的有關聯的事物都是不同的數字：獨一無二的眞正的上帝，亞當和夏娃，無處不在的不可知的三位一體，《啓示錄》中的四騎士，四個福音書作者，大自然的四個基本方位……

不管他怎麼努力，就是找不到由「五」這個數字組成的有意義的事物群體。七位賢人，七大世界奇蹟，九重天，十二個門徒……「五」就像是一個受到詛咒的數字，被排除在人類條件的數字之外。

最明顯的，它可能代表五件物品，五種條件，或五個年代。他突然想起自己那中斷的思緒，他偶然在一些僅限於學者的會議廳裡聽到的，以及在修道院的《聖經》研究著作中深受大眾歡迎的書中看到的那幾個字。這幾個字他也曾在酒館裡以及弗朗茨傑納路的驛站裡，從來自北方或前往海外的朝聖者口中聽說過：第五部福音書，五位福音書作者。

莫非安布洛喬想紀念、頌揚的是雅各——傳說他寫了第一部也是最古老的一部《福音書》，他是救世主耶穌的兄弟——那個一直存在卻一直被教廷的史書所拒絕的影子？

可如果是這樣，他爲何要選巨人作爲隱喻手段呢？每位福音書作者都有固定的形象，這是長期以來形成的，也是被畫家以及歷史故事畫家所普遍採用的。爲何得用赤陶來象徵第五部福音書呢？以不同價值等級來區分上帝的話難道不是荒謬的嗎？

「您爲何搖頭，阿利格耶里閣下？」他聽見奧古斯蒂諾在問。

但丁回過神來。「我剛才在想那幅鑲嵌畫的主題，那無法解釋的寓意。」

「不錯，眞的很獨特。一個來自聖經的靈感，更奇怪的是安布洛喬大師會選用它。」安東尼奧說。

「爲什麼？」

「他不是個特別虔誠的教徒。我覺得他更傾向於伊比鳩魯的享樂主義思想，他一定不會拒絕愛神的快樂。他的嘴邊常常掛著一個女人的名字……」

「什麼名字？」

對方像是有點尷尬，猶豫了一會才回答：「噢，一個您也知道的名字，貝緹麗彩。」

但丁一下愣住了，驚訝地睜大了雙眼。他抓住對方的一隻胳膊，迫使對方走近他。他的腦海中回響起法學家在他們相遇於聖馬可修道院的小屋時所說的話，「您不會是要告訴我，大師他傾向於支持皇帝派？」

「是的……至少，他在羅馬的時候就常常這麼喃喃自語。」安東尼奧回答，他對但丁的激烈反應感到吃驚，「您想想看，這是不是有關係……」

但丁沒有回答，聽任對方說著，自己又陷入沉思。

四種金屬和一種雖不值錢但卻很堅固的材料，脆弱而耐久——古人的青銅和鐵器已經和他們的影子一起化作了塵土，而古羅馬人的磚頭卻仍在那裡，在那些拱頂和大教堂中，見證著古羅馬帝國昔日的輝煌。

建立在易碎的陶土上面的一座巨大建築物的殘存希望，地點偏偏又是在翡冷翠，一座帝國的敵人之城。一絲笑容掠過他的嘴角：若果眞如此，那項計畫的動因就是一種極具嘲諷意味的倒置！連契科·安焦利埃里也不會做出如此不恭的行爲。

他的血液再次沸騰起來，就像當年與圭多·卡瓦爾康蒂在翡冷翠的夜裡，追求老年丈夫的年輕妻子時一樣。

另外兩人仍在觀察他，對他的表情感到好奇，可詩人並不想回答他們詢問的目光。現在還不是時候，他首先得獲取更多關於被害人屍體的情況。「二位，我就此告辭了。這項公務的緊迫使我不得不與你們道別。」說著，他轉身朝市場的一個角落走去。

第十章

同一天，中午時分

但丁低頭跨入慈悲醫院的大門，柱廊下那群戴著風帽的互助會醫護修士都沒有注意到他的到來，他們倚靠在一輛用於運送死人的手推車兩側，正忙於輪番從一個酒罎裡倒酒喝。

他來到二樓，沿著這座前修道院的柱廊，徑直走進主治醫生的房間，門也不敲，雙臂交抱著直立不動。

「您好啊，但丁閣下。」屋內的男子愣了一會，看得出他正強壓住心中欲發作的怒火——他原來正聚精會神地數著一個鐵盒裡的錢幣。看見但丁，他慌忙將蓋子合上，急忙站起來迎向但丁。「什麼風把您吹到這兒來了？不惜中斷您繁重的公務？我希望不是因為您或您親戚身體有恙。若果眞如此，我們得趕忙給您提供住院和治療。」

此人身材瘦長，尖嘴猴腮，濃密的白頭髮蓬鬆地沿著後頸下垂至肩膀。他穿著華麗的絲綢衣服，眼神冷若冰霜，雙目卻呆滯無神，並因爲犯七宗罪⑪中的不止一宗，而顯得毫無神采。詩人

⑪註：為驕傲、貪婪、色欲、憤怒、貪食、嫉妒、懶惰。

還在門口的時候，見到那惡毒的目光就已不由得開始暗暗詛咒，並迅速向聖母馬利亞祈禱。

對方似乎看出了什麼，薄薄的嘴唇上瞬間掛上一絲譏笑。

「該受詛咒的，三次受詛咒的傢伙！」執政官想著，開門見山地說：「我要聖猶大教堂被害人的消息，您在驗屍時發現了什麼？」

主治醫生恢復了他的傲慢，「什麼也沒有，他死了。」他又換上一副確實很懊惱的樣子，「我能發現什麼呢？」

但丁關上門，慢慢走向他，壓低聲音說：「他已經死了，這個消息在翡冷翠已是人人皆知。一個人，按照上帝的意願到這個世界上短暫地走了一遭之後，重歸泥土，這是人類的自然規律。但是有時候，這個過程會被惡人所中斷！這就是一個例子，這就需要市政廳的主治醫生能夠發現某些除了斷氣以外的事情。」

主治醫生開始不停搖擺雙腿，顯得越來越緊張。

「當我讓人把屍體送到您這裡來的時候，曾下令讓您仔細檢查屍體的，我希望您已經做了。」詩人緊盯著他問。

「我正是遵照您的命令親自完成這個任務的，執政官。」醫生加上了但丁的頭銜，為了強調正是看在這個頭銜的分上，他才屈服於但丁的命令。

「那麼，您仔細地檢查過了？」

「他的靈魂是因為暴力導致的窒息而離開他的肉體的。」

「還有別的嗎？」

「沒有了。他的頭部有受打擊的痕跡，但是沒有傷口，沒有罪犯的痕跡，除了……」

「除了什麼？」

「胸部表面的一個傷口，是用利器劃出來的，好像是某種圖案……」

「帶我去看，馬上！」但丁暗暗埋怨自己沒在發現屍體的當晚親自檢查。

「屍體在地下室裡，靠近絕症患者們所在的地方……」主治醫生撇撇嘴，很不樂意去那裡的樣子，「那不過是個簡單的傷痕……」

「一切都可能很重要。走！」執政官已打開門，走到柱廊外面。主治醫生滿不情願地跟著他。

他們匆匆走過那些巨大的病人治療室，衣角掠過簡陋的木頭病床。這些病床之間被用棉布簾子隔開，如此隔成的每個小病房裡都擠滿了前來照顧病人的家屬。最裡面的一間有一扇門，通向一道窄窄的樓梯，他們越過那道樓梯，來到地下室。地下室被分成兩部分，其中通向河邊的一部分被改成了市立監獄，就在這面磚牆之後，僅有一扇低矮的門可以過去；另一部分則是他們正在走過的區域，用於收容死者和垂死的人，同時，也是出於對他們的尊重，不讓人們看到那些臨死的痛苦。

這簡直無異於地獄！

地下的空間黑沉沉的，僅有些許光亮從與地面街道同一平面的幾扇天窗上透進來。四周散發著令人窒息的屍體腐爛的惡臭，炎熱的天氣使之越加臭氣沖天。裡面擠滿了簡陋的桌子，上面躺著蓋著破布的人體。其他一些人倚靠在牆上，他們的頭垂到了胸前，個別尚有力氣站立的，無知覺地緩緩滑動著，似乎還想逃脫死神的魔爪，但是誰也不願意走到底部牆壁所在之處，似乎那裡有一條看不見的生與死的分界線。由此向前出現了一條短短的走道，空蕩蕩的，恍若一條將瀕死的人與死者所在的王國分開的河流。過了走道，有許多長條形的停屍台，上面擺放著的是待埋的屍體。

生者與死者在一起，但丁想，就像骷髏舞中最後的旋轉。也許，這可怖的場景沒有進入市民的視線中是件好事。也許，古代波斯人言之有理：真的存在一個上帝明亮的眼睛也無法到達的黑暗王國，在那裡，上帝的力量也向肉體的痛苦屈服。

眼前的景象令他想起在聖猶大教堂地下墓室所見到的情景——這些人體與漏斗狀地獄深處木乃伊化的那些屍體又有什麼區別呢？也許幾個小時之後，就會像那些一樣，變得支離破碎，消逝殆盡，直到末日審判的那一天。

他每朝下多走一級階梯，就會發現更多的痛苦。這是一條地下十字架之路中最恐怖的一站。在他身旁的主治醫生已戴上了醫用口罩。他的鼻子從口罩中央高高隆起，這令他看起來很像一種生活在沼澤地中的醜陋的鳥。口罩中滿是草藥和香精，爲的是能夠遮蓋從活著的和已死去的肉體身上散發出來的惡臭。

但丁強忍住從喉嚨中直沖上來的想嘔吐的感覺。「安布洛喬大師的屍體在哪？」他問。

醫生指了指牆壁隱蔽處的一張長桌，安布洛喬的屍體全裸躺在那裡，他身體的一部分被一個站在他面前正俯身觀察他的人所遮住。起初但丁還以爲是某個瀕死的病人正在仔細觀察死者的臉，以偷窺自己可怕的未來，然而，此人的衣著並不像其他人那樣破爛不堪，也不像是醫生的工作服。相反，他身著多明我會的僧衣，分明是個來自活人世界的人。

聽見腳步聲，男人猛然轉過身來，並急忙離開屍體。

「您是誰？在這幹什麼？」但丁語氣生硬地質問道。

對方猶豫了片刻，似乎在思考著怎麼回答。

詩人走近他，此時，一道淡淡的光恰好照在男子的臉上，但丁認出了他：「您是諾佛，諾佛．德伊。」

他是翡冷翠為教皇效力的宗教裁判員之一。但丁常看到他和紅衣主教阿誇斯帕達在一起，每次他都是站在離主教身後僅一步之遙的地方。這個卜尼法斯的密探是應該被驅逐出翡冷翠的人之一，不過現在還不是時候，等我找到他犯罪的證據吧，但丁想。

「諾佛修士要求看看屍體。」主治醫生的聲音從他身後傳來，因為戴著口罩的緣故，他的聲音低沉含糊。

「為了給他帶來我主耶穌的慈悲慰藉。」多明我會修士終於開口了。他站在但丁面前，頭埋在風帽裡，雙手籠在袖口中。「是您啊，阿利格耶里閣下，向執政官大人您、您的學識與虔誠致敬。」

「如果宗教裁判庭的庭長——教皇他能夠給予我們所有的人更多的憐憫，我們就有希望了，這才能增強如我一樣卑微的有罪之人的虔誠。但是，檢查死者的屍體是告別儀式的內容之一嗎？我原以為您只負責為靈魂療傷，而照顧屍體則是修女們的工作呢。」詩人語氣嘲諷地回答。

多明我會修士面無表情。但丁又朝他走近幾步，急切地想弄清楚此人在被他們發現的時候正在看什麼。安布洛喬胸部靠近心臟的地方有一系列明顯的傷痕，從肩膀的一側延伸至另一側。那些應該就是主治醫生提到的傷痕。那些刀痕非常清晰，上面還殘存著凝固了的血滴痕跡，刀痕看上去並不深，不至於令安布洛喬喪失知覺，但令他疼痛難耐就足夠了。

但丁忘記了其他人以及周圍的呻吟和陣陣惡臭的存在，他的思想探索著那被割裂的皮膚，如同一個在陌生國度中遊歷的旅行家。那割痕不是隨意劃出來的：刀刃精確地劃出的五道刀痕，正好形成一個五角形，又是那個圖案，又是那個該死的數字。

他抬頭看看修士。逼他透露消息是絕不可能的，這比打開一座墳墓、拷問一具屍體還要困難。只有將一塊火紅的烙鐵放到他眼皮底下，他才可能開口，但丁這樣想，也許有一天真得這麼做。

教會在那尚無答案的命案中的角色太令人起疑了，況且現在又有一個出現在陳屍所的宗教裁判員；而安布洛喬是傾向於支持帝國而不是教皇的，雖然他嘴邊總掛著貝緹麗彩這樣一個可以解釋很多事情的名字。

詩人沒有必要堅持質問諾佛．德伊，因爲他可以直接問諾佛的主子、教皇派駐翡冷翠的特使、紅衣主教阿誇斯帕達。

第十一章

同一天，下午

教皇的官邸位於新聖母馬利亞修道院的一側廂房中，市政廳慷慨解囊爲之支付費用。當紅衣主教阿誇斯帕達在隨從隊伍的簇擁中跨越那座古羅馬城門的時候，好奇的人們夾道歡迎，大家都以爲來了一個偉大的調解員，一個能夠以基督教的博愛名義平息仇恨、爲這座城市帶來和平的人。

只有站在一旁的但丁倍感不安，如同一個看到巨大木馬的特洛伊人。「我懷疑那些希臘人，哪怕他們帶來的是禮物。」他想，「我不相信這群狗，哪怕他們朝我微笑。」他對主教及其隨從沒有絲毫好感。他覺得紅衣主教長得像個縱欲的懶漢，臉上滿是教廷式的虛僞。在市議會廳裡，紅衣主教雖然裝腔作勢地拒絕了滿滿一高腳杯的弗羅林金幣，但是他眼中閃過的那一道貪婪的光芒卻沒有躲過但丁的眼睛——他當時的拒絕是爲了以後能夠攫取更多的金錢。

但丁對那些品行不端的主教的親信也毫無好感。這些包括宗教裁判員諾佛·德伊在內的與主教一起住在那裡的隨從，很快就在翡冷翠的大街小巷四處出沒，不知在搜尋什麼。令但丁尤爲反感的是，那二十四名配備了弓箭與長矛的全副武裝的雇傭兵。儘管他曾在市議會強烈地反對過，他們還是追隨著這位高級教士進了城，現在他們已經把新聖母馬利亞修道院變成了卜尼法斯軍隊的一個前哨站，如同一隻插入了羊圈的獅爪。

但丁急忙召集了「家兵」——十二名分配給他的衛兵，負責保護他的安全和應對公共秩序問題。

「究竟發生了什麼事，阿利格耶里閣下？」另一名執政官高聲問，「有人造反？我們的士兵在哪？」

「沒什麼擾您清夢的大事情，拉博閣下，」但丁嘲諷地回答，「只是一次簡單的警務行動。」他補充說道，以便讓他們安靜下來。他向下走時，聽見一名執政官大聲呼喚著警長，說需要馬上派人援助。

但丁在市政廳府邸的階梯下停住腳步，等待在鎧甲與武器的重負下氣喘噓噓趕來的衛兵們，在他面前分兩排列隊站好。此前他要求他們必須全副武裝，佩戴長劍，套上戴有市政廳徽章的全套鎧甲外衣，其中六名衛兵肩上還挎著沉重的熱那亞式弓箭。在市區街道短兵相接的交鋒中，這些弓箭想來發揮不了什麼作用，但它們那猶如鹿角的鋼製外形卻可以起到震懾作用。

嚇唬嚇唬他的對手，這就是但丁的預想。在此之前，他一直是謹慎行事的。隱藏在安布洛喬之死背後的卑劣陰謀告訴他，不能將市政廳捲入到這樁命案中來，可現在形勢發生了變化，爲了戰勝罪惡，他必須以市政廳的力量跟一個與之相當的勢力交鋒。

他自己也穿戴上了代表執政官官銜的全部裝束和徽章，然後命令士兵們朝新聖母馬利亞修道院前進。阿誇斯帕達的密探必定會在附近出沒，他想讓他們有足夠的時間向主子報告他的到來。

他離開住所，快速走向教皇特使駐地。他每向前多走一步，喧鬧聲就越響亮，人群就越加密集，似乎全翡冷翠的居民都集合到教皇代理人的駐地來了，最後一段路被擠了個水泄不通。神職人員、帶武器的士兵，還有吵嚷著訴苦乞討的乞丐，和從師傅或父親的店中溜出來看熱鬧的孩子們，匯聚成了熙熙攘攘的人流，他的士兵不得不在人群中奮力開路。一家布料商店的店主雙臂交叉，倚在窗台上，似乎正津津有味地欣賞著這一場景。

「這一大幫人急吼吼的，到底是爲什麼？」詩人問他。

他的裝束和隨行的全副武裝的士兵似乎並沒有令對方感到特別震驚。「教會的事情，大人，」他回答，「今天是紅衣主教召見公眾的日子，在他家裡——那已經是他的家了，不是嗎？」他冷笑著補充道。

「聖母馬利亞修道院現在、將來都是只屬於翡冷翠人民的家，這是毋庸置疑的。」

「也許如您所言，不過，得讓把官邸設在這裡的紅衣主教也明白這一點才行。」

「可是，爲什麼有這麼多人？」

「今天是赦免日，更重要的是，這裡向爲了大赦年而趕來的朝聖者提供救濟品和差旅費。」

詩人的大腦裡掠過一絲不祥的預感，他最好另選時間來求見。但是情況緊急，他不能考慮是否合時宜，況且他要見的並不是教廷的普通教士，而是阿誇斯帕達本人，那混亂的人群對他反而有利。

他已和隨從們來到了修道院那尚未完工的外牆前頭，市政府的領土主權在此終止，他下一步將進入的是教會的轄地。命令衛兵們在門口列隊站好，他獨自邁步走向左側的敞廊。

在這個主教召見公眾的日子裡，被柱廊所環繞的四方形大院子向市民開放。裡面已熙熙攘攘地擠滿了男男女女，也不知他們正在等待著什麼。詩人一邊奮力擠向階梯，一邊還得當心衣服被擠壞，他詛咒著禁止他清空那喧囂的人群的法規。

一些商販在第一級台階上面擺滿了低等的布匹售賣，他只好一躍而起，跨過了第一級台階艱難地向上走。他一邊走，一邊還要小心翼翼地提防著被向下走的人撞倒。

一群身材臃腫的倫巴底人走在他前面，他們如同向敵人進攻的長矛兵一樣，組織有序地左右開弓，藉著他們打開的缺口，他乘機跟了上去。在洶湧人群的推搡中，但丁總算走到了台階的頂部。在那裡，幾名手持兵器的衛兵正向求見的人們問話，並根據某種神祕的標準，決定是讓他們從身後一扇低矮的門進去，還是讓他們掉頭回去。指揮這些士兵的是一名弓弩手，此人身著令人望而生畏的盔甲，體型粗壯，就像教堂裡的一口鐘。這裡的權威正是這個無賴，他坐在一只圓酒桶上，正專心地做著判斷——或是嘟囔兩句，或是含糊地揮揮手，甚至只是揚揚眉毛。

洶湧的人群把但丁向後推，他乘機對這個弓弩手做了一番研究。從左邊過來的求見者一律比其他人享有優先權，就好像對這個弓弩手而言，左邊是有功德的人，而右邊則是被拋棄的人，與人們普遍的偏好完全相反。但丁用盡力氣擠到左側，好不容易才在圓酒桶邊上站住了腳跟。

「我是但丁．阿利格耶里，翡冷翠的執政官，我要求馬上見卜尼法斯的特使。」他用最威嚴的語氣說道，同時挺直了腰桿，但此人卻依舊無動於衷地坐在那裡。

名字和頭銜沒有引起此人特別的反應。他從下往上將但丁打量了一番。「等等，」他冷漠地回答，「您和整個翡冷翠市政府。」他一字一頓地說著，語氣中所帶著的不敬，儼然就是卜尼法斯的走狗們對這座城市的態度。他的口音表明，他來自遠方，應該是紅衣主教的法國雇傭兵之一。

但丁彎了彎膝蓋，以便使自己和那張胖臉處於同一高度。「馬上向主教通報！你的無動於衷和怠慢，將會耽誤一件涉及正義以及教會與高貴的翡冷翠市政廳的關係的重要任務，你會因此而被絞死的，你還有你這幫惡棍隨從，如果……」

「滾你媽的蛋吧！」對方打斷了他的話，絲毫沒有站起來的意思，一邊說還一邊打了個呵欠，「滾吧，下次再來！」他似乎是感覺到有責任說才又加了這麼一句。

「你再說一遍，蠢貨！」但丁高聲喝道，「速去通報，婊子養的！否則，今晚你將睡到斯汀格監獄裡去！」

對方看著他，就像是在看一個瘋子。最後，他似乎終於注意到了但丁華麗的官服，他的眼睛停留在執政官徽記上。一名士兵過來在他耳邊低語了什麼。也許那士兵最後認出了但丁，要不就是注意到了門口列隊站立的衛兵。此人遲疑了片刻，但仍然沒有讓步的意思，最終就像是對面前這位焦躁的求見者產生了憐憫之情，他聳了聳肩，說：「看在您像是個大人物的分上，也許應該讓您見見主教，他知道怎麼擺平您。進去吧！不過，您可別讓主教感到膩煩。」

但丁看也不看他一眼，帶著一股無明火，怒氣沖沖地跨過那扇門。作為一城之長，竟然得獲得一個法國雇傭兵的許可，才能跨進自己城裡的一扇門！他實在是怒不可遏。在那一刻，如果有人看到他，一定會被他的眼神變成石頭的，估計妖怪戈耳貢的眼神就是這樣可怕。

一名教會官員領著他走過一小段走廊，來到一直通到建築內部的敞廊前。一個男人背對著他們，正聚精會神地看著窗外，凝視著這座城市。男人側身的那一刻，但丁注意到此人有著粗獷的臉部線條，他的表情活脫就像一個正在注視著自己領地的主人。

那名教士做了通報之後悄然告退。男人轉過身來。此人高大粗壯，寬大的鼻子垂向嘴唇——紅衣主教的長相如同一個沒落王朝的皇帝的威武畫像：康茂德，或是尼祿，只可惜他沒有當年尼祿臉部線條中所透露出來的年輕狂氣——從這張臉上能讀出的，只有狡詐與貪婪。

「我們就這樣見面了，但丁閣下。我一直很想認識您，其實在精神上，我們已經通過您歌頌愛情的詩歌相識了。」主教開口說話了。

「我的作品竟達到了受教廷關注的高度？」但丁帶著一絲自豪問道。

「令我們喜愛的並不僅僅是您的思想，還有您的行爲。我們希望像您這樣一個優秀的基督徒，能夠更多地理解我們的願望，即卜尼法斯的願望，也是上帝的願望。」

詩人目光炯炯，不由自主的握緊了拳頭，停了一會才回答：「您的三段論推理未免牽強了些，主教大人，」他竭力保持著平靜的語調，「我與永恆的上帝、威嚴的教廷和短暫的卜尼法斯時代截然不同。在穿上這身執政官服之前，我已經以語言和行動與教皇的企圖做過鬥爭。」

阿誇斯帕達的臉色一下子變得很難看，「看來，您的頑固不化仍然沒有絲毫的減弱，其實您的角色所承擔的責任應該令您變得更溫和才對。是什麼讓您這麼有安全感？您眞的以爲，與白黨站在一邊就能躲避命運的擺布嗎？現在您有契爾基家族的庇護，就像多年前您得以逃脫正義的審判，是多虧了卡瓦爾康蒂家族的保護一樣。宗教裁判庭已將您那本嘲諷教士的一文不值的書稿《花》⑫，列入了即將審判的內容之一。」

但丁面不改色。從內心講，他早就知道早晚會有人將那些含沙射影的十四行詩與他聯繫起來，哪怕他再小心謹慎，甚至以匿名的形式讓它們流傳出去。不過當著那些該受詛咒的、虛僞的人的面，他是不會讓步的。

「我的市民對我的評價更加讓人受用，畢竟他們將命運交給了我。」他言簡意賅地回答。

「也許您的市民沒我們知道的多。我們想知道，一個連自己也管不好的人，怎麼能出色地管理公共事務呢？現在有消息說您對一樁命案感興趣。阿利格耶里閣下，毀滅似乎正在跟著您，就像狗的影子跟著狗一樣寸步不離。」

「哦，也像在卜尼法斯的基督教城市裡，死亡的腳步緊緊跟隨著那些不受卜尼法斯歡迎的人。」

紅衣主教猛地一下站起來，臉脹成了豬肝色。「放肆，厚顏無恥的傢伙！您會對將教皇陛下的名字與惡棍聯繫起來的瘋狂行爲感到後悔的！您太目中無人了！別忘了，您之所以還沒有戴上鐐銬，只是因爲仁慈的教會還沒有和您算帳！」

他將手伸向但丁，手指上的戒指碰到了但丁的嘴唇。他雙目噴著怒火，命令但丁親吻那枚戒指。但丁也跳將起來，雙手伸向對方的脖子。對方下意識地將頭縮向碩大的肩部，就像一隻躲避

⑫註：《玫瑰傳奇》的打油詩版本，《花》是由匿名者所寫的兩百三十二首十四行詩，內容描述一名男子在追求心中的玫瑰（女人）時所遇到的不幸、冒險與最後的勝利。有些人說這是但丁的作品，但也有學者質疑這說法。

烏鴉啄食的烏龜。但丁的手指無法在那肉鼓鼓的脖子上找到突破口，而這位教會的權威人物躲過了最初的恐懼，喘著粗氣直喊救命，他的雙眼因驚恐而大睜著。

詩人鬆開手，摸索著寫字台上的一盞燭台，想用它來敲打對方。阿誇斯帕達用雙手抱住了他的腰，用盡力氣想把他拖向門口。糾纏中，但丁那把藏在腰間的匕首的把柄頂著他的肋骨，他順勢將它拔了出來，頂著對手的脖子。

「您敢……這樣！在上帝的主教的家中！讓聖彼得家的門檻染上鮮血！」紅衣主教喘著粗氣，說話斷斷續續，匕首的尖部正對著他的喉結。「您不會活著從這出去的……絕不會！」

「您也不會活著從翡冷翠出去！」但丁聲音尖銳地對著主教的一隻耳朵吼道。然後，他很快地衡量起命運天平上的得失：自己的生命與消滅一個威脅翡冷翠自由的最不共戴天的敵人。不錯，他終於可以殺了那惡毒的傢伙，將已在他的城市裡布下兵力的毒蛇的頭砍得粉碎，而卜尼法斯在失去了這條伸進托斯卡納的長手之後，將不得不中止對托斯卡納的野心。

然而他又覺得此舉過火了。於他而言，自己的生命不算什麼，但是阿誇斯帕達終究是上帝的一個代理人，何況割下九頭蛇的一個頭是毫無用處的，如果其他的頭早已張開血盆大口，虎視眈眈的話。慢慢地，他放開對方，向後退了一步。對方感覺到他的手鬆開了，就開始一邊大口地喘氣，一邊揉著喉部，那裡出現了幾個顯眼的紅色指印。他一屁股重重地跌坐在屋裡一張狀如寶座的椅子上，面如死灰。過了一會，詩人也在他對面坐下。

「懺悔吧……面對我們謙遜的偉大，您放棄了兇暴，又成爲了我們的孩子……」主教嘟囔著。他那假裝神聖的虛僞表情消失殆盡，現在，他是一個正用心與一個不屈不撓的對手決戰的政客。在第一個回合中他失利了，現在他正積聚力量以發起反攻。「那麼，是什麼促使您到這裡來，除了冒犯神職人員那罪不可赦的想法之外？」

「為什麼教會對鑲嵌壁畫建築師的命案感興趣？為什麼派您的那條走狗諾佛去窺視他的屍體？」但丁問，他也氣喘噓噓。

主教有些惱火的樣子，「我沒有什麼要向您解釋的。神聖的羅馬教廷自會衡量善惡。」他傲慢地回答，臉上漸漸恢復了原來的神色，「在一個神聖的場所發生的任何殘暴罪行，都是聖廷關注的物件，同時也是宗教裁判庭所關注的物件，如果在命案中有魔鬼的足跡的話。」

「你們在建築師被害案中發現了這樣的足跡？真的是這樣嗎？你們認為是魔鬼殺死了他？魔王撒旦的魔爪撕裂了可憐的安布洛喬的身體？這一死亡事件中有什麼令你們恐懼的？在他死之前呢？你們又對他的活著有何恐懼呢？」

對方似乎沒有領會到他口氣中的嘲諷。他走到窗前，像是想呼吸空氣，轉過身時目光中帶著狡詐。放下了教廷的面具之後，現在的他，儼然是一個狡猾的商人，在隨時準備著討價還價。

「一個可憐的工匠的生死又有什麼能讓聖廷害怕的呢？」

「他不是一名普通的工匠，而是一名偉大的藝術家、鑲嵌壁畫建築師，還有，他信奉吉伯林派的思想。」

紅衣主教仍是一副滿不在乎的樣子。但丁想起了在死者住所裡找到的，關於死者曾在聖保羅教堂施工的合同。「他還曾經為卜尼法斯工作過，在羅馬。」

「那又怎麼樣？」

詩人聽得出最後那句反問中的焦急口氣，他決定深入一步。「很多跡象表明，大師之死與他的作品有關。如果眞是這樣的話，許多人認爲他想在那幅作品中揭示他在羅馬得知的一個眞相——正因爲那個眞相，他才匆忙逃離了那座城市來到這裡避難。」

但丁停了下來，以觀察他的話所產生的效果。「一個他認爲必須用藝術的力量來揭露的眞相。別忘了，那座教堂將成爲翡冷翠大學的所在地，在那裡將可能發生學者間的論戰，而如果教廷不喜歡……」

「那麼，您認爲那個令聖廷如此反感的眞相是什麼呢？」教皇特使的雙眼瞇成了一條縫。

「您還想繼續堅持說您不知道？」

「您的眞相是什麼，阿利格耶里閣下？鑲嵌壁畫建築師想表現的是什麼？」對方重複問道，他的雙眼已完全閉上，臉上沁出大顆汗珠來。

但丁有意停頓了一下才回答：「也許，他想將士瓦本皇朝的象徵留在石頭上。」

紅衣主教突然睜開眼睛，嘴上掛著輕蔑的微笑。「這個可憐的假設就是您聰明才智的結晶？這就是您調查的結果？那麼，列舉一群已被打敗且被時代所淘汰的死者，又會對已經獲勝的基督繼承者產生什麼危害呢？」

這嘲諷的語氣產生了明顯的抨擊效果，使執政官不假思索地放棄了審愼的態度，他說道：「他們被打敗了，但是並沒有被消滅。也許，建築師不僅想歌頌那些已經去世的幾代人，還有現在的一代人。」

「您想說什麼？您在暗示哪代人？您瘋了？」

「您忘了曼弗雷德的第五個孩子，他的女兒貝緹麗彩，腓特烈二世的最後一個繼承人。」主教的臉好像一下子僵住了，他猛然挺直身子，上下打量著但丁。但丁端正坐姿，順手理了理衣服。阿誇斯帕達的聲音變得尖銳刺耳，不再有任何表面的和藹。「沒有第五個女兒，曼弗雷德那雜種只有四個繼承人，而且全都死了！」

「可是，如果傳聞是眞的呢？也許這正是鑲嵌畫師在羅馬所獲悉的傳聞，也就是他想揭示的。」

紅衣主教完全失態了。「沒，沒，沒有什麼貝緹麗彩，我跟您講！」他結結巴巴地說。

「也許沒有，但是傳言的力量總是要勝於眞相的力量。如果神聖羅馬帝國的士兵們準備推出一個貝緹麗彩，作爲皇位的合法繼承人，也許卜尼法斯統治義大利的步伐就將受到重重阻撓。」

「那是個謊言……」

但丁感到對方的堅持中出現了突破口，於是他毫不讓步地繼續說道：「國王曼弗雷德在貝內文托兵敗戰死之後，他的四個兒子都被擒獲了，但是據說有一個曾與國王在一起的女人，肚子裡懷著他的種，帶著帝國的財寶成功地逃走了。」

「您怎麼知道這個故事？」

「不是只有教廷才有眼睛和耳朵。也許，我的智慧比您所認爲的要高得多。」詩人尖銳地說。

阿誇斯帕達的態度突然發生了變化，他的聲音也突然變得不再那麼傲慢，並帶上了一絲柔和。「您完全錯了，阿利格耶里閣下。即使是一個城市領導者的誤入歧途，也不會給我們所熱愛的翡冷翠帶來災難，我不會讓您繼續錯下去。不要挑戰我們的權威，這對您沒有好處。相反，您應該相信教廷的寬宏大量，我們願意露出臉頰來接受和解之吻。卜尼法斯對他的敵人也是很大度的。我們知道您家境困難。到我們寬大的翅膀下面來尋求保護吧，除了您先人的信仰，您還能得到您所需要的幫助，翡冷翠沒有一個高利貸商人會像我們這麼慷慨大方的。」

但丁走近他，那架式與其說要吻他臉頰，還不如說是想隨時咬他一口。「您以爲我會爲了自己的性命，而出賣這座城市的自由？甚至出賣眞理嗎？」

「教廷對人性的弱點瞭若指掌，因爲自從彼得的背叛以來，教廷就是人性弱點的仁慈守護者。我們的靈魂不是以年而是以千年爲單位來衡量的。我們善於等待，您最後會迷途知返，回到我們這邊來的。是做回頭的浪子還是鋃鐺入獄，完全取決於您自己。和所有的人一樣，您也是由泥土塑成的，雖然您翱翔於繆斯的天空中，但是只需幾個弗羅林金幣激起的浪頭，就能掀翻您的小舢板。」

執政官從座位上一躍而起，「只有上帝才是我未來的守護者！卜尼法斯也無法超越祂，翡冷翠將昂首挺胸與之抗衡到底。至於我自己，我將繼續調查下去，阻止你們覬覦我們的自由，我的吶喊聲也會越來越響亮。」

「您想怎樣就怎樣吧，阿利格耶里閣下，但是您將一無所獲。安布洛喬不是因爲您所猜想的原因而逃離羅馬和被殺死的。」紅衣主教說，揮手做出送客的手勢。

但丁正要離開，當走到門口的時候，阿誇斯帕達那刺耳的聲音叫住了他，「有人向我們報告了那個在十字軍士兵的酒館裡表演的舞女。您好像對她很感興趣嘛，憑著對您的瞭解，很容易就可以猜到將您推向那個婊子的是何等激情了。不過，您可別太放縱您詩人的幻想，那個女人很危險，她是一只風騷勁兒隨時都可能會溢出來的花瓶。」

詩人走下樓梯，無視不斷湧來的人群，推擠著從人群中打開缺口。憤怒似乎已讓他失去了理性，彷彿世界末日四騎士的四匹馬正在他身後追著他跑⑬。他身上的每一塊肌肉都繃得緊緊的近乎痙攣，他覺得腰部隨時都會被緊繃的弓所射出的箭撕裂成碎片。來到大路上他才慢慢放鬆了下來。

在外面他找到了在階梯前等候的衛兵們，他面帶慍色地看著這群懶漢——他們正朝著在四周忙碌的女僕們擠眉弄眼，開著下流的玩笑，不時迸發出陣陣哄笑。詩人開始後悔炫耀這樣一支事實上一點也不值得信賴的隊伍，他獨自一人過來也許反而更好。他一邊想著，一邊惱怒地將他們解散了。對於他心裡想做的事情而言，還是越不引人注目越好。

他快速轉身朝另外一條路走去，小心地環顧四周以防有人跟蹤。剛才從主教府邸出來的時候，他沒有多加留意，很有可能紅衣主教的某條走狗已經盯上了他。

他仔細觀察著周圍路人的臉，但沒有發現什麼可疑的跡象。他低著頭，貼著路邊建築的牆根繼續快步向前，一直思考著剛剛發生的事情。

阿誇斯帕達否認了一切，但是他緊隨鑲嵌畫建築師來到翡冷翠這件事，難道只是一種巧合嗎？安布洛喬在逃離羅馬的時候，也許留下了暴露其意圖的蛛絲馬跡，而正是因爲這個，教皇的

⑬註：《聖經》啓示錄中，世界末日的四騎士為戰爭、饑荒、死亡和瘟疫。

人尾隨而來，像追尋鮮血的水蛭。

但丁竭力不讓人注意到他，但這幾乎是不可能的，因爲他身著官袍。「給我一米布，隨便一種！」他傲慢地對路邊一間擺滿布匹的商店店主說。那人被但丁富於權威的口氣和衣著唬得不敢作聲，連忙遞給他一塊還散發著染色劑味道的猩紅色呢絨綢緞，甚至不指望但丁會付給他錢。詩人將錢扔在櫃檯上，急匆匆地離開了。

剛一走到街角，詩人就將官帽摘下，小心地用那塊布將官帽和鍍金的權杖一起包起來，然後將包袱捲起夾在腋下，光著頭，頂著烈日繼續趕路。才走不到一百步，一陣突如其來的虛弱伴隨著頭暈向他襲來，使得他不得不靠在牆上。

閉上雙眼等待著眩暈消失。緩過神來，他才想起自己一天沒有碰過食物了。除了巴爾多的酒，他自語著，搖了搖頭。

最近發生的事情令他的精神一直處於亢奮中，以至於連身體的需求也感覺不到了。這會兒，他那虛弱的身體開始向他報復了。他手搭涼棚，看見了馬路另一頭一個小酒館的招牌，於是他邁步朝那裡走去。

「您來點什麼，客官？」酒店老闆馬上迎上前來，關切地問。巨大的櫃檯上擺放著幾盤盛著乳酪、火腿和撒滿了青豆的菜。男人循著詩人的目光望去。

「我看您喜歡我的食物，您不會對您的選擇後悔的，進來坐下吧。」店主滿心歡喜地邀請著他。

但丁一屁股坐到一張長凳上。「給我拿點吃的，什麼都行。」他聲音低沉，「還有，來點喝的，白葡萄酒。」

他將包袱放在桌上，雙手托住頭部，琢磨著怎麼爲等待他的考驗準備一個有說服力的開場白。如果可以避免這個，付出任何代價他都願意。他惱怒地揮手趕走一隻把他當成公廁的蒼蠅。折磨他的放高利貸的商人和那些四處飛舞的蒼蠅之間，似乎沒有多大區別。

「您的飯菜，客官！」酒館老闆的聲音把他從沉思中拉了出來，放在他面前的是一只木盤子，上面放著幾片黑色的麵包，浸在一種紅兮兮的清湯中，最上面還擱了兩片乳酪，乳酪上結著厚厚一層發了霉的硬皮。「還有您的酒，聖狄俄尼吉的正宗瓊漿！」他大聲說著，又加放了一只濕漉漉的陶瓶。

「狄俄尼索斯。」但丁用疲憊的聲音低聲說。

「聖狄俄尼索斯？」

「不對，狄俄尼索斯，酒神。」

「爲了上帝，我們的神，客官，您說得對，另外那個是聖達馬索。」

執政官無奈地揮揮手讓他離開，他開始尋找類似於勺子的東西，但一無所獲。他快速地掃了酒店一眼，整個酒館連一把勺子的影子也沒有，只得歎一口氣，捲起袖子，將手伸向盤中。伴著下滴的湯水，他好不容易嚥下一大口乳酪。除了那顯眼的黴點，並不太糟，與執政官邸的廚房所準備的飯菜並沒有太大差別。接著他幾乎是絕望地撲向酒瓶，猛灌了幾口。

不管吃下去了什麼，總之感覺好多了。詩人本想停留一會，再休息一下，但是停在剩餘湯水上面嚶嚶嗡嗡的蒼蠅令他無法忍受。他捲起包袱離開，臨走前朝剩飯裡扔了個錢幣——至少，那可惡的店老闆如果想拿到錢，也不得不弄髒他的手指。

紅衣主教的話也許一無是處，但是該死的，說到他需要錢這一點上卻正中要害。馬內托那張毫無血色的臉又出現在他腦海中，他彷彿又看見馬內托那貂一般鋒利的牙齒，還有那張醜陋的暴躁者的臉——此人不是唯一的放貸者，但卻是最令人厭惡和最恬不知恥的那個。

離目的地越近，但丁的情緒就越發低落。當他轉向匯兌商之街時，憤怒已在他體內沸騰，他的眼神像是要殺人。這是他剛才狼吞虎嚥的結果，也是周圍他所看到的一切以及以前來此地的屈辱回憶交織在一起的結果。那條狹窄的路毫不起眼，卻是翡冷翠真正跳動的心臟。這裡有商人的貨櫃、倉庫，更重要的是該市最大的高利貸店鋪全集中在這裡。

這不是他第一次跨進那些門了。在他父親去世以後，阿利格耶里家族的財富，隨著構成家庭財產的土地的價值下降，而日益萎縮，年景不佳以及佃戶和耕種者的貪婪蠶食，使他們的收入幾乎減少為零，他不得不越發頻繁地向這些可惡的放高利貸者借貸。

在他初入政壇的時候，不止一個放貸者自發地來到他跟前，表示願意為他支付費用。因為支持一個人並讓他當選為百人議會的成員，日後可以獲得的回報是相當豐厚的。

但隨著他開始粗暴地將那些幻想從投入中撈取到好處的人一個個趕走之後，厄運的烏鴉便開始在他頭上盤旋。他已經越來越難以獲得貸款了，哪怕有他的兄弟法朗西斯科為他擔保。

慢慢走完那段路，來到多米尼各的店前。他是一個小匯兌商，但是由於與大家族巴爾第的聯合，一直擁有大量金錢。無人知道，在那僅用一塊棉布簾子遮掩的粗陋木門後面，是否隱藏著這座城市乃至整個帝國最強大的財力。

正當詩人鼓起勇氣準備走進去的時候，他聽見裡面有人在說話，正要躲開卻看見維涅洛在匯兌商的陪伴下走了出來，兩人看上去心情愉悅。多米尼各以極爲罕見的殷勤送維涅洛出來，輕輕扶著他的胳膊肘，維涅洛也在同樣客氣萬分地向他告辭。

但丁猛地收住腳步，驚愕不已。

一看見他，多米尼各的態度立刻發生一百八十度的大轉變。他變得煩躁起來，就像是面對一個來借貸的人。詩人感到他的目光迅速地掃了一眼他夾在胳膊下的包袱。他以爲但丁是來典當東西的？該受詛咒的吸血鬼！只要一剩下他們倆，但丁就會將這包東西砸到他臉上。

維涅洛的態度則截然相反，他半咧著嘴，微笑著，似乎對這樣的會面感到很高興。「阿利格耶里閣下，看來，您的事務讓您和我走到同一條路上來了，您也在找錢嗎？」他高聲問道。

「但是得到它的希望很渺茫。金錢與詩歌總是難以和諧共處，我想，您是知道的。」但丁回答道，目光追隨著放貸者的身影，此人在匆匆打個手勢以示招呼之後，就急忙閃進屋內。

「如果是這樣，金錢恐怕也難以和航海相陪伴。」

「大海難道不是財富的寶庫？」

「如果眞是這樣，這座寶庫對於我而言也是緊閉著的，現在我不得不到陸地上來找錢。」對方指了指身後的店門回答。

但丁很想仔細探究他那強裝出來的愉悅背後到底隱藏著什麼，他覺得威尼斯人有意對自己的財力輕描淡寫。他剛才分明看到了多米尼各眼裡閃爍著的貪婪。

那肯定不是這條貪婪的狗會對一個卑躬屈膝前來借貸的人表現出來的態度。不，他敢打賭，維涅洛不是來借錢的，而是來向匯兌商提供什麼好處的。

「即使寶庫的門是緊閉著的，水上的路仍通向財富的王國，而又有誰能夠比您這樣一名水手更熟悉這些路，並且更好地利用它們呢？」但丁緊追不放。

維涅洛停了下來，抓住他的一隻胳膊，詩人感到袖口一陣緊繃。「看在上帝的分上，但丁閣下，我不否認。那時候我曾襲擊過一些富有的撒拉森人的船隻，熱那亞人也曾多次被我們光顧，但是這都是命運迫使我擱淺於你們的丘陵之中以前的事情。當然了，在幾年前，我的財富甚至可以獨自裝備一艘兩桅帆槳戰船呢，而多米尼各閣下他也不能有幸認識我了。」他似乎在試圖驅散一團陰影，「但是，我的生命並不只富有美德，阿利格耶里閣下，還有某種瘋狂的東西——那是導致我如此不幸的罪魁禍首。」

「就像所有的人一樣，我們所有的不幸不正是來自於瘋狂嗎？但如果是因爲愛情，我就不認爲是瘋狂，只要不是爲了粗俗的思想……」

「啊，不錯，那是我在酒館裡告訴您的……不是愛情促使我來借高利貸，而是一個更加兇惡的魔鬼。」維涅洛打斷了他的話並爆發出一陣大笑，「賭博，阿利格耶里閣下！」看到但丁困惑不解的樣子，他馬上補充說，「和它所帶來的壞運氣。」

但丁點點頭，也笑著回答說：「如果那是您的第二個愛好，我並不覺得奇怪。」

「不是第二個，而是第一個，您就不想碰碰運氣？如果能與您殺上一盤將是我的榮幸，我敢肯定，您一定是個難以對付的玩家。」

「就像您是個偉大的航海家一樣，我想，把自己交給骰子和把自己交給海浪，需要同樣的膽量。」

「您沒出過海？」

「從沒跑過很長的海路，我認爲我天性喜歡陸地的穩健牢固與可靠。」

「可您是個學者，是個充滿智慧的人。如果您將海神波塞冬的王國排除在視野之外，那麼您將無法進入地球的第四部分，也就是最遼闊的部分。」

「同時也是最變幻莫測的。上帝在他的設計圖中將水和陸地分開，並將前者分配給魚類，後者分配給人類，而我寧願待在屬於人類的陸地。不過，您在旅途中瞭解了些什麼能讓我羨慕的呢，維涅洛閣下？」

水手忽然變得嚴肅起來，「我知道了令人驚訝的、千差萬別的地方和人。」

「也就是說您到過傳說中的幸福島？」

威尼斯人聳聳肩，「當時威尼斯共和國的命令很清楚：用我的戰船保護開往巴勒斯坦的貨船免受撒拉森海盜的襲擊——我幹這行一干就是很多年——後來有一回共和國派了一個人到我船上來，這個人從耶路撒冷回來，他接受了特殊的任務，爲此我就得爲他服務——那是個老人家，但是他身體仍非常健碩——他命令我揚帆駛向西方，朝摩洛哥海岸開。我們沿著非洲海岸行駛了一個多月，來到了直布羅陀海峽。」

「你們駛出了海峽？」

「是的。」

但丁上身前傾，「你們看到了什麼？」

「在南邊，在赤道線上，另一個半球的星星發出多麼璀璨的光芒，它們和我們的完全迥異！在那裡上帝也留下了他的痕跡，昭示著基督的到來。天空中有一個星座是由四顆碩大的星星組成的，形成了一個完美的十字架。」

但丁聽得張開了嘴，睜大了雙眼。「你們還看到了什麼？」

「山一樣高的海浪，數不勝數的魚，可怕的怪物，會在夜裡將魔爪伸入船舷掠走水手的章魚，就這些。除了寒氣逼人的夜晚和酷熱難當的白晝，再沒有別的了。也許，我當時應該在船頭掛上某個敵人的頭顱以祈求好運！」

「不錯，古希臘人也認爲用人作爲祭品可以祈求航海平安。對了，你們運送的那個人尋找的是什麼呢？」

「他是個學者。您知道磁極的祕密嗎？」

「您說的是總指向北方的金屬指標？由阿馬爾菲人引進來的那種？這已經是一種眾所周知的儀器啦。」

「正是，不過……您也許不知道，越往西邊走，指針就越偏離北邊。那老者的任務就是測量它在每個經度產生偏差的角度有多大。現在他的成果已經躺在威尼斯共和國的資料庫中了——又一件對付異教徒的戰爭武器。」維涅洛回答，嘴角撇出的弧線帶著苦澀，似乎關於那段歷險的回憶在他心中激起了某種痛苦的情感，或者失去的祖國令他痛苦。「無數個艱難而痛苦的日子就那樣度過了，只是爲了一項毫無疑義的研究。」他補充說道，口氣裡滿是不屑。

「您爲什麼這麼說呢？探索知識是一項最崇高的事業。您不相信……」

「我什麼也不信，阿利格耶里閣下，相反，我敢肯定我不需要那些數字就能攻擊摩爾人的海岸。不過，也許你們這些學者與眾不同吧。你們憎恨紙上的空白之處，總想用各種符號把它們塡滿。你們會爲了一個毫無用處的小小發現而絞盡腦汁，就像那名老者——他曾深入研究過東方人的習俗，在航行途中的漫漫長夜裡，在船尾甲板的火爐邊，他向我講述過關於東方人的宗教和他們會召喚魔鬼的故事。而這些奇特的祭禮甚至流傳到我們這兒來了，像痲瘋病的種子一樣在朝聖者的行囊中散播。那些人崇拜石頭，並爲他們的信仰而自豪，對他們奇怪的虔誠充滿激情，就像布魯諾。」

「布魯諾．阿曼納蒂，大學成員中的神學家？」但丁吃驚地問。根據他所讀過的報告，此人也曾去過海外。

「是的，正是他。您從沒在『四十個殉道者教堂』聽過他的布道？我向您保證，那絕對是令人激動的。安布洛喬大師也曾被他深深吸引，我看見過他們聚在一起，沉浸在熱烈的討論中。」維涅洛微笑著，「也許，建築師是很虔誠的。你們的城市盡吸引虔誠的人士，就像安焦利埃里。」他最後的話裡帶著明顯的挖苦。

「哦，契科閣下，」執政官緩緩地說，「一個古怪的詩人，同時也很別具一格，您不覺得嗎？」

「當然，但是他也許是很多人中頭腦最清楚的。」

「也許他就像您所說的……您早就認識他了？」但丁說這句話的時候有些心不在焉，好像正在思考著別的什麼，但他敢肯定，維涅洛非常留心地聽著每一個字。

「不，阿利格耶里閣下，我是個四海爲家的人。不過我發現他在情感方面和我有相似之處，這使我對他頗有好感。我們有同樣的愛好，但絕不僅是爲了詩歌——這一相似點讓我們覺得我們似乎相識甚久。我得向您告辭了，我不想占用您辦理公事或別的事情的寶貴時間。」維涅洛總結道，投向匯兌商店門的眼睛裡閃過一道狡黠的光。

但丁目送他遠去，然後邁著堅定的步子走進店裡。店主坐在櫃檯後面的椅子上。用普通松木做成的櫃檯很破舊，上面擺滿了紙張和記錄本。

店主完全沒有站起來的意思，只是略微點了點頭，隨之將目光滑向猩紅色的包袱，最後才完全轉向但丁：「閣下，您眞的想典當東西？」

但丁咬住舌頭，強抑住心中的怒火。他不能和多米尼各鬧翻，至少現在不行，這條狗是他應付困境的唯一希望，但受辱的感覺烈火般焚燒著他。他艱難地在腦海裡尋找他已準備好的再次借錢的發言，但湧上他嘴邊的話裡卻夾雜著詛咒和痛斥。

還有維涅洛意想不到地出現在那裡……讓催債的馬內托見鬼去吧，他對自己說，會有時間處理那事的。

「市政廳需要和您談談，多米尼各閣下，是關於一樁命案。」

對方的表情驟然大變。「命……命案？您這是什麼意思，執政官大人？」

詩人注意到多米尼各終於不得不稱呼他的頭銜，他對此很滿意。「您一定聽說過，有個鑲嵌畫建築師在我們的城裡被殺了，市政廳派我負責查找兇手。」

「您想到這裡來找？」高利貸商結結巴巴地說，臉色變得煞白。

「所有他可能藏身的地方。不過，現在我想知道的是另一件事。維涅洛，那個威尼斯人，來此是爲了和您談什麼生意？」

「沒有……還沒。他只是問我願不願意接受一封信用證。」

「您是怎麼回答他的？」

「我說這得看擔保人的還款能力。」

「他怎麼說？」

「他……他叫我不用爲此擔心。他說他擔保人的財產遍布整個帝國。」

但丁不出聲，陷入沉思中。

「不過……」多米尼各清了清嗓子，欲言又止的樣子。他的臉上再次露出這一職業慣有的狡詐，隨時準備將一切出售給所有的人，現在執政官可是有求於他。「不過，我覺得他很奇怪……」

「什麼？」

「他不停地談論著擔保和帝國，最後又要我爲一份典當預付錢款。他典當的東西是一個金環。」他奸笑著，從櫃檯下取出一個黃澄澄的金環給但丁看。「全都一樣，這些水手。」他眨巴著眼睛，一副巴結的神情。

但丁並沒有注意到他的話外之意，一把抓過金環端詳。金環很大，上面布滿了難以辨認的符號，「是的，都一樣。我會再回來找您的，多米尼各閣下，我們還得談談別的事情。」

他朝門口走去，高利貸商的眼睛困惑不解地追隨著他。跨過窄門時包袱撞上了門框，但丁不由得發出一聲詛咒。

他得趕緊回到市政廳將那包東西放下。

第十二章

同一天，下午晚些時候

但丁走進「四十個殉道者教堂」那小而陰暗的中殿。爲了不引人注意，他貼著牆根朝祭壇走。那裡有一張簡單的石桌，四周擺著木椅，石桌一旁是一個簡陋的木板平台。就在這個臨時搭建的布道台上，一名男子正向周圍一小群信徒做著演講。

聽眾不多，男男女女大約有二十來人。他們有的站在各圓柱之間，有的坐在簡陋的木頭長凳上，其餘的人則蹲坐在地板上，全都專心致志地聽著。首先吸引但丁注意的不是演講者，而是這些城郊居民樸實的臉上流露出來的驚愕表情，他們像是著了魔。

「但丁閣下！過來吧，和我們一起分享天使的麵包吧。」

布魯諾．阿曼納蒂停了下來，他看著但丁的表情像是受了神的啓示。但丁的名字似乎沒有引起在場其他人的特別反應，只有個別信徒朝他投來了懷疑的一瞥，但很快他們就又被布道者那神祕兮兮的語氣吸引過去。

在打了那個簡單的招呼之後，布魯諾也彷彿忘記了但丁的存在。他的目光從但丁身上移開，繼續回到他那熱情洋溢的演講中，雙眼興奮地看著上方。根據他那總結性的話可以推測演講已近尾聲，即便如此，詩人還是輕而易舉地辨別出話題的源頭。此人正在談人的來世的各個階段，最後，他敢斷定，此人會歌頌未來時代，屬於靈魂的時代，從肉體與物質的重負中獲得解放，洗淨惡習與自私，進入到一個人人平等的社會。在那裡，在賦予活力與生機的聖靈的影響下，教廷變得煥然一新，最終成爲自由與正義的化身。

這群老百姓深信不疑的臉是撒播夢想種子的理想沃土，這些話是神學家約阿希姆種下的大樹所結出來的又一顆果實——這個狂熱的僧侶一個世紀前曾試圖用他的預言來革新教會。

布魯諾熱情洋溢地繼續用語言描繪著那幅美妙的救世畫卷。一個高雅的神學家怎麼會在這些爲頭腦簡單者描繪的粗糙幻象中迷失自我呢？是不是令維涅洛感到好奇的只是這樣的無稽之談？

但丁開始走神，陷入自己的思緒中。他越來越心不在焉地聽著此人的演講，直到演講者說話的節奏抑或是音調發生了改變，才又引起他的注意。

那單調冗長的演說，充滿了對難以定義的希望與期盼中的美好又偉大的未來時代的歌頌，現在卻讓位於一個陰鬱的話題，上帝似乎突然間從這位神學家的視野中消失了，取而代之的是混沌而邪惡的黑暗。

布魯諾不再循著聽眾的思緒與夢想走向遙遠的未來，而是開始向上追溯人類那久遠的過去。隨著話題逐漸展開，他的話與約阿希姆的觀點越來越背道而馳。神學家講述的是反抗上帝的天使時代、誕生於天使的骨頭中並曾用強權統治地球的巨人們的時代、具有極強的視力又因其所見被弄瞎雙眼而死去的預言者的時代、建造起無數雄偉的建築之後又令它們灑上戰爭的斑斑血跡的古人，最後，他講到了最末一代的人們，稱他們將繼承地球，如果他們懂得如何喚起沉睡於地下的先人們的無窮力量的話。

這些話在信徒當中引起了一陣騷動。但丁聽到個別人低聲談起有人在姆傑洛地區的一家酒館裡發現了成堆的骨頭，然而對於這些議論，布魯諾視若無睹，還是繼續著他的演講。

「我們的先人躺在他們的墓穴中，他們沒有死，他們只是睡著了。」他慷慨激昂地說，雙目微閉，似乎正在內心中尋找他自己的話的證明。「喚醒他們，和他們一起在上帝的祭壇前同席而坐是可能的，是可以做到的，可以做到的，可以做到的！」他連續重複了三遍，他的聲音突然變成了一種聲嘶力竭的叫喊，「那些星星是沉睡中的古老種族看得見的身體，它們用它們的運動指示著主的時間，其中，最重要的當屬黃昏之星、天使之聖母的五芒星。」

但丁憤怒了。布魯諾的話裡絲毫沒有基督教義的影子，只有關於黑暗世界的無稽之談。有些人說了幾句比他這些話還要輕得多的話，他們的身體就被宗教裁判庭撕了個粉碎。怎麼能夠在教堂裡傳授這樣的內容呢？維涅洛的話又回到他的腦海中，維涅洛肯定認爲鑲嵌畫建築師就是掉入了這樣的陷阱中。如果安布洛喬眞的相信這種顚倒是非的觀點，那麼他想在畫中表達的，也許是被上帝所拋棄的世界的五個時代。第三重天的成員當中還有誰可能和他一樣，在這樣的道路上迷失自我呢？他在腦海中逐一審視那一張張有著動物面具的臉。某個擅長計算、精通天文學的人……

他再次研究起信徒的臉部表情來。他自問，那畸形的宇宙觀會對他們產生什麼樣的後果，他們看上去就像夢遊者或者是被打了麻醉一樣。此刻布道者開始唱起一首陌生的聖歌，在場的人做著應答輪唱，口中含糊不清地吐著令人費解的拉丁語句子。但丁只聽清了被多次重複的一句話：「母親拯救我們吧！」「母親」不是「聖母馬利亞」，而是他們隨後說出的一個令人費解的名字，其發音如同蛇的嘶嘶聲。

但丁看看四周，怎麼沒有人對這些話表示反對呢？沒有任何反應，沒有任何不安。卑劣的合唱機械地重複著，祈求著虛無。

他注意到，只有一名男子默不作聲，沒有對儀式的口號做出反應。此人離其他人有點遠，恰好位於和但丁相對的中殿的另一側，他的臉埋在風帽中。但丁望過去的那一刻，他正好稍稍動了動頭部，露出了臉。一陣戰慄掠過詩人的背部，他不由得下意識地縮到一根柱子後面。

即使裡面有點昏暗，他的判斷也錯不了。此人與那個被他當場發現在檢查安布洛喬屍體的人正是同一個人，諾佛・德伊，宗教裁判員。

他瘋狂地思考著對策。這名修士的在場，說明教廷對在四十個殉道者教堂所發生的事情瞭若指掌，那麼布魯諾就要大禍臨頭了。也許，他自己也是。這麼想著，但丁又朝柱子後面閃了閃身子，他真想消失到那大理石柱中。他不知道，當他進來的時候諾佛是否在場。如果在場，那就一切都晚了。那惡棍完全可以控告他與狂熱的布魯諾同流合污。

他不能讓紅衣主教抓住這樣的把柄。也許他應該馬上離開，或者打斷這一儀式，並譴責布魯諾有兇殺嫌疑，讓世俗當局將其逮捕，以防止他落入宗教裁判庭手中，從而阻止這個瘋子把自己送上火刑柱。

他正要走上前去，他的目光碰上了神學家的目光，後者似乎正注視著諾佛・德伊所在的角落。某件完全出乎意料的事情令但丁停住了腳步。

他看到兩人對視的眼神中透出了某種心照不宣的默契。他沒有看錯。布魯諾知道教士在場，可他仍然有恃無恐地繼續闡述他那狂熱的宇宙論。

他在自尋死路？還是他自信到了可以嘲笑劊子手的地步？但丁想，也許那來自東方的瘟疫學說已經毫無疑問地流行起來，甚至影響到了教士最高層。他再次看看宗教裁判員。此人似乎並不想採取行動：只見他轉過身，貼著牆根，慢慢地朝出口走去。走到大門邊的時候，諾佛從一群婦女身旁擦肩而過，但丁的目光一直追隨著他，不可避免地也朝那些婦女投去了心不在焉的一瞥。

就在那一刻，但丁看到了她。她半躲在側面祭台的一根柱子後面，身上裹著一件長長的孔雀綠棉質衣服，臉上戴著許多貴婦外出時都會佩戴的防塵棉布面紗。她稍稍踮起腳尖，像是爲了看清什麼，就這樣一個動作，對於但丁而言已經足夠了，因爲他是憑一個墜入愛河中的男人的直覺認出她的。

他一時間不知所措，看著女子也朝門口走去，步履輕盈。執政官感到諾佛似乎朝她點了點頭，就在他經過她身旁的時候，就像剛才與布魯諾的對視一樣，也是一種心照不宣的默契。一個宗教裁判員，一個邪教宣揚者，一個婊子。從一副怪誕的塔羅牌中抽出的三張牌在同一座教堂裡會合。他無法明白他們之間的關係，也許諾佛來此並不是爲了監視布魯諾，而是爲了那女子。

他在門口稍作停頓之後才走出去。教士早已不見蹤影，而安迪麗雅也走遠了。

但丁將臉埋在帽子的面巾中，佯裝躲避高掛著的烈日。他跟著那女子，注意保持著一定距離，以防她一轉身就會認出他來。

安迪麗雅走在人群中，猶如一個隱形人。她的美貌被覆蓋在寬大的外衣和面紗下面。雖然建築物的影子已被夕陽拉長了，但是天氣依然酷熱難耐。她走得很快，絲毫沒有受到天氣的影響。已經穿越了一個街區，但她仍自顧走著，絲毫沒有疲憊的樣子，對那四處飛舞的蒼蠅也視而不見。

走到一座噴泉前面她停下來喝水，只稍稍掀起了面紗並略微轉了轉身子。但丁看見那雙瑪瑙般的眼睛在閃爍，像是在追尋著他的目光。隨後她又繼續向前，他尾隨著走過噴泉和那尊陰鬱的雕像。此前，他只是一味地跟著安迪麗雅，注意力全集中在防止被她發現上，直到現在，他才知道他被她領到了哪裡，因爲他認出了遠處藥劑師的店。

看到她放慢了腳步，但丁也停了下來。他第一次看到她環顧四周，擔心被人跟蹤的樣子，幸虧一輛裝滿酒桶的馬車路過，將他擋住了，而她已經消失在藥店中。

但丁猶豫著是跟她進去，還是等她出來以後再繼續跟蹤，最後他決定躲在街角柱廊的一根柱子後面等待，爲此他還兇巴巴地將一名把柱廊選爲行乞地點的乞丐趕走了。

雖然但丁威脅著說要叫來警衛抽打他，但是那名乞丐僅僅移開了幾米，再次躺到地上，伸出手繼續乞討。但丁感覺此人斜著眼在悄悄打量自己，毫無疑問，這準是祕密行會的又一個無賴。如果他不是要監視那女子，他準會叫來警衛將他逮捕的。他又朝那乞丐威脅地瞪了一眼，而乞丐則開始向路人炫耀著自己的不幸以博取憐憫了。

這人有點特別。自從與賈內托的那次偶遇之後，詩人對行乞者的看法有了很大改變。之前他對他們是無法忍受、視而不見的。乞丐似乎眞的成了街道的主人，就像狗在角落裡撒尿標出自己的領地一樣。他想起賈內托那不祥的預言，賈內托信誓旦旦地預言白黨將面臨災難。這個被拋棄的傢伙，對翡冷翠的未來，對自己的命運能明白多少呢？左眼一陣劇痛向他襲來，他覺得腳下的地在崩裂。

他努力盯著藥店門口，突然背後傳來一陣吵鬧聲，第二個乞丐來到先前的那個旁邊，兩人不知爲何發生了激烈的爭吵。其中一個的聲音聽起來像是賈內托，他正朝那個侵占了他的領地的乞丐破口大罵，接著就動起手來，扭打成一團。不過第一個乞丐很快就占了上風，咆哮著撲向第二個，朝他的腰部狠狠地踢了一腳，後者發出一聲痛苦的尖叫，跌倒在地上，蜷縮成一團，手摀著想必是斷了的肋骨。

但丁一躍而起，奔向兩人——他當然不是爲了平息兩名乞丐之間的紛爭，而是因爲某種東西吸引了他的注意力。在打鬥的混亂中，第一個乞丐的衣服敞開了，露出了胸部一個堅實的深色表面，那也許是皮革或青銅，此人好像佩戴著護胸鎧甲。但丁想向前看個究竟，可是那乞丐見他過來，就急忙從與痛苦呻吟中的對手的扭打中脫身而出。他躍身而起，動作之快速敏捷，出乎任何人的意料，與他那憔悴的樣子簡直是判若兩人。躍起身就衝向街道的另一面，從好奇的圍觀人群中衝了出去，回身朝詩人做了個下流的手勢，便消失在攢動的人頭中。

「我是翡冷翠的執政官，畜生！去你娘的！」但丁喝道，而那假乞丐已不見了蹤影。「你和特耳西特斯⑭一樣該死！」他又補充了一句，因爲奔跑和激動，搞得自己氣喘噓噓的。他隱約看見一個年輕人從好奇的圍觀人群中衝出來，追向逃走的人，年輕人好像穿著警察的制服，但丁希

⑭註：傳說中古希臘軍隊中一個醜陋又多言好鬥的人。

望他能抓住假乞丐。

「那個惡棍是誰？」他問賈內托，後者還在大聲詛咒他的敵人。

「我不知道。」他回答說，臉上露出痛苦的怪相，這令他的表情更像一隻老鼠，「我不認識他。新來的吧，有好幾天了，沒有行會的允許就在這一帶乞討……這段時間，不知從哪兒冒出了很多像他這樣的人。」

「很多？」

「是的，眞的很多。這些該死的傢伙！」

但丁靠著柱子，深呼吸了幾下以平息激動的情緒，然後，從人群中擠了出去，朝藥店的方向走去。德奧菲洛已站在門檻上，就像在等他似的。

他果斷地朝前走去，藥劑師閃過一邊側身讓他，然後也跟著進來。形勢緊迫，但丁得趕緊審問那女子。他快速地掃視了四周一番，尋找著她。「她在哪裡……？」

「安迪麗雅？您找的是她？」德奧菲洛不懷好意地問，「她剛從這裡離開。」

「她去哪兒了？」但丁困惑不解地問。他敢肯定自己沒有看見她走出來，雖然在打鬥的混亂當中，他並沒有一直盯著藥店門口。

「她走了，您沒看到她？我們聽見外頭有聲響，我覺得她最好是悄悄離開。您知道她的身分特殊，危險時常……」

詩人表示同意，不過，他覺得德奧菲洛有意向他隱瞞什麼。「她到這裡來找什麼？」他口氣生硬地問，兩眼盯著對方。

藥劑師在思考著怎麼回答，就像正在以計算混合藥物劑量的小心與謹慎，衡量著要在話中放入多少成分的眞話一樣。「找所有的人到我這裡來找的東西。」最後，他神祕兮兮地說。

「所有的人在找的東西？」

「所有的人，包括您，但丁閣下。」

但丁等著對方再補充什麼。「我不明白您的言下之意。」見對方沉默不語，他才忍不住這麼說。

「痛苦以及如何擺脫痛苦，或者……」

「或者？」

「如何令痛苦爆發出來。痛苦是我們行動的第一動力，偉大的亞里斯多德在想像他的天體運動的時候，也是這麼想的。」

「不，您錯了。是愛讓天體轉動起來，沉浸在神聖本質之愛中的最後一重天對愛的渴求，決定了其他各重天的旋轉，從而令人全方位地體驗光明所帶來的無限快樂。」但丁心不在焉地說，就像在重複講課。他正在想安迪麗雅。

那種含沙射影的遊戲令他厭煩。他正要開口迫使藥劑師說出眞相，後者卻搶先了一步。「即便如此，但丁閣下，您不認爲，統治地球的是痛苦之神嗎？難道我們不是爲了他而爭鬥、愛、創造和死去嗎？您自己也表示肯定的，就讓我順著亞里斯多德的話說下去吧：如果第一重天爲了與上帝同在而全方位地瘋狂轉動，它這樣尋求極樂，難道不是因爲缺少快樂的緣故？」

他聲音低沉，就像是害怕痛苦之神會聽見。詩人聳聳肩。他不想在這個時候陷入一場神學辯論中。他敢肯定德奧菲洛開始這場辯論，只是爲了將他的注意力從那女子身上引開。

「安迪麗雅找的是您的那種藥？」

藥劑師爆發出一陣大笑，似乎突然間又變成小酒館裡那個樂天的人，「它叫chandu……噢，不，沒那麼嚴重，她只是來找一塊美膚香皂。誰知道呢，也許對於一個女人而言，保護自己的美貌正是痛苦的首要來源……」

但丁繼續四處張望。在他看來，德奧菲洛的話是一派胡言，安迪麗雅是在聽了布魯諾的布道之後，就徑直來到藥店的。

「您上次告訴我，您那種藥是由五種成分組成的，您眞的不知道是哪五種？」

藥劑師微微一怔，他的目光下意識地投向那個鐵箱子，像是爲了確保它已經上鎖了。「它的配方是個祕密，但丁閣下。」他閃爍其詞，「您體驗過它的功效的，您應該能夠準確地判斷它的價值。」

「鑲嵌畫師之所以被殺是因爲他想揭示某種東西的五個部分。爲何不可能是從您這裡得到或竊取的某種化合物的五種成分呢……您說我能夠判斷其價值，不錯，我敢肯定，它價值連城，足以促使某個人爲單獨占有它或是爲了保護它而殺人。」

藥劑師突然間變得神色不安起來。

「會不會有可能是布魯諾用來控制他組織的弟兄們，而您也是其中一員呢？」但丁繼續說。

「別，別這麼想……」對方結結巴巴。

「爲何我不能這麼想？」

德奧菲洛猶豫片刻，然後他突然伸出右手，做出藥劑師行會成員間相互識別的手勢，「我請求幫助！」他用拉丁語高聲說。

這是同行會的兄弟向另一名成員求助時的用語。但丁不得不遵守束縛著他的行會誓言，機械地做出同樣的手勢。「我帶來幫助，」他也用拉丁語回答。

現在德奧菲洛又顯得自信起來。他緊緊抓住但丁的一隻胳膊。「不錯，我們認爲那個祕密非常重要。但是它不是世上絕無僅有的，世界上存在其他更大的祕密，也許您作爲行會中的一個兄弟，能揭開其中的奧祕是件好事。」

「您想說什麼？」

「誰知道呢，也許您眞的能幫我……也許您的學識……」德奧菲洛沒有直接回答但丁的提問，而是繼續自己剛才的話。他一動不動地停了好一會，就像是在進行最後的心理鬥爭，然後走向一個精緻的櫃子。他打開櫃子，取出一個方方正正的小盒子。盒子是用一種古埃及法老所喜愛的珍貴的非洲深色木頭製成的。他在盒子的一側摸索了一下，但丁聽見咯嗒一聲輕響，只見他拉開一只楔子——他一定是觸動了某個暗鎖才打開那盒子的，裡面放著的是一個圓形的黃色金屬物。他幾乎是誠惶誠恐地拿起來遞給但丁。

那是一個金黃色的金屬環，上面刻著類似於某種陌生語言的字母的細小花紋，很像詩人在多米尼各的店裡看到的圓環。

但丁仔細地觀察了一番，然後，拿在手裡掂了掂分量。「它就是它所看上去的那種東西？」

「是的，但丁閣下，是金子。」

但丁繼續在手裡翻來覆去地轉動著圓環。然後，他抬起頭，問：「這是從哪裡來的？」

「也許該問從誰那裡得到的，這些圓環出現在翡冷翠有一段時間了，伴隨著它們的還有某種傳言。也許是一種傳說，也許。」

「這傳說講的是什麼？」

「說這金子不是來自地球的核心深處。」

「您的意思是說它是……人造出來的？」詩人喃喃地說，再次仔細地研究著，又將它放到唇邊，用舌頭舔了舔。「如果您所說的是眞的，市政廳的財政將岌岌可危，所有公認的用來辨別假幣製造者伎倆的工具，都將變得毫無用處。」

「您不認爲，這個祕密比我的藥的祕密更大？」

「您從誰手中得到這圓環的？誰知道這種質變物的祕密？是第三重天的某個成員？說！」但丁逼問著，他差點做出行會的那個求助手勢，但是他忍住了，將手收了起來，「我不想讓您按行會規矩回答，而是要您回答翡冷翠市執政官的話。」

「我不知道，我向您發誓！是安布洛喬給我的，就在他去世前不久，但他沒有告訴我任何關於此物的來龍去脈。」他顯得很激動，就好像提及死者的名字會招來鬼魂似的。「這個祕密不屬於我，我自己也在尋找它。」他幾乎是自言自語地補充說。

但丁回味著他最後的話。那藥物的確非同尋常，然而，又有什麼比得上德奧菲洛剛才給他看的東西呢？在翡冷翠，又有誰會從事類似的研究呢？他若有所思地走到門邊，又轉過身來。

「那個金環……您能借給我用用麼？」

「當然，阿利格耶里閣下。」對方說著將它遞了過來，「您能發現它的來源？」

執政官沒有回答。他的思緒已經飄到了另一個地方。他甚至沒有向藥劑師告辭就走出了藥店，完全沒有意識到自己的失禮。這一新發現以及由此帶來的新的可能性令他倍感興奮。

德奧菲洛也默不作聲地跟著他走到了門檻邊上，在確定但丁已經走遠了以後，他急忙將店門關上。聽見身後傳來一陣輕微響動，他猛然轉身。靠近牆壁隱蔽處的一塊木板打開了，露出了一個門洞，安迪麗雅從那扇小門裡探出頭來。德奧菲洛奔向她。他的額頭上還滲著冷汗，兩眼卻早已緊緊盯著女人精緻的衣衫下隱約可見的曼妙身體，那是一尊被衣服的皺褶所囚禁的維納斯雕像。

女人取下面紗，她的美麗完全呈現在他面前。

「妳都聽到了？」他問她。

安迪麗雅點點頭，眼睛盯著桌上的那個烏檀木盒子。

「我什麼也沒說。」德奧菲洛補充說，他聲音發顫。「你們什麼時候……什麼時候啓程？」

她還是默不作聲。

「我能和你們一起走嗎？」藥劑師走近她，伸手輕撫她的肩部。她對他的舉止無動於衷。男人開始解開她衣服上的繫帶，那古銅色的胴體如花朵般緩緩地綻放開來。

第十三章

六月二十日，上午

「該死的商人！一無是處的傢伙！」但丁一邊詛咒著，一邊在卡里馬拉布業行會的前廳裡踱來踱去。卡里馬拉布業行會是翡冷翠最重要的行會，這些人富有、不可一世、厚顏無恥。市政廳至少有一半的官員公開或半公開地爲他們服務，而剩下的一半則懼怕他們。「竟然讓我等著，如果有劊子手在，我要把他們全都絞死。」

他是報了自己的頭銜才勉強被允許進來等待的，而這種等待令他感到屈辱。在半小時的時間裡，他看到苦力勞動者、大腹便便的商人和其他各色人等從他面前經過。他感到胸口憋著一股對這群無禮的暴發戶的忿恨，那火焰隨著報復的願望升起而越燒越旺。正是由於他們這樣的人，翡冷翠才會墮落成今天這個樣子。一座本可以憑藉律法的智慧而成爲第二個羅馬、憑藉藝術的輝煌而成爲第二個雅典的城市，卻世風日下，正在淪落爲第二個巴比倫：沒有一個公共部門的公職不被出售，在金錢面前法律脆弱得不堪一擊，法官可根據利益關係將罪行判決一筆勾銷。

候客廳正對著一座工地。馬路對面，一座宏偉的樓房將拔地而起，取代老街區破舊的房屋。這些從葡萄園中矗立起來的新建築，是爲了讓從郊區蜂擁而來尋找發財夢的鄉民居住的。然而這些新建築的奢華背後透露著某種不祥的東西，一道隱蔽的裂縫，就像一口青銅鐘上面肉眼看不見的裂縫，只有敏銳、訓練有素的耳朵，才能在它驟然破裂之前覺察出來。熟悉繆斯和古訓的詩人的耳朵是敏銳的，他清楚地聽出了其中的不和諧，就像從遠處傳來的瀑布聲。

「小偷的城市。」他重複著說，離開窗邊。

終於來了一個身著行會華麗制服的工作人員，此人無禮地叫喚他，把他帶到二樓，他們走在恰好位於古老市場之上的連拱廊中。

會長坐在一張高高的書桌後面。書桌四周是其他一些較小的桌子，十幾名財務人員坐在那裡，正專心致志地在那些碩大的簿子上記錄著各團體各商人的交易文書。「能爲您效勞嗎，大人？市政廳怎麼關心起我們行會來了？」他問，說話時口氣冷淡，神情就像是和最底層的下屬講話。

但丁走近前去，直到胸口碰到了桌子的木板。「市政廳關心翡冷翠的善惡，今天，關心的是惡。」

會長顯得惴惴不安起來。他本以爲是司空見慣的請求或者是要錢。「您這是什麼意思？」他問，臉上的表情有些古怪。

「我在執行調查安布洛喬慘死的任務。」

「鑲嵌畫師……我聽說了，可是，我不明白這和卡里馬拉有何關係……」

「我也不明白。至少目前還不明白。正是爲此，我在探尋各種可能通向眞相的路。」

「因此，您就找到這裡來了？」

「據說，卡里馬拉布業行會是所有知識匯聚的地方。製造、供應、訂購不是你們的格言嗎？」

會長表示贊成，不太信服的樣子。

「我是爲了和你們的一個成員談談才到這裡來的，」但丁補充說，「弗拉維奧·佩特里，那個熱那亞人。」

「染色師，爲了什麼事……」

不等他的問話說完，詩人的臉上就顯示出毫無商量餘地的嚴肅表情，會長只好口氣生硬地命令其中一名抄寫員陪但丁去。

作坊位於有著低矮拱頂的寬敞地下室裡。裡面擺滿了各種用於搗碎原料和調製染色劑的大型銅製容器和石磨，空氣裡充斥著濃烈的異味，幾乎令人窒息。

弗拉維奧獨自一人在那裡。他正專注地將某種物質通過一個玻璃量具倒入一口深底圓形銅鍋中。陪但丁進來的那個人與弗拉維奧低語了幾句之後，弗拉維奧便走了過來。但丁覺得弗拉維奧的殷勤只是爲了盡快打發他，然後繼續做手頭的事。不過他的彬彬有禮還是令但丁感到愉快，尤其是在經過此前的冷遇之後。

歲月的風霜令他的背顯得有點駝，然而，那布滿皺紋的臉上卻閃爍著兩隻炯炯有神的黑眼睛。「我能爲您做什麼呢，但丁閣下？」

「我需要在一個特別的領域使用您的智慧。」

「我全部的知識，縱然是淺薄的，都聽您吩咐。」

「我不低估您的學識。您對自然科學最為精通，在翡冷翠和整個義大利，甚至是整個基督教世界。」

對方微微頷首，臉上帶著淺淺的笑，等著但丁繼續說下去。

「您對金子的製造有何瞭解？」但丁盡量用很隨意的口氣問道，但是，他知道自己的話字字千鈞。然而，令他倍感驚訝的是這個熱那亞人的回答非常平靜，就好像問題的答案是現成的。

「在我漫長的生命中，我聽說過一些，不過大都是幻想。這是一項令您熱血沸騰的研究。有人長年累月，徹夜未眠，只為這一事業……我不知道這是不是一項神聖的事業。這種渴望是想深入瞭解大自然母體，抑或只是貪婪這個魔鬼在作祟，這是每當我們的大腦想深入大自然的祕密哪怕是很小的祕密的時候，都會碰到的良心上無法解決的質疑。」

「可是，您認為能造出來嗎？還是有人已經造出來了？」但丁問，裝作沒聽見老者大談道德經的話。老者聳聳肩，目光注視著遠處。

「有人說行。我見過很多人，他們發誓說掌握了其中的祕密，都是心術不正的陰謀家，他們甚至無法證明他們懂得偉大的煉金術中哪怕最淺顯的知識……也許，除了那一次……」

「您聽說了什麼？」

「那個自稱掌握這一技藝的人跟我談到將銅轉變成金子的五個步驟。他的祕密的本質在於：不像許多人所認為的鉛的昇華，而是從隱藏在銅裡面的火焰中提取生成金子的力量。」

「那麼……您試驗過嗎？」但丁急切地問。

「我沒有對真相追尋到底。金子的祕密是屬於王者的祕密。太多說知道這一祕密的人被那些想知道……或不想讓其他任何人知道的人殺死了……」老人的話戛然而止，他似乎沒有什麼要補充的了。

但丁困惑了。在一些酒館、飯店裡，他聽過太多無憑無據的傳聞了。「這麼說，您在很久以前，在您的旅途中就聽說了。在遙遠的地方，我猜。」他的回答帶著一絲嘲諷。

染色師注視著他。「不，但丁閣下。我是在您的城市裡聽說的，是最近的事情，」他忿忿地回答，「而且，不僅僅是口頭的傳聞。我讓您看看一名漁夫在比薩海岸被遺棄的一艘小艇的船底找到了什麼。我們的一個代理商很好奇，將它送到了行會總部。」

他打開一個抽屜，取出一塊看似紅色石頭、有核桃般大小的東西。「您看，您見過類似的東西嗎？」

但丁仔細地觀察著它。「是銅嗎？」

「赫斯珀里得斯的金蘋果，」弗拉維奧神祕地回答，「是的，是銅，純淨無比。」

「這能用來變成金子？」

「也許。」熱那亞人在手指間轉動著那塊東西，「大自然中找到的銅通常是淺淺一層，和眾多的石塊與泥土混合在一起，我從沒見過……」

「您怎麼解釋這種怪異現象？」詩人打斷他問。

「我解釋不了。這也許是銅轉變成金子的第一步，似乎，在翡冷翠，知識的大山正在以令人眩暈的速度快速增長。高聳入雲的塔樓足以覆蓋一片田野的拱頂，在我們的上空雨後春筍般矗立起來，人們從未見過的機器被豎立起來以幫助建造這些建築。也許有人摘下了智慧樹上的果實。」

「是的，也許有人已經眞的吃下了那枚果實。您怎麼看這個？」說著，但丁從繫在腰間的一個袋子裡取出了那個金環，遞給他。對方急忙伸出手，好奇的樣子：「又一個這樣的圓環……」

「又一個？您見過別的？」

「是的……至少還有另外兩個，和這個很像。」

「這是什麼金屬？是金子嗎？我指的是天然金子……」

弗拉維奧朝他投去嘲諷的一眼，同時將圓環靠近桌上的一片玉石，在玉石上輕輕地摩擦。

「您似乎不太肯定嘛，大人……是的，是金子。」在仔細察看金屬在玉石上留下的淺淺劃痕之後，他說，「而且純淨無瑕。但是我無法告訴您這是大自然還是人類的作品，因爲世上不存在能做這種比較性鑑別的石頭。」

「您所看見的其他圓環來自何處？」

「它們透過某種管道進入了行會的財寶庫中，這就是我所知道的全部——即使我知道更多我也不會多說的。卡里馬拉布業行會的買賣是上了一種封印的，這種封印就是死亡。」

他將圓環還給但丁。但丁正要說什麼，他的注意力被工作台上放在染色容器邊上的某種東西吸引了過去。那是一張摺疊起來的寬大圖紙。從可見的一面能辨認出藍色的水路和赭石色的山脈。他走近前去，拿起來想看個究竟。他發現對方流露出慍怒的神色，甚至想將圖紙從他手中奪回，但又忍住了。

「我認得這是巴黎城及其有塔樓的島嶼。這個也是您工作中所必需的？」詩人冷冷地問道。

「對幾何原理的瞭解，也是我分內之事，是我能夠爲行會效力的方式之一。和其他許多知識一樣，準確地記錄道路與邊界線對於貿易具有舉足輕重的意義，但是您別把您所看到的說出去。」染色師補充道。這回，他從但丁手中取回了圖紙，小心翼翼地重新摺疊好。

「爲何要對世界面貌的知識進行保密？爲何要掩蓋天地萬物的樣子？將之封閉起來意味著將造物主上帝的臉藏起來！」但丁告誡說，對方的行爲令他感到很驚訝。

「地球上的道路不僅僅是連接大地巨大身軀的神經線，而且是財富流動的血管，但丁閣下。認識它們意味著能夠輕而易舉地獲得財富的血液，免受對手的嫉妒。況且，誰知道呢？也許世界的眞面目如同上帝的眞容一樣，既神奇又可怕。若果眞如此，那麼就應該將之遮掩起來，以免弄瞎我們的眼睛。」

「也許您是對的，弗拉維奧閣下。不過據說被罰爲瞎子的人在變瞎之前的最後那一刻，見到了一道神奇的光芒，事物的眞面目全都呈現在他們眼前。也許，我們所有的人尋找的正是那道光芒。」

老者聳聳肩：「是的，在墜入黑暗之前。」

告別了染色師之後，但丁來到川流不息的街上，覺得腦子裡一片混亂。路邊街角處有一家小酒館，他坐到酒館外面的一張長凳上，在門口遮陽篷下，店老闆將壁爐邊上的酒罈拿過來，給他倒了一些白葡萄酒。溫熱的液體流入他喉嚨中，卻絲毫緩解不了酷熱造成的口乾舌燥。人造金子的光芒不斷地在他眼前閃爍，伴隨著馬路上升騰著的夾雜著人畜垃圾臭味的霧氣。

眞的能夠製造金子，而且純度這麼高，甚至能夠騙過弗拉維奧·佩特里這樣的行家的眼睛？若果眞如此，他可就得讓造幣局的造幣師提高警惕了。他不停地晃動著脖子，試圖驅散酷熱與葡萄酒所造成的思想遲鈍。各種想法繼續在他的腦海中翻騰起伏。

如果眞的有大量金幣已進入流通領域，會發生什麼呢？首先，財富增長，公眾幸福程度大大提高，債務得到清償，稅收也將宣告終結，人們將獲得需求上的完全自由，生活在幸福的王國中。

當金子變得如同沙子一樣普通，一切就變得沒有價值了，隨後而至的將是災難。一個新的時代，就像布魯諾·阿曼納蒂所渴望的那個時代一樣，但那將是一個絕望的時代，一個名副其實的末代。

他高聲的說話招來了酒店老闆，他以爲但丁要加點飯菜，急忙跑了過來。炎熱越加令人難耐了。

「這可能就是他們的計畫！」他大聲說著，蹭地一下站起來，差點將長凳帶倒，將一個錢幣扔給越加困惑不解的酒店老闆之後，揚長而去。他的方向正是老橋的所在地。

「那人不會是但丁閣下吧？」其中一名目睹了一切的顧客問。「新的執政官？願上帝保佑我們！」

第十四章

同一天，正午時分

關於第三重天全體成員的報告標明了他們每個人臨時授課的地方。阿斯克利的契柯向他的學生教授醫學星相學課程的地方，位於聖弗雷迪亞諾區的聖西斯托修道院的牧師會小會堂中。

當但丁在小酒館裡認識此人時，就期待著能夠與之單獨就彼此的分歧進行討論。多年來，他一直遠遠地關注著他們關於星相學特徵的辯論。但是，自從他經歷了在四十個殉道者教堂的所見所聞之後，這樣的交鋒已變得不可避免。何不趁現在他的想像力在酒精的作用下處於最佳狀態的時候，與之一決高低呢？

他走進大廳，看到坐在講台高處的星相學家剛剛聆聽完兩個學生的公開辯論，顯出對這場辯論感到滿意的樣子。正方結束了他的論述，反方也進入了總結陳辭的階段。年輕人站在老師講台前方，正在朗讀著，還有大約五六個學生坐在一張長凳上，正一邊聆聽一邊在寫字用的塗蠟板上做著筆記。當天的辯論對手正專注地聽著，隨時準備抓住對手任何一個自相矛盾或不合邏輯的地方，他朝老師舉起手，口中說著：「我反對！」

但丁正好聽到了最後的辯論。辯題應該是關於火星經過時對於肺內液體分泌的影響。火星，火之行星，炎熱而乾燥，點燃體內的情感火焰。這一點，在那名正在發言的學生看來，是腫痛和痠減少的必然原因。

然而他對手的觀點卻截然相反：「……顯然是被火星經過時精液的迸發和性愛夢境的增多所矇騙了。但是，大家都知道，越乾燥越有利於性交，在炎熱季節裡，動物的生殖能力大大增強，還有眾所周知的——利比亞黑色人種在炎熱季節裡特有的愛情衝動。」

年輕人以諒解的語氣說完最後幾個字，像是原諒對手惡意表現出來的錯誤。他話音剛落，掌聲雷動。其觀點似乎征服了在場的那一小群觀眾。老師也鼓了一下掌，表示讚賞，不過，他分寸掌握得很好，沒有在學生心中撒下危險的驕傲種子。

在向老師做了禮節性的告別之後，學生們相繼離開。阿斯克利的契柯似乎這才注意到站在門邊的但丁。他急忙從講台上走下來，張開雙臂，吻了吻但丁的雙頰。

「歡迎您，但丁閣下！如果我知道您想聽我的課，我就會讓人在教室裡添一個座位，您應該坐到我的右邊，和我平起平坐，一起講課。」

但丁微微鞠了一躬，以示回禮。「謝謝這一殊榮，可是，我沒有教師證書，我在波隆那和巴黎的大學裡學習到的課程，還不足以將我的知識提升到這樣的高度，所以，我的座位應該在下面，在您的學生們當中。」

「我知道，您的謙遜與智慧同樣令人欽佩。說眞的，如果您願意，我們可以在大學裡給您添一個位置，就教授星相學，您可是這方面的專家。」

但丁注視著他的眼睛。「您歡迎我也成爲第三重天的成員？」

對方的表情一下子變得僵硬起來，片刻之前的和藹與親切消失得無影無蹤。「為什麼不呢？」在那顯得極為漫長的沉默之後，他說，「第三重天是代表愛神維納斯的金星所在的地方，而您是愛情詩人……極偉大的愛情詩人，我補充一句。」

他深吸了一口氣，然後，竟出人意料地開始吟唱起《愛情，在心中與我對話》；他繼續誦讀著，直到第一節的結尾處。伴隨著有節奏的輕輕擊掌，那柔美的詩句在他熱情洋溢的朗誦中得到了昇華。

詩人起初倍感驚訝，隨後他接著吟讀了詩歌的第二節，然後契柯又誦讀了餘下的詩節，直到結尾。

兩人沉默不語好一會，那和諧的聲音似乎仍在大廳裡迴盪。接著，星相學家開口說：「您的激情令您的詩歌所歌頌的對象不朽了。唉，如果不是因為我們所生活的時代如此不幸的話，您的貝緹麗彩將因您那些卓越非凡的詩句而上升到星星的高度，就像古希臘詩人卡利馬楚斯所歌頌的貝蕾妮絲。」

「不是時代不幸的阻止，而是因為我們是普通基督徒，如果不透過聖彼得和他的福音書，就無法上至天堂。」執政官動情地反駁。

「也許正如您所說的。我能幫您什麼嗎？」

「有個問題我想向您請教，關係到高貴的星相學，還有那邪惡的犯罪。」

對方走近前來，好奇的樣子。「說吧。」

「您認為，昭示我們命運的天體對我們的影響是必然的還是偶然的？行星不可抗拒地引導著我們的步伐，還是僅僅在啓動我們的行動之後，任其自由主宰？」

阿斯克利的契柯幾乎是難以覺察地微微一笑：「這是個備受爭議的問題，但丁閣下，不過只是粗糙的思想才會這樣認爲。可以肯定的是，在月球以外的各重天空中運行的天體是完美無缺、純潔無比的。如果它們的運動是可以避免的，那麼其運動將是有缺陷的，先前確定的事情將對我們產生不確定的後果，一個完美的動因引發的不完美的後果——這就是我們內心想逃避的矛盾。總之，我們的命運被準確地寫在了星星上面。」

但丁下意識地豎起了食指，雖然他沒有聲稱「我反對」，但是，他的整個身體都向前傾，像是面對一場決鬥。「可是，如果我們假設天體對我們本性的影響是必然的，那麼支撐我們的所有律法、習俗以及我們倫理本身的道德支柱將轟然倒塌，」他平靜地說道，「還有，若把安布洛喬大師之死也歸咎於行星的永恆運動，那麼那隻殺死了他的手將是一件不負責任的簡單工具，拯救也將變得毫無用處，因爲罪惡已經不存在了。我們自己的關於救世的宗教也將像異教徒所頂禮膜拜的神一樣虛無。」

阿斯克利的契柯冷冷地迎著他的目光：「也許已經是虛無的。」

「您這是褻瀆！這不是偉大的托勒密在《天體論》中所傳授的觀點！」但丁叫起來，「也不是賽科諾伯斯克⑮，以及您自己的老師圭多．波那提所傳授的！」

「我的知識不僅僅來自於他們。」

⑮註：但丁熟讀托勒密的理論也許緣自喬安尼斯．賽科諾伯斯克（Johannes de Sacrobosco）所著的《論天球》。賽科諾伯斯克是英國人，巴黎大學的教授，也是最早將阿拉伯數字運用在寫作裡的歐洲人之一。

此刻，詩人和他靠得很近，甚至能夠感覺到他呼吸的熱氣。「您也許聽過布魯諾閣下的布道，從他那枯竭的精神沙漠裡汲取了關於其他神明的邪惡思想？您也相信星星是在我們之前出現在地球上，星星是具有無法想像的力量的生命看得見的外在樣子？這些生命離開了地球，而現在隨時準備回來？還有，透過觀測星象可以召喚這些生命？這就是您的觀點？」

「我也聽過布魯諾閣下的演講，」星相學家緩緩回答，「這些不是我們這一學科的觀點。它們來自遙遠的東方，來自神學家自己年輕時曾從事布道活動的地方。不過，您不該太在乎它們，這些觀點對任何不把它們當一回事的人是沒有危害的。」一絲微笑照亮了他的臉龐，他的表情變得柔和起來，聲音也像開始時一樣和氣。「好啦，但丁閣下，咱們別再往這條危險的路上走啦，它讓星相科學那光芒四射的美麗屈從於地球的不幸。至於救世，您要知道，這並不與我的觀點相矛盾，別忘了，行星的運動曾預見了我們的救世主的誕生，當時正是火星和木星在雙魚座會合之時。」

但丁的聲音也變得柔和起來：「好吧，讓我們把宗教留給教士們。只是我有另一個論據可以證明您觀點的虛假。準確而不可改變的行星的影響力，對埋藏在地球深處的礦物也會產生作用嗎？」

「這是毋庸置疑的，是金星的影響力決定了光玉髓具有保胎的功效，就像火星讓縞瑪瑙成爲強效抗毒物一樣，還有，難道不是太陽將可塑性和光芒四射的特性賦予了金子？」

「可是如果金子的特性是太陽的力量所造就的，那麼您怎麼解釋從這顆最大、最明亮的恆星那裡獲得了這些特性的金子卻如此稀有？」

契柯自負地微微一笑：「誰告訴您地球上的金子非常稀少，或它永遠都是非常稀少的？」

但丁默不作聲地注視著他。

「不管怎樣，即使天體不是古代智慧所認爲的神，它們確實具有強大的力量，影響著我們，我們日常生活中令人眩暈的眾多偶然事件也證實了這一點。火星戰神的憤怒，木星宙斯的榮耀，特別是金星愛神維納斯——照亮了城門的這顆五芒星那不可遏制的力量，他們都是永恆的神。」

「第三重天的統治者。」詩人喃喃說道。星相學家的話讓他想起了一個細節：安布洛喬也曾在他的圖紙中描繪過一顆有著五個稜角的小星星，此外布魯諾在教堂布道時也提到過五芒星。

契柯點點頭，然後，他開始抑揚頓挫地朗誦起來：

愛情之星在第三輪中旋轉，
她光芒四射，我的心靈因她而備受煎熬，
她的美麗令一切相形見絀，黯然失色，
唯有死亡方能解脱。

但丁默默地聽著，「您朗誦的是什麼詩句？」他問。

「是我自己寫的，一首關於天體的四行詩，歌頌的是第三顆行星和她的女神。」

「您爲何將這顆夜晚之星定義爲五芒星？」

對方嘲諷般地瞥了他一眼。「您不會是想讓我相信您對此一無所知吧，但丁閣下，」他故作驚訝地回答，「憑藉您精通天體運動的聲名？」

但丁臉上一紅，被此話刺傷了的樣子。「不，當然不。可是，爲何金星維納斯和愛情一定會帶來痛苦？」

「您問我這個？您眞的不知道？或者，您不認爲愛神指引著死神的步履？您認爲安布洛喬大師他是怎麼死的？」

「因爲對一個女人的愛？」

「這正是眞相所在。」

「爲何鑲嵌畫師非得成爲眞相的受害者？」

「我們所有的人不都是這樣嗎？您自己不也是如此嗎，但丁閣下？」

但丁想起他在那份關於第三重天成員報告中讀到的：他們全都來自羅馬，而此前，他們全都去過東方，就像十字軍戰士巴爾多，還有安迪麗雅……

他覺得契柯想用星相學威嚴的斗篷來掩蓋某種更爲曖昧的事情，而安迪麗雅可能不是個簡單的舞女。一想起她的身體，一陣戰慄便掠過他的肌膚。他得見她，現在，單獨一人。

爲了知道更多關於她的事情，當然。

同一天，下午早些時候

這個時候，巴爾多的酒館空蕩蕩的，只有兩個勤雜工在碩大的爐灶周圍忙碌著。他們正彎腰將肩上的一捆木柴卸下來壘到牆邊。前十字軍士兵巴爾多坐在一張長凳上，正一邊喝著一個金屬杯中的酒，一邊不時地用眼睛監督著工人。

看見他走進來，巴爾多急躁不安地將杯子猛地往桌上一放，杯裡的酒被晃得灑出來了一些，他那動作就像是爲了空出唯一的手臂以隨時準備進行防衛似的。

的確，在那座城市裡，沒有任何一個正派的人會在一天工作結束之前跨入一家酒館的大門——酒館老闆很可能以爲自己碰上一個酒鬼了。

但丁的臉色變得很難看。他，堂堂一個翡冷翠的執政官，被一個衣冠不整的獨臂人當作醉鬼。十字軍士兵展示那可怕的抓功的鏡頭閃現在他腦海中，他的手下意識地伸向藏在腰間的匕首。他得多加提防，不能讓對方靠得太近，超過安全界限。

「我能用什麼款待您嗎，阿利格耶里閣下？」未等他開口，店老闆搶先問道。

「我來這裡不是爲了品嘗您的葡萄酒的。」但丁回答，沒有坐下來的意思，「我要和在酒館裡表演的舞女談談。」

巴爾多摸著下巴，打量著他，眼裡滿是狡詐。「您要見的是我的安迪麗雅，美麗動人的安迪麗雅。」他故意加重語氣強調了「美麗動人」這個詞，聲調裡透著輕浮與欲望。

「你的？」詩人從未想過這女子會是一個女奴，一個巴爾多從某戰場上擒獲或買來的奴隸，不管怎樣，基督教律法並沒有明文禁止以異教徒爲奴隸。

「我說了『我的』？哦，請您原諒，那當然是因爲我對她的傾慕之故。安迪麗雅不屬於任何人，在這座城市裡。對於很多男人而言，這個事實是令人痛苦的。我也是其中一個。」獨臂人輕輕拍了一下他的肩頭，像是想顯示自己和他遭遇相同。

執政官向後退了一步，一是害怕十字軍士兵的抓功，二是對這一親密動作感到厭惡。「我要和她談談。」他直截了當地說。

「安迪麗雅當然不住在我這卑微的屋子裡，大人，您要是想見她，您的眼睛可得往高處看。」

「什麼，她不住在您的館舍中？」但丁驚訝地問，他記得那份報告是這麼寫的呀。

「不。她肯定是處於某人的保護之下，如果您想和她談談，您得去那裡……」

「告訴我，誰是她的情人，馬上！」

「阿利格耶里閣下，愛上美麗的安迪麗雅的人很多。」巴爾多說。「我也可以告訴您他們的名字，您時常和他們同席而坐，當然，我也是其中一個……也許，您也是。」他肆無忌憚地補充道，「但是，無人知道誰是她真正的情人，那個唯一得到她青睞的人。您該找的是他，如果您想找安迪麗雅的話。」

「您想說您不知道怎麼找到那個女子，那個讓您的酒館每晚熱鬧非凡、靠您的報酬生活的女子？」

「您錯了，大人。她沒有從我這裡領取任何報酬。我也付不起。不，只有王孫貴族才能付得起。」

但丁越發詫異：「她不是職業舞女？那爲什麼……」

「我不知道，無人知道爲什麼。」十字軍士兵打斷他回答道，「是她自己來問我能否在我的酒館裡表演的。我覺得，她甚至願意爲此付錢給我呢，如果我拒絕的話。」

「可是，你並沒有拒絕。」

「沒有，我認爲全翡冷翠沒有一個男人會拒絕的。」

但丁越加困惑不解。

巴爾多似乎看穿了他的心思：「我不像您是個文人，阿利格耶里閣下，不過，我的海外見聞很豐富，也許比您書上寫的還要多。我還從我們那些追尋著亞歷山大大帝的足跡前往印度的十字軍冒險家那裡，聽到了很多別的事情。」

「你聽說了什麼？」

「據說，那裡有些民族不是透過說話或歌唱，而是用肢體語言來向神致敬的。好啦，大人，我覺得安迪麗雅在某種形式上是用舞蹈向他們的神靈致敬。」

詩人緊閉雙唇。那一刻，他差點想對那粗人的原始直覺表示贊同。再說了，他自己第一次看到舞女的時候，不也覺得她的舞步中好像包含著某種奇特的儀式嗎？如果不是這種想法有瀆神的嫌疑，他甚至會承認，她的舞蹈中有某種神聖的東西，與女祭司的舞蹈相似，不像是一個妓女的舞蹈。據說，在東方的大草原上居住著一些兇悍的遊牧部落，他們的國王和祭司就是一些有著驚人美貌的女子。她們死後會被葬在奢華的墳墓中，身上覆蓋著各種璀璨奪目的珠寶首飾，以及描述她們豐功偉績的文字符號，陪葬的還有成群的獻祭朝臣，以免她們單獨面對黑暗與恐怖的旅途。這些女祭司在生前，在使用了某種奇異的藥水之後，能夠將亡靈聚集到一起，與死亡進行對話。

他問自己，安布洛喬是否就是那個蠻族的女神的第一個受害者，是她通向死亡之家的路途上的旅伴？

此時，巴爾多用那隻殘存的手摸了摸額頭。「我總是時不時地覺得，摩爾人的毒藥並沒有完全從我的體內消失，而只是睡著了，就像一條躲在石頭下面的蛇，等待著五月的陽光，以重新出來攻擊人。」

「是聖靈在保護著你嗎？那個我們的先人之神，曾在各各他⑯參加了神之獻祭的神？」

酒店老闆聳聳肩：「在海外，我聽說有很多神。」

但丁默不作聲地看著他。隨後，他將食指從酒杯裡蘸了點酒，在桌上畫出了安布洛喬在壁畫上留下的五角形。十字軍士兵臉色發白，不過他強作鎮定，裝作看不懂的樣子。「也許，你用靈魂換取了身體的救贖？」詩人問他。

巴爾多沒有回答。

但丁緩緩地站起來。「你的神要求以鮮血作爲交換用的祭品嗎？」他感到獨臂人在竭力躲避他的目光，「其他人呢？他們將信仰獻給了哪些神？」

「其他人？誰？」

「那些似乎把你的酒館選作他們舉行祭神儀式的祭壇的學者們。關於他們，你知道多少？」

「我什麼也不知道。他們是學者，他們能和我有什麼關係呢？」

「很有關係，如果他們的知識用在了陰謀上，而你在這方面，可能也是個博學之人。」

巴爾多沒有回答，只是用一塊髒兮兮的抹布機械地擦著桌子的邊沿。「不只是我。」最後他

⑯註：Golgota，阿拉伯文的意思是「骷髏地」，為耶穌釘於十字架之處。

說。

同一天，新聖母馬利亞教堂

在他的房間裡，紅衣主教阿誇斯帕達坐在一把椅子上。他的臉朝著那扇小窗，從那裡可以看到大教堂那猶如一把利劍直插向天空的鐘樓。鐘樓上的鐘剛剛敲響了上午九點。

他聽見背後傳來輕微的走動聲和喘息聲，似乎有人想引起他的注意，但又小心謹慎的樣子。他的目光緩緩地轉向來人。

諾佛・德伊站在門口。隨著紅衣主教一個手勢，他跪了下去，吻了吻主教伸出的手上的戒指。他身上的風帽落在肩上，露出了削髮的頭頂。

紅衣主教慈愛地用空著的手撫摸著他的後頸。「有什麼情況？」他問，口氣裡透著一絲迫不及待。

「我們已經知道的。五角形清晰可見，它所傳遞的信息則令人費解。」

「您認爲那個搗鬼的傢伙解讀出了它的含義了嗎？」

諾佛搖搖頭。「此人很狡猾，很聰明，但是，他知道的還太少，太少。」他最後一句話中帶著的擔憂，沒有躲過主教的耳朵。

「您認爲他找對了路？」

「不，我敢肯定。他處於困惑之中，他被他邪惡的理性蒙蔽了雙眼，可以很清楚地看出藝術學院的老師在他身上留下的影響。」

「他也去過巴黎？他那時一定還是個少年……」

「他們邪惡的課程，傳遞著將人引入歧途的信息，造成了無數的受害者。此人堅信他們的學說，瘋狂地認爲人的理性可以參透大自然以及人類行爲的所有祕密。因此，他現在迷失在迷宮中，不明白正是他自己令他誤入歧途。隨著調查的漸漸深入，他將陷入死胡同中。」

阿誇斯帕達露出奸詐的笑容：「這將讓我們有時間阻止那婊子的行動。」

「您認爲，眞的能夠……」諾佛緊接著問。

「我不知道，但是最後的一絲疑問也已經消失殆盡了。」

「我也這麼認爲，主教大人，您記得嗎，我曾建議過……」

教皇特使猛然一揮手，打斷了他的話：「您知道不可能，在這座城市裡。雖然一些執政官已經站到了我們這邊，但是時機尙未成熟。這樣做的話，我們會被認爲冒犯了城邦的主權和領土，那將使對卜尼法斯有好感的人也會與我們對立，將讓所有隱藏起來的吉伯林派……像那個阿利格耶里，找到藉口。您很清楚，只有城區衛兵才能實施逮捕。」

「我們可以指控那女人施行妖術，要求世俗力量予以干預。」

「我考慮過這一可能性。但問題是，既然她已經到了翡冷翠，說明她在這裡有可靠的、也許還是有權力的朋友。如果我們失敗了，我們可能會受到公共指控。可如果傳聞都是眞的，而她也將開口的話……」高級教士的聲音因憤怒而變得尖銳起來，「她上了義大利海岸之後，怎麼從監視中逃走的？爲什麼沒人跟蹤她，阻止她越過邊界？她怎麼穿過教廷的土地來到這裡的？」

諾佛聳聳肩。「我們不知道。她不可思議地出現在翡冷翠。她可能是乘船過來的，也許是搭乘了某個熱那亞人的船隻……爲了錢，那些海盜什麼都會做。那個出現在這座城市裡的錫耶那無賴，契科．安焦利埃里也是如此，他很快就和他們混到一起。他們等著他，顯然是這樣的。」

「我讀過他的東西，」紅衣主教冷笑著說，「他和他們可眞是一丘之貉。」

「也許他對於我們而言也是個合適的人選。只需幾個弗羅林金幣，我們就能將他抓在手心裡。」

「我知道您的計畫，可是您好好考慮過後果沒有？如果被發現……」

宗教裁判員搖搖頭：「不會牽涉到您和聖廷的。」

阿誇斯帕達開始在房間裡繞著站在那裡一動也不動的諾佛來回踱步，最後，他停了下來，下定了決心，說：「好吧，您去辦吧。」

「我已經安排下去了。我相信您會批准的。」

第十五章

同一天，下午晚些時候

警長將頭探進屋內。但丁開始想，此人帶來的總是不祥的消息。警長那憂心忡忡的樣子更令他肯定這一點，一定發生了什麼令人不安的事情。但丁覺得頭痛的老毛病似乎又要犯了。

「這次又是爲了什麼事呢？我眞不知道該爲您行事迅速而高興呢，還是應該提前詛咒將您送到我這裡來的原因。」

「有件事，最好您能知道……至少是您。」

「爲什麼？因爲我是個詩人？」

「不，這和詩歌藝術沒有關係，不過，也許……總之，是件嚴重的事。」

「說吧。」

「今天早上，廚房的勤雜工將裝著專門供應給執政官們的葡萄酒的酒桶搬進儲藏室的時候……他們說——」

「他們說？」

「我覺得他們是想偷喝市政廳的酒，那群混蛋。」

「怎麼，您來這裡是爲了討論宮中僕人的簡樸？」

「不是。當他們搬東西的時候，他們說，一個酒桶跌落到地上，裂開了。」

詩人走向他，生氣地豎起肩膀。「您需要清潔酒窖的幫手？」

「不，當然不是。」警長的臉脹得通紅。他這才將此前一直藏在身後的手伸出來。「裡面，在酒裡，他們發現了這個。」

但丁幾乎是一把從他手中搶過那東西。它看起來像是一個布袋子，裡面裝著某種柔軟的物質。布料被葡萄酒浸濕了，一股強烈的酒味在屋裡彌漫開來。

觀察了一會之後，他拿起匕首，沿著布料的邊沿割開。

「這或許是某種符咒吧，大人？某種黑色妖術？」警長不安地問道。

但丁沒有回答，他用匕首的末梢挑出袋子裡的部分東西，小心翼翼地避免碰到手上。那東西看起來像是腐爛了的葉子和花朵。

「要不，是某個種葡萄的農民用來增加葡萄酒香氣的新辦法？」警長大膽假設道，但是又顯示出不敢肯定的樣子。

但丁依然默不作聲。他走到窗前，藉著光線，仔細觀察那植物般的物質。隨後，他的臉色變得陰沉起來，雙眉緊蹙，額頭上出現了一道深深的皺紋。他覺得太陽穴的劇痛又加劇了。「警長，讓他們把酒窖裡所有的酒都處理掉。最好讓翡冷翠的執政官們都喝水，至少得喝上幾天。」

「那是什麼東西？您知道麼？」

「是曼陀羅，它的葉子和花朵是該植物最毒的部分。」

「這是……一種毒藥？」

「不錯。藥量過多的話能置人於死地，但是稀釋之後……或許更加危險。」

「為什麼？」

「他會讓本該保持頭腦敏銳的人變得心緒不寧，理智模糊，產生夢幻和錯覺。肯定是某個居心叵測的人想利用它來對付翡冷翠城邦共和國。一種簡單地將我們置於死地的毒藥會給市政廳帶來嚴重危機，但卻是可以克服的。然而，如果悄無聲息地讓我們陷入瘋狂中，令我們在毫不知情的情況下墜入幻覺的黑色深淵，那可真是毒辣的一招。您別把這可恥的行徑聲張出去，被製造陰謀的人知道我們占了上風。」

「您會採取什麼行動？」警長問道。

「我得繼續我的調查。如果我能夠抓住這條龍的一個頭，我就能把它其他的頭全都揪出來。」

警長走後，但丁陷入極度的焦躁不安中。這麼說，罪惡正在蔓延，已經悄悄地從聖猶大教堂的地下室溜進了市政廳之內？

他怒不可遏。他在盛怒中走了出去，幾乎沒有意識地就來到了廣場上。隨著他一步步走向巴爾多的酒館，他覺得自己的頭像是在焚燒。這一次他仍以保密為由，拒絕帶隨從，這樣才能夠自由行動。

事實上，那不是他想單獨行動的原因。安迪麗雅的身體仍不斷地在他眼前舞動。他想單獨質問她，在她跳完舞之後。他對自己說，他唯一的目的就是懲罰罪惡。也許是真的。但是，罪惡感也正在他的體內滋生。

他覺得自己像雅各，正在黑夜裡與天使進行摔跤。他繼續搖搖晃晃、踉踉蹌蹌地掙扎著，就像一個跌進了深潭中的長途跋涉者，註定會淹死其中。

他又來到酒館，第三重天的成員沒有到齊，德奧菲洛的座位空著。桌上放著一個大酒罎，在場的人正喝著酒。但丁在向他們一一打過招呼之後，也倒滿了自己的酒杯。

他又看了看那空著的座位，正要詢問德奧菲洛的消息時，阿斯克利的契柯刺耳的聲音搶先傳來。

「但丁閣下，這些天我們討論了多少次愛情啊！然而，像我們這樣的學者，我們的大腦思考的本應是更爲嚴肅的事情，依您之見，這種超越了理性思維的力量是什麼呢？」

「首先，」布魯諾．阿曼納蒂插話了，「說它是一種力量是否正確？或許應該將愛情定義爲靈魂的軟弱，被誘惑到一種精神的強烈逃避中？愛情是一種豐富了靈魂的美德，從被愛的對象身上輻射出來的無法抗拒的美德，還是一種耗盡精神的無法治癒的病？」

此時，酒館的另一頭傳來了鼓聲，那令人欲罷不能的節奏宣告著安迪麗雅的到來。但丁沒有答話，而是把目光投向那名女子。難道他感受到的這種迷失，這種將自己的肉體和她的交融在一起、如同墜入漩渦中的渴望就是愛情？他就是那個曾經當貝緹麗彩路過身旁便內心戰慄不已的男人？如果他變了，那是不是表明愛情的力量足以改變人的本性，將之引入歧途？這就是導致始祖們被驅逐出伊甸園的力量？

他一把抓起滿滿的酒杯，大口喝起來。一股炙熱，火一般從胃裡竄上他的頭部。

「您一定讀過您的朋友圭多·卡瓦爾康蒂的詩歌《女人在懇求我》。」

說話的仍是契柯，但他的聲音在但丁聽來是那麼遙遠，就好像所有的人都讓開了路，爲正扭動腰肢、款款而來的安迪麗雅讓路。他堅信，她那雙黑亮的眼睛在尋找著他的雙眼。那女子從人群中選擇了他，爲他而舞。他甚至對那群渴望著她、高聲叫喊並將手伸向她的男人產生了一種如同烈火燃燒般的仇恨。

他正要站起身來，宣布自己作爲執政官的權威。他想召來警衛，把這罪惡的地方查封，讓人把那婊子拖到馬喬內醫院。每晚，結束了在巴爾多酒館的表演之後，她躲到了哪裡，和誰在一起？他想知道這一切，在她一結束那淫蕩的表演之後，他將讓她吐露眞言，說出祕密。

獨臂人將她從海外帶來，這是一切的根源。周圍的聲音令但丁頭昏腦脹。

「比方說，但丁閣下，我們的安迪麗雅，」他聽見奧古斯蒂諾在說話，「毫無疑問，她的在場點燃了男人體內的欲火，使之產生交媾的欲望。這種情況隨著她的身體所散發出來的光芒進入男人眼中，男人體內的血管隨之灼熱、燃燒，欲望便在體內擴散開來。這是女人天生具有的能力。任何一個體態嬌美的女子將自己展現在男人面前時，都會引起同樣的反應——這就是傳宗接代的本源所在。然而，您怎麼解釋即使女人不在場時也能產生的誘惑力呢？我敢發誓，只要一想起安迪麗雅，男人的陰莖就會發熱，就好像她的力量在她不在場的時候也能完整地保持下去，就是說，我們的體液就像是能夠保持容器形狀的液體？」

此時，安迪麗雅改變了方向。這一次，她像是決定在一群醉醺醺的商人面前結束她的表演。這群人正隨著她的舞步而大聲尖叫著。

但丁竭力讓自己的注意力回到正和他說話的人身上。「當然，圭多的詩……我認爲愛情是一種心靈的震撼，它不是誕生於那光芒的照射，就像異教穆斯林學者阿爾・肯迪在他的學說中提到的。愛情是高貴的心靈天生固有的能力，就像寶石的母體天生固有的產礦能力。高貴的心靈從愛情誕生的那一刻便開始培養這種能力。女人，透過她的美貌，只不過是激發了這種等待著被喚醒以繼續發展的潛能而已。這可以回答您的疑問，爲何女人不在場的時候甚至是去世之後，仍能夠發揮其魅力，就像我自己所經歷過的，您知道，已經仙逝的貝緹麗彩。」

「這麼說，依您之見，眞的存在精神上的戀人？可是，爲何懂得這種愛情科學的人寥寥無幾，而所有的男人都願意進行交媾以傳宗接代呢？」

「因爲，愛情是一門至高無上的科學，支撐著所有知識學科的進步。況且，你們也是這麼認爲的。」但丁回答，目光巡視著在場的所有人。

「我們？」契柯問。

「是的。當你們將這一籌辦大學的團體命名爲第三重天的時候，你們不是想將愛神作爲你們心中僅次於上帝的主神和力量的源泉嗎？你們不是選擇了天國裡的維納斯作爲將你們聯合在一起的女神嗎？」

其他人面面相覷，似乎正在思考、掂量著他的話。

「不過，在將愛神維納斯而不是智慧女神米諾娃選爲你們這個團體的繆斯的時候，你們忽視了一點，愛神具有照亮心靈的力量，但如果不加以控制的話就會導致沉淪。在金星維納斯的標誌下，你們掰開了知識的麵包，但是，安布洛喬同樣是死在了這一標誌下。」

但丁再次舉起有人爲他盛滿的酒杯，喝了一大口酒。他覺得五臟六腑都像是在燃燒。他注意到，其他人都沉默不語。

最後維涅洛開口說話了：「阿利格耶里閣下，您的論證當然是很有啓發性的。雖然我啃的書本沒您多，但是我到過很多港口，經過很多海域，對於我而言，女人就像風，能夠讓船帆高高揚起，也能夠在風暴到來之際將桅杆攔腰折斷。女人，是我們男人跨越生命海洋的力量，是我們想將之囚禁在風帆中的力量。」他將目光投向正在遠去的舞女。「不和妳在一起我將無法活下去。」他喃喃說道。

詩人再次舉起酒杯，一飲而盡。白葡萄酒的清涼中伴著略帶酸味的水，每嚥一口都能給他帶來片刻的安寧，但隨後而來的便是熊熊燃燒的烈焰。

「那麼，但丁閣下，您怎麼解釋這句詩『感知來自視覺所見的外表』……」奧古斯蒂諾說，「您認爲，卡瓦爾康蒂將愛的本源歸結到純粹的視覺嗎？若相隔遙遠便無法相愛？那麼，怎麼理解因爲愛一個從未謀面的女子而死去的遊吟詩人呂德爾的激情呢？」⑰

「還有，這種視覺所見必須被感知，或許可以追溯到某種我們已知的事情中，」安東尼奧補充道，「那麼，怎麼解釋亞當對當時他完全不瞭解的夏娃的愛呢？」

「那能算什麼愛情呀，只需看看其後果就知道了！」契科・安焦利埃里叫了起來，之前他一

⑰註：據說，法國貴族、遊吟詩人若夫雷・呂德爾聽說敘利亞的黎波里伯爵夫人美貌非凡，就愛上了她，為她寫了很多情詩。為了見到伯爵夫人，他參加了十字軍，不幸中途落海，掙扎著爬上岸時已是奄奄一息，伯爵夫人聞訊趕來的時候，呂德爾死在了自己愛慕的女人懷中。

直默不作聲，臉上帶著越發明顯的不耐煩，就好像所有這些話只不過是令人厭倦的閒聊似的，「直到今天，我們所有的人都還在為這位始祖償罪呢。我們不禁要問，他當初如果像孤獨的俄南一樣手淫或許更好。」

「您這種褻瀆神明的嘲弄對我們通向眞理之路毫無好處！」奧古斯蒂諾忿忿地說。

「我說，卡瓦爾康蒂錯了，而且錯得很厲害。」契科・安焦利埃里回答，臉上滿是嘲諷，「根據翡冷翠的才子們如圭多、拉博等人的看法，愛情不是來自視覺，而是來自於觸摸、撕咬、吮吸、舔、聞、尖叫、在床上扭成一團和拉扯頭髮。我甚至可以獻醜給你們朗誦幾首我的詩句，只怕阿利格耶里閣下會不高興，如果我將我的貝琪娜的美貌和他已仙逝的瑟爾娃嘉們以及貝緹麗彩們相比較的話。」

隨著關於情詩的討論的繼續，但丁覺得自己的思維漸漸變得混亂起來，就像被從水底深處湧上來的泥巴攪渾了的一潭清水。他那嚴密的辯證思路變得斷斷續續，他覺得難以找到確切的詞語來表達自己的想法，大腦就像一個充滿各種形象和假設的火山。他的舌頭變得遲鈍起來，而思緒卻在狂奔。

這是一種他曾經體驗過的感覺，當他年輕的時候，和他的一群追逐愛情的夥伴在五月迎接春天的慶典中，放縱於愛神與酒神的狂歡中。不過自從步入政壇之後，他很注意自我節制，至少在公眾面前。

也許，那只是一種暫時的興奮，只要再喝一口白葡萄酒他就能重獲平衡。他舉起酒杯，靠近嘴唇，吞了一大口。

他想反駁他覺得虛假的話……但是，他的陳述應該從何開始？或者，他該陳述一下開場白？他試圖站起來，但是又重新跌落到座位上。一定有人從他背後按住了他。誰膽敢這麼做？一陣劇痛向他的頭部襲來，從左眼開始，一直擴散開來。他需要德奧菲洛的藥水。他再次想站起來，但他首先得擺脫那個令人厭煩的傢伙，此人按住了他的肩膀，並喋喋不休地在他耳邊說話。他將手伸至腦後，試圖在其他人發現自己是這個粗俗玩笑的對象之前將此人抓住。

他終於站了起來，理了理在掙扎中被弄亂了的長袍。一陣強烈的風吹了進來，橫掃整個酒館，拍打著牆壁和天花板。炭火盆中的火焰一陣狂飛亂舞。他覺得地板似乎在他體重的壓力下晃動起來，就好像他的身體一下子變得龐大了。如果不是那刀割般的頭痛，他的大腦是非常清醒的。他在腦海中重新排列了關於愛情的觀點，於是契科．安焦利埃里論辯中的錯誤變得清晰起來。

「並非如此！」他用盡力氣，終於說了出來。

第三重天的成員們像是在觀看一場喜劇，眼睛齊刷刷地注視著他，等待著他的解釋。他們的眼睛看起來就像模糊不清的玻璃。

他感覺到有一隻手輕輕地放在他的肩頭，一個似曾相識的聲音在說話。他想轉身看看是誰，但是，他首先得將纏繞在椅子上的長袍解開。他不想在這群外鄉人面前顯得笨手笨腳。正待轉身，才想起他還得反駁契科。

「並非如此！」他重複道。他覺得自己的話驚人地具有結論性。

那個聲音繼續在他耳邊說道：「您不覺得酒館裡的空氣令人憋悶嗎？從那些該死的炭火盆冒出的煙令一切變得模糊不清。您不想出去透透氣？」

那不舒服的感覺原來是炭火盆的煙火造成的，一定是這樣的。他再次試圖向前走，此時，他背後的那隻手似乎想幫他一把。他扶著桌子，站穩了腳跟，準備朝門口走。移步之前，他把手伸向酒杯想把它喝乾，然而酒杯就像是被牢牢黏在了桌子上，雙手並用也無法舉起它。一定是那個該死的酒館老闆和他開的又一個玩笑。

「醜陋的獨臂廢人！」他罵起來，「該死的！」

濕熱的風拍打著他的臉。他感到脖子上的汗滴在凝固、結冰，他腳下的地面則柔軟無比，就像一個馬毛墊子，每踩一下都在向下凹陷。那些該死的翡冷翠人造的這種泥巴路！他終於能自由行動了，這才看清陪著他的人。他當然認得此人。

那人步履輕快地走著。但丁搖搖晃晃地跟上他，抓住了他的一隻胳膊。「現在，我明白了什麼是視覺所見的外表，是的，是這樣的，就是當它表現出來的時候。」

他繼續拉著那人的胳膊。對方的臉上露出厭煩的表情，但仍彬彬有禮地想將手抽回來，執政官抓得更牢了。「這是因爲愛情的足跡就銘刻在敏感的心靈上面，因此即使引發愛情的女人消失了，愛情依然存在，就像在夢裡呼吸仍在繼續一樣，這就是爲什麼我們能夠愛我們見不到的人，能夠愛已經去世的人。」

「阿利格耶里閣下，也許，您更喜歡研究愛情的感覺效果而不是它的原因。」男人沉默片刻之後回答，他放棄了掙脫被但丁拉住的手臂。他的聲音也變得柔和起來：「關於愛情，您談論了很多。跟我到『天堂』樂園裡去吧，那是五家裡面最棒的。」

但丁踉蹌著朝對方手指的方向走了幾步。又是五。為什麼那個該死的數字總是不放過他，總是弄得他腦袋發脹呢？他對陪著他的那個人的身體感到厭惡，因為，他不斷地被對方撞到或擋住。

「五家當中最棒的，您……指的是什麼？」他問道。

維涅洛將臉靠近他，雙目注視著他，幾乎想穿透他的眼睛以確認他明白了那句話。

詩人什麼都明白。「五家當中最棒的……」他重複著，聲音含糊不清。

「阿利格耶里閣下，作為執政官，您應該知道，在翡冷翠有五座愛情之家，分別位於城市的五座城門附近。」

「執政官不去青樓。」五座城門，五家妓院，在腐敗的卜尼法斯的影響之下，翡冷翠正在變成什麼？再也沒有獻身於智慧與美德事業的人了？「天堂？拉嘉太太開的青樓……」但丁喃喃地說。現在，他明白了，一切都很清楚。

「您認識？」維涅洛帶著嘲弄的語氣問道，「我原以為只有安焦利埃里才是這些地方的專家呢。」

詩人突然間精神一振，像是有個新想法，他開始跑起來。他的陪同者驚訝萬分，愣了一會才急忙追了上去。他彬彬有禮地抓住但丁的胳膊，將他拉到旁邊的一條小路上。

「為何往那邊走？」但丁問，他仍然辨不清方向，「去天堂應該從相反的方向走。」

「舊城牆的圓圈才是連接這些地方的圓圈……一個圓圈，圓圈的兩個方向都能到達那裡，阿利格耶里閣下。」維涅洛回答。

詩人堅信那話裡藏著深刻的眞理，但是，他一時無法理解究竟是什麼眞理。船長一定是個旅行家，在陸地上也是。眞奇怪，一個在陸地上行走的人被一個在海上航行的人牽引著走。

夜晚較爲涼爽的空氣和步行令他的大腦變得清醒起來。他想起了在鑲嵌畫師的圖紙中看到的一幅設計圖。「維涅洛閣下，您的船在龍骨下面也有船帆嗎？」他問。

船長突然停住了腳步，盯著但丁。他抽回了攙扶著但丁的那隻手。但丁只覺得頭部一陣天旋地轉，不得不再次拽住對方的胳膊，並用力地閉上雙眼，等待那陣眩暈過去。

「不，當然沒有。船的底部浸沒在水底下，在龍骨的下面安裝船帆有什麼意義呢？」威尼斯人回答，聲音遲緩而不自然，「您怎麼會想到問這個？」

「可是，我見過一艘船帆裝反了的船。」

「在哪兒？」維涅洛的聲音像是從遙遠的地方飄過來，即便如此，但丁還是聽出了其中蘊含著的好奇。「在哪兒？」他繼續問道。

「在安布洛喬大師的圖紙當中。」執政官回答，同時在衣服裡摸索著，但隨後又想起將圖紙放在執政官府邸的房間裡了。

「怪事。安布洛喬是一個偉大的藝術家和建築師，但是，他對航海知識知之甚少，莫非他想藉此暗示什麼？您說是在他的圖紙當中找到的？」

一道光在遠處閃爍，但丁認出掛在拉嘉太太家門口的那兩盞燈籠。和巴爾多的酒館一樣，那房子也是建立在一座古羅馬別墅上的。似乎所有臭名昭著的場所都是建造在古人的廢墟之上，就像骷髏上的蛀蟲。

不過那個地方的改建程度不太明顯。建築物仍保留了原來的形狀：在底層有一個四方形的院子，一間間寬敞的房間環繞在院子四周，這些房間與院子相連的地方有一個環形的立柱走廊；第二層則由一間間狹小的寢室構成。

他們踩著殘存的地板走進院子。裡面有一個由盛放雨水的古老水槽改造而成的牲口飲水池。他們的腳下，一個周圍刻有黑色海豚的船形水池被客人的馬匹踐踏得一塌糊塗，就像一艘因遭遇了萬劫不復的海難而沉沒的船。水池的四周，一個處於解體中的黃道帶行星圖，沿著院子的整個地面鋪陳開去。由於年代久遠和缺少打理，那些星座、七大行星及其軌道的圖案已變得有些模糊了。

但丁覺得暈頭轉向，曾有多少個夜晚，他走過那些圖案，由於意識和感官被欲望所蒙蔽而沒有注意到它們？天堂的星空……除了那由醜陋石頭堆砌而成的拙劣模仿之外，天堂眞的存在於某個地方，在那裡，妓女和他們的露水情人睡覺嗎？那些大理石薄片已有多處脫落，但行星的運行軌跡仍可以辨認出來。出現在他前方的恰好是金星維納斯的軌道彎弧。那赤身裸體的女神騎在一顆星星上，正在穿越星空。

但丁跨過火星和木星的軌道，接著是土星和星星點點的恆星，又跨過了黃道帶到了對面，那裡是通向古老的儲藏室的連拱廊。走廊右側出現了一道由磚頭砌成的狹窄樓梯。

他聽見伴隨著自己的腳步聲傳來的一陣嘲笑，便猛地一轉身，本以爲是維涅洛跟在他身後，可發現卻是另一個人，那人穿著警衛制服躲在庭院對面一個拱門洞中，正專注地看著某個地方。他們在監視他，那些該死的傢伙。但丁費力地往回走，帶著威脅的表情向此人迎面走去。

那人似乎沒有絲毫不安，恰在此時，一道藍光閃過他的臉。但丁猶豫了一下，停住了腳步，伸手摸了摸額頭。「是你？」

陌生人一語不發，只是看著他。

「我要謝謝你，那天晚上，在聖猶大教堂，」詩人說著，向他伸出手，「一定是我的守護星辰讓你出現在那無底洞的邊上。」

對方微微點點頭，在他低頭的一瞬間，長長的金髮在昏暗的光線中依稀可辨。「我們出現在我們被召喚去的地方。」他回答，繼續看著上方，「上面，她們在等您。」

「誰派你來的？」但丁問。

那人並沒有回答，兀自轉過身去，沿著地面上那些星辰之間的蜿蜒小道走向馬廄。

在樓梯頂部有個女子似乎正在等他。那是個少女，披散的長髮遮住了額頭，那一頭垂至肩膀的深色鬈髮，蓬蓬鬆鬆地，像殉道聖人頭上的光環一樣擴展開去，勾勒出一張消瘦的臉。她直勾勾地看著他，厚顏無恥的樣子，頭歪向一側，嘴唇彎著，露出粗俗的笑容。

「就是這樣，我又見到您了，阿利格耶里閣下。您最後還是來找我的床嘛。」她大聲說著並解開了衣帶，朝但丁展示自己的胸部，她尖銳的聲音像刀鋒一樣刺傷了但丁。

還有兩級樓梯，但丁猛然收住腳步。那女人靠近前來，向他彎下身體，用乳房挑逗著他。詩人聞到一股混濁的味道，那是一種由母馬和某種從阿爾諾河畔的小市場上買來的廉價香水混合在一起的味道。

「皮婭特蘭，」他結結巴巴地說，「是妳？」

「是的，是我，阿利格耶里老爺，或者——我應該改口喊您執政官大人？」她再次貼近他，並將嘴唇湊向他的嘴。

但丁下意識地向後倒退，以免接觸到她裸露的皮膚。那女人突然跳起來，將烏黑發亮的頭髮甩到腦後，她再次靠著牆壁站住，像是要嵌到牆裡面去似的。她看著他，表情複雜，又充滿怒氣又充滿柔情，她伸出雙手，將他拉向自己。

那香水的味道再次衝進詩人的鼻孔，她的雙手在他的衣服下面摸索著，那是一種他曾經很熟悉的冷漠與熱情交融在一起的觸摸。但是這次，他不想屈服。他推開她，「走開，皮婭特蘭。」

「喲，阿利格耶里老爺，今天晚上，您打算委曲求全，從您妻子那兒尋找慰藉？那您來天堂做什麼？」她冷笑著。

一陣眩暈令他的視線再次模糊起來。「我……我不知道。」

女人的目光變得柔和起來，但她的雙眼仍流露出一道狡黠的光。「女主人要我們讓每個人都心滿意足地離開這裡。來吧。」說著，她朝他伸出一隻手。

但丁跟在她後面，竭力跟上她疾速的腳步，但那女人很快就跑開了，一眨眼的工夫就消失在走廊的某個拐角處，消失時朝他投去了最後一眼。

但丁覺得她那一眼是爲了確定自己會被他看見。猶豫片刻，他決定繼續跟著。他也轉過那個拐角，進入該建築的另一側翼中。這裡，裝飾較奢華的寬敞房間取代了那些狹小的屋子，木床取代了簡陋的草褥，還有一些簡單的家具，但裡面都空無一人，只見每間房裡都點著一盞小油燈，油燈的光只能勉強照亮灑滿陰影的空間。

他找遍那些房間也沒有找到皮婭特蘭。踩在木樓板上的腳步聲的回聲與某種金屬聲夾雜在一起，他敢斷定自己曾經聽到過這種由金屬發出的聲音。只是酒精的力量令他腦袋發暈，越來越辨別不出周圍的一切。他為什麼會在那裡？那瘋狂到底意味著什麼？假裝逃跑的皮婭特蘭把他帶到了哪裡？她是一個天使，還是墨丘利⑱的化身出現在他眼前？是不是他已經死了，而那些房間正是冥王哈德斯的候客廳？

他朝深處走去，那聲音越來越響亮。記憶的碎片在他神志不清的大腦中閃現，卻無法拼接成具體的形狀。驀的，他的記憶變得清晰起來，此時他已來到了最後一個房間。他在門檻處停了下來，他的大腦再一次天旋地轉起來。在他看到一切之前，他終於認出了那聲音。

但丁搖搖晃晃地走了進去，一頭栽倒在床沿上，目不轉睛地看著眼前的表演。安迪麗雅跪在地板上，雙臂伸向前方某個物品——他剛才聽到的就是繫在她手指上的銅片相互撞擊所發出的聲響。女人有節奏地抖動著手指，用她的語言念念有詞。在那些陌生的詞語中，他模糊地聽出了在四十個殉道者教堂中被高聲召喚的一個名字。

聽見他進來，女人慌忙停了下來，用一塊面紗蓋住面前的物品。他隱約看到那東西像是一尊

⑱註：神的使者，商業和市場之神、傳令神。

小雕像，也許是異教的神，她正在爲之舉行某種宗教儀式。

現在，她就站在他面前，身上只穿了一件簡單的黃色絲綢緊身長衣，這令她那玲瓏的身材一覽無遺。她站起身時帶動了腳踝和修長的脖頸上的金環，發出陣陣叮鈴聲。這些金環仍隨著她的呼吸起伏而繼續叮叮作響。她的情緒顯得異常激動，可能在被他撞見之前她已經祈禱多時了，現在幾乎是筋疲力盡。

「妳在這裡做……做什麼？」但丁喃喃問道，「這裡……」他重複著，含糊地指了指那房間。他想站起來，但是兩條腿根本不聽使喚。女人朝他邁進了一步。「這裡……」他又說了一遍。或者，他只是那麼想，聲音卻在凝重的空氣中滯住了。在一個妓院裡，這是他想說的，婊子。她剛剛離開酒館不久，怎麼會出現在這裡……

安迪麗雅繼續朝他走過來，並向他伸出了一隻手。她顯得焦躁不安，不再有第一次見面時給詩人留下的深刻印象——在眾人目光與淫欲面前保持冷漠與泰然自若。她現在看起來比較有人性，似乎那隻藏在她體內的野豹已逃走，僅只留下一個影子而已。她的臉熠熠生輝，在油燈烈焰的照耀下顯得越發紅潤。

她用手指撫摸著他的臉，緩慢而溫柔，就像一個盲人想弄清她的陌生情人的長相似的。那雙瑪瑙般的眼睛顯得越加黑亮，如同兩窪深邃而幽暗的湖水。但丁立起身體，朝她靠近，甚至沒有發覺自己輕而易舉地做出了這一動作。她將一隻手伸至腰後，解開衣帶，衣服沿著她的雙臂快速地向下滑落，令她全身裸露。

她的身上出現了一條色彩斑斕的蛇，從她的腹部盤旋而上，直到乳峰所在之處。隨著安迪麗雅越走越近，那隻動物的眼睛緊盯著詩人，召喚著他。從她的呼吸中，他可以清晰地聞到chandu那刺鼻的香氣。

安迪麗雅的身體撲倒在他身上，如同一個因孤獨而受傷的靈魂一般，絕望地緊貼著他的肢體。但丁感覺到身體下面的床墊變得硬邦邦的，床單亦褶皺起來，被汗水潤濕。她的雙手向下滑落，搜尋著他。執政官聽憑她的觸摸，將頭埋入她的乳房中，接著是呈現在他眼前的腹部。他的大腦停止了思考。

就這樣，他和這個臉上畫著彩繪的舞女做愛。在昏暗的房間裡，這個女人與他記憶中的另一個女人，一個已逝去的女人，一個幻化成所有女人的女人疊加在一起，只有現在這個除外，她是眞實的，但卻是陌生的，她躲在那古銅色的面具之後。

他漸漸回過神來，一把推開那個壓得他喘不過氣來的身體。他覺得快窒息了，整座建築都像是在燃燒，火苗正在竄入臥室。他一語不發，皺著眉頭整理著衣服。舞女的眼睛在昏暗的光線中注視著他。他將頭轉向牆壁，想抹去那深深穿透他內心的目光，徒勞的，他又轉過身來，被擊敗的樣子。

安迪麗雅靜靜地注視著他。她已從床上起來，一動不動地站在屋子中間，她赤裸的胴體煥發著無可言說的魅力。在呼吸起伏中，那條彩蛇好像變活了，隨著呼吸而盤旋起伏。她的身上滲出一層濃密的汗珠，在燈光的照耀下，熠熠生輝，好像整個悶熱的夜晚的濕氣都延伸到那古銅色的肉體上了。在那樣的距離中，詩人仍能聞到她身上那刺鼻的香味，那留在他的頭髮、鬍鬚、指甲中的香味……

「妳是誰？」他低聲問道。

她用食指指著自己的胸部，雖然那動作很緩慢，金色的圓環仍顫動起來，再次發出金屬撞擊的聲音。「貝緹麗彩。」

但丁打了一個愣怔。「妳怎麼知道這個名字？」他結結巴巴地問，聲音哽咽，「誰告訴妳這個名字的，皮婭特蘭那婊子？」

「貝緹麗彩。」女人重複著。「我要我的報酬。」她補充道。那聲音沒有聲調起伏，就好像她並不知道所說的話的意思，而只是用陌生的語言重複著那聲音而已。她無聲地哭了起來，但仍是一動不動，站在臥室中間。「我的報酬。」

他的頭又痛了起來，一陣一陣地，隱隱作痛，雖不像某些夜晚如鐵爪撕裂般的劇痛，但那隱隱的疼痛，就像一個不想被忘記的敵人在提醒著他自己的存在。他臉上的肌肉抽搐著，臉色很難看。他感到安迪麗雅的痛苦就像她身上那條盤旋纏繞的蛇一樣也包圍了他。

油燈的光亮在她的周圍投下了一個昏暗的光圈，就像他曾在波河三角洲所看到的漂浮著的腐爛水藻。似乎，舞女不在那裡，他也不。他們就像兩個在鏡子裡相遇的幽靈。

她像一個從別樣的天空中墜落到痛苦深淵中的影子。天堂是一個顛倒了的地獄。柏拉圖固然偉大，卻錯誤地認爲我們的靈魂來自星辰。不，靈魂只想回到從未到過的地方，只想要她的報酬。

一個婊子，就像皮婭特蘭。

他跳起來，逃向走廊。一定是皮婭特蘭，他很確定，一定是她告訴了安迪麗雅那個名字的，爲了玩弄他，報復他。那名字繼續在他腦海中迴盪。他恨那婊子。

那女子再次出現在樓梯頂部，看樣子是在等他。她盯著他看，目光冷酷，就像地獄的守護者。

「妳告訴她什麼了？該死的！那婊子要什麼？」但丁壓低嗓音問道，「我得付給她什麼？」

皮婭特蘭對辱罵無動於衷。「她是個奇怪的女人。她的要求很奇怪。」

「她要什麼？」

女子猶豫片刻，說：「時間，她說她要一些時間。」

「什麼意思？」

「她要一些時間，」她聳聳肩，重複道，「她和我說問您要這個。您知識淵博，您應該知道的。」

但丁焦躁地看看四周那充滿淫欲的牆壁，竭力想弄明白其中的含義。

皮婭特蘭看了他一會以後，再次粗俗地大笑起來：「怎麼，阿利格耶里閣下，那紅皮膚的妓女讓您忘了您的小皮婭特蘭？要不，就是忘了那個一直在您心中的女人？您忘不了她，對吧？她已經死了十年了，您還想著她。她甚至都不知道！」

「閉嘴，婊子！妳懂得什麼是愛情？」但丁叫起來，並打了她一耳光。

她摸了摸嘴唇，嘴角那裡出現了一絲血跡。「她不曾愛您，不曾愛您！」她朝他嚷道，有幾滴血落在了她的衣服上。隨後，她突然號啕大哭起來。「沒有人愛您，您的下場將是一個人孤零零地待在很遠的地方。」

但丁覺得自己陷入了一口痛苦的深潭中，大口地嚥著那苦澀的水，就像即將被淹沒在水中的人一樣。女子嗚咽著，沿著走廊跑開了。他拖著沉重的腳步，慢慢沿樓梯向下。

走到樓底，他抬起頭看著天空中的星星。他看見一道光從那些臥室的某一扇窗中透出來，慢慢地滑向被覆蓋住的走道深處，一個若隱若現的影子跟著出現，那是影子的影子。突然，一陣風拂過，油燈的光照亮了一張臉的半邊臉龐，但是，那個影子很快就消失得無影無蹤。

他沮喪極了，沒有力氣問自己那個他看到的女人是否眞的是安迪麗雅。他的手上有幾道紅印——一定是那種胭脂令她的皮膚變成誘人的古銅色。他憤怒地在衣服上擦拭著手指。

但丁再次走過院子裡的七大行星軌道，無力地癱倒在噴泉殘缺不全的邊緣上，汩汩作響的水流溫柔地從他身旁流過。他將一隻手伸入小水流中，然後，蘸水拍了拍額頭。清涼的水令他清醒過來。隨著深夜時間的流逝，酒精的力量也漸漸消失。他覺得腦子漸漸清醒起來，即使由許多人像和女人的臉交織在一起的漩渦仍繼續在他的腦海中翻騰。

他再次將目光投向剛才以爲安迪麗雅出現的地方，但是那面牆淹沒在黑暗中了。

他看看四周，試圖找到一個參照物，但毫無結果：那建築物的四面一模一樣，一排排的窗戶都嚴嚴實實地緊閉著。

他心中突然湧起一陣衝動，想回到上面搜查所有的臥室——他也可以利用他的權力這麼做。

他朝卡拉伊亞城門所在的方向投去一眼，腦子裡快速地估算著時間。如果他動作迅速，就能趕回到市政廳，叫醒警衛，在黎明前帶上幾名警衛回來。他可以讓那些劊子手掀翻每一張草褥，搜查所有的帳子。

然而，他覺得他不可能找到那女人，就像在德奧菲洛的店裡所發生的，她是不留痕跡地從那裡消失的。他掙扎著站起來，步履沉重地走向門口。忍不住再次轉過身來，朝那些窗戶投去最後一眼，然後，走了出去。

他的面前出現了一個男人。詩人的肌肉下意識地一陣緊縮，警覺起來。他很快認出是安焦利埃里那張笑嘻嘻的臉，這才鬆了一口氣。

「契科，您也認識天堂？」他低聲問。

「這個還有其他很多個，從這裡到錫耶那。不過，這個是最神聖的。」

他們互相看了看，有一會沒有說話。他爲何對此人出現在那裡而感到驚訝？當他和維涅洛從酒館裡出來的時候，此人可能就已經跟了過來。不管怎麼說，在一個妓院裡遇見此人，實在沒有什麼好大驚小怪的。

不過，但丁覺得此人的出現另有目的，因爲他看上去神色緊張，不像一個心滿意足的主顧會有的表情。

「知道爲什麼我和我的父母勢不兩立嗎？」契科突然說。執政官很驚訝，這個問題與此時的情景沒有任何表面上的聯繫。「您想想看，我甚至企圖殺死我父親。我把他從他家的樓梯上扔了下去，天知道他爲什麼沒有跌斷脖子。」

「因爲您是個瘋子，契科，這就是原因。」

安焦利埃里微微揚起下巴，瞇著雙眼，就好像是在重溫那場景。一絲笑容掠過他的雙唇，最後漸漸變成一陣冷笑。「您想不明白？用盡您的智慧也做不到？」

「要追上一匹瘋馬是很難的，特別是當它飛奔起來的時候，就像您一樣。」但丁疲憊地低聲說。

「可是我沒瘋，即使我曾寫詩說憂鬱侵襲了我，它的力量幾乎置我於死地。您想知道我為什麼那麼做嗎？」契科靠近但丁，幾乎碰到他。他示意但丁靠近前來，壓低聲音說：「我怕他吃了我。」

「您說什麼？」

「老傢伙是個魔鬼。他晚飯能吃下一隻小豬。他只會給我帶來災難，他一天就能吃下三片葡萄園的收入。他死後不會給我留下任何東西。他說他什麼都吃，直到最後一天，因為任何東西都逃不過他的嘴。沒有用，他總會比我晚死，他有魔鬼保護。」

但丁忍不住一笑。不過，令他感興趣的不是契科的父親。「您為什麼到翡冷翠來？」

「我告訴過您的。在錫耶那，形勢對我不利，我不得不盡早離開。」

「可是為何非得到翡冷翠？」

「不是所有的人都到這來了嗎？這不是一個一切都在生長的城市嗎？箱子裡的弗羅林金幣、高樓的塔尖、女人的肚子？一切不都在生長、繁殖，比我們的上帝的麵包和魚還要好嗎？如果耶穌不是去了台伯河邊，而是來到了阿爾諾河畔的話⑲，他給他的門徒所準備的，一定不是麵包

⑲註：台伯河流經羅馬，阿爾諾河流經翡冷翠，在此，契科用河分別代表這兩座城市。

片，而是山雞和鹿舌。這裡有我的用武之地，我敢肯定。需要和必需是讓我的車跑起來的兩匹馬。」

「別告訴我您到這裡是來找工作的。」

「看來關於我的不公正的流言還是不放過我！啊，您要是知道自我們在坎巴迪諾戰役中見面之後，我的本性改變了多少……這就是我的意圖：向一項誠實的事業盡我的一臂之力並賺取一點收入。」

「您的本性就這樣改變了……您的思想也變了嗎？」

錫耶那人朝他投去一眼，神祕兮兮的樣子。「一二八九年，在坎巴迪諾戰役中，爲了圭爾夫派，我差點送命，可我得到了什麼？窮困潦倒，顛沛流離，遭到流放。這一次，我決定碰碰運氣，拋一拋命運的骰子。」

「那些女性的骰子？」

對方緩緩地點了點頭，打量著他，似乎想讀懂他的想法。「您沒有發現在這城市裡能學到的東西？」

他以爲但丁知道某些事。是什麼事呢？他的想法變成了什麼呢？「您說您對圭爾夫派感到很失望，」但丁斗膽一試，「您認爲帝王派比較慷慨？」

契科沒有回答，等著詩人繼續說下去。

「吉伯林派的大家族已在北部的領地鞏固了根基，他們絲毫沒有南下波河河谷的意思。在南方，在那不勒斯王國，權力處於法蘭西人手中，但是，他們並不是心甘情願地與卜尼法斯站在一邊的。羅馬的科隆納家族和奧爾希尼家族恨卜尼法斯，他們和他對著幹，不過他們只是爲了他們個人的利益，而不是爲了向一個外國帝王打開羅馬的城門。繼在塔列克佐發生的災難之後，又有誰能夠領導這一事業呢？可憐的康拉丁已經死了，而且沒有留下繼承人。」

契科仍然面無表情，那些話對他而言似乎根本無關痛癢。

「皇室沒有繼承人了，眞的嗎？」但丁繼續問，「還是我弄錯了？」

錫耶那人抬起頭，望了望那些臥室的房間。眼裡精光一閃，又將目光轉向但丁，仍是一副滿不在乎的樣子。但是，那已經夠了。但丁猛一轉身，快速地看了四周一眼。他什麼也沒看到，但好像突然間有一道異樣的光照亮了「天堂」，使之顯得不那麼骯髒污穢，但卻越加荒誕不經起來。

大批的瘟疫病人和前往羅馬的朝聖人群混雜在一起，吉伯林派的流亡者們，還有像契科這樣的冒險家，以及乘機挑撥是非的人，正在趕往翡冷翠集合。他們到這裡來就是爲了聽從一個藏身於此地的女王的指揮？一個婊子？或許，賈內托說他在地下墓室乞丐藏身處所看到的舉行祕密集會的那群人，就是一支先頭部隊，而那傻瓜竟把他們的祕密會議當作是在舉行一種見不得天日的宗教儀式。他所以爲的魔鬼和女巫，正在繪製地圖，確定集合地點，儲備武器……

「契科，您去過城牆外的聖猶大教堂嗎？」

對方爆發出一陣大笑，總算有了一絲生氣：「您不如直接問我是否殺了鑲嵌畫建築師。如果您也問我這個問題的話，我會給您兩個答案：是和否，就像那幫第三重天的學究們的爭論一樣。否，因爲我沒有殺死鑲嵌畫師；是，我去過那座教堂。但是，在翡冷翠很多人都去過，相信我吧！」

「您想說什麼？」

契科輕咬嘴唇思考著，或許是想起了往日的友誼，他突然間說話了，彷彿是爲了向但丁敞開心扉：「新的時代正在醞釀，在翡冷翠，甚至是整個義大利。爲您自己考慮考慮吧，阿利格耶里閣下，如果您想抓住路過的幸運女神的頭髮。」他走向拱廊的出口處。但丁看見他一出門就朝卡拉伊亞城門走去。但丁也慢慢地沿著同一條路走。他一邊走一邊回味著契科的話。

抓住幸運女神的頭髮……

在他的前半生，他沒有做到。現在，這位女神蒙住了雙眼，仍不垂青於他。等待他的是一條偉大的路，而不是幸福之路。通往輝煌需要的是美德，而不是運氣。他用眼睛搜尋著錫耶那人，而對方已經走遠了。

他坐到路邊一塊刻著里程的路碑上。一陣微弱的眩暈又一次襲來。沿著美德的路……但是，如果他的假設與眞相吻合，安迪麗雅臉上古銅色的化妝只是一個巧妙的面具，只是一張在暴動發生之前深藏不露的極爲高貴的臉，那麼，他該怎麼辦？她親口說出了貝緹麗彩這個名字。她的名字。誰會想到去一個酒館屋簷下或妓院中尋找士瓦本家族的最後一個繼承人？

他的義務是什麼？跑到市政廳告發吉伯林派的陰謀？帶著士兵回來，將「天堂」包圍起來，給安迪麗雅戴上枷鎖，用火刑逼她認罪，然後將她交給劊子手，讓他們像對待康拉丁一樣砍去她的頭？以防止一個妓女登上王位？

他搖搖頭。

那個女人只不過是一個來自海外的舞女。一個女王不可能去賣淫。契科說的是胡話，要不，他就是在和所有的人開玩笑，像往常一樣。也許，他喝醉了。

第十六章

六月二十一日，黎明

東方漸露魚肚白，淡淡的紅光與黑夜鈷藍色的光夾雜在一起。金星那明亮的光芒猶如冥王額頭上的鑽石在閃爍，令其他星星爲之遜色。

在城門打開之前，他也許得等一下。他可以憑藉權力讓人開門，但如果這樣做，所有的人都會知道他的行蹤。

他意外地發現門是開著的，一群全副武裝的士兵列隊站在城門前整裝待命。猶豫片刻，他決定繼續向前走。如果有問題，他會告訴他們自己的身分。然而，他剛走了幾步，就被手持長矛的衛兵們圍了起來，同時，一個結實的手臂抓住了他。

他掙扎著，高聲喊著自己的名字。他聽見一個聲音呵叱著衛兵，讓他們放開他。警長奇蹟般地出現了。

「您也在夜巡，阿利格耶里閣下？」他走近前來問道，「從您所來的地方看，您巡查的可是個溫柔鄉啊！」他指了指「天堂」的方向，奸詐地笑起來。

「您呢，您和手下在做什麼好事？」但丁問道，沒有理會那含沙射影的話。

「執行公務，阿利格耶里閣下。好像有人要潛入城中，我們已增加了一倍的警力。」詩人邊嘟囔著邊走進城門。警長無意跟上來，只是注視著他遠去。

他竭盡全力才走完從城門到聖皮耶羅修道院住所的那段路。他無力地倒在了床上，天空已現出黎明的曙光。

雖然疲憊不堪，但他還是很難入睡。他的大腦始終處於焦躁不安中，只覺得一系列的人物形象不斷地在小房間裡旋轉。他覺得自己如同一隻被關在穀倉中的小鳥一樣，不停地撲騰，從書桌撲向小床再到天窗，最後停在了角落裡的壁櫥前。他覺得他的眼睛似乎穿透了壁櫥的木門，看到那用布裹著的細頸瓶。那裡面應該還有一點綠色的液體。

正在昏昏欲睡的當兒，耳邊突然響起一陣尖利的笑聲。他猛地睜開眼，循聲望去，床邊站著一個黑影，他認出了那是圭多・卡瓦爾康蒂。此人穿著一件長袍，身體像是用一種又薄又亮的材料做成的，如同一根點著火的空心樹幹。裡面的火苗輕輕地舔著表面，並開始從細小皺紋所在的地方向外漸漸顯露出來，那些皺紋顯得分外清晰，尤其是在他那張處於陰影中的臉上。

圭多看著他大笑，他似乎看穿了但丁的心思。但丁覺得一股愛意湧向心頭。

「你好，圭多，我們又見面了。有什麼新消息嗎？」

「我已經死了。我死後經歷了一些事情，我想跟你說說。」

直到那一刻，但丁才注意到朋友身上奇怪的衣著，像是某個兄弟互助會的裝束，胸前繡著一個盾形紋章，由五種色彩的垂直條紋構成。

圭多注意到了他的目光，指了指自己的心臟。「在你前方的路上有五個惡魔。」說著，他在空中畫了一個五角形。他的手指所及之處留下了一道道血跡，就像安布洛喬胸前的一樣。

「你想告訴我什麼？」但丁焦急地問。此時，留在空中的那個符號的痕跡在漸漸消失。

「我們死去的人看不見現在，因爲現在意味著存在，而我們已被拒絕了存在。但是，我們看得很遠，就好像我們的視力被一塊阿拉伯的摩爾人磨製出來的凸透鏡玻璃放大了，透過那塊玻璃，我可以看見你的命運。你將在世上再活二十年，然後，你將經歷死亡，那烈火般焚燒著骨頭和五臟六腑的死亡。不過對於未來的事情，我不想和你說太多，這樣你才能痛苦地一件件經歷它們。我不和你囉唆，我也不再回答你更多的問題。」

「繼續說！」但丁吼叫起來。他憤怒不已，爲什麼朋友的話謎一般令人費解？爲什麼要讓他停留在模糊不清的迷霧中？「你這個該死的狂妄自大的傢伙，你的整個家族都是如此！」他叫嚷起來，「賈內托那個惡棍還活著，他比你知道得多！」

圭多的影子靠近了窗戶。他豎起一根手指，指著天空中閃爍群星中最亮的那一顆。

他的皺紋顯得更深了，網狀的火焰布滿了他的臉，他臉部的線條變得模糊不清起來，在那不斷擴大的火光中，只能勉強辨認出一些輪廓。但丁的眼睛被扎得睜不開，火焰正要竄向他的時候，他驚醒了。

他從床上豎起身子，渾身發抖。目光投向開著的窗戶，尋找夢中的那顆星星。黎明已經來臨。地平線上，在幾道淺淺的鈷藍色光帶的掩映下，金星再次閃爍著明亮的光芒。它正是圭多消失在火焰中之前指出來的那顆星星。

但丁的腦子裡一片混亂。他的朋友沒有死，他敢肯定。可是，為什麼他像幽靈一樣出現在他夢裡？為什麼他固執地指出了五角形和金星？

既然朋友還活著，那麼前來造訪的就不可能是他的鬼魂。這一定是個噩夢，利用了朋友的軀體來欺騙他、傷害他。據說透過折磨你的內心，魔鬼就能控制你的思想。

他洗了把臉，漸漸清醒過來。他的邏輯思維，在正確的判斷和上帝的恩賜下得到增強，不可能被一種魔鬼的力量所欺騙，一定存在另外一種解釋。

他想起從研究夢的祕密的希臘人阿提米德羅的書中所讀到的：被植物性靈魂所曲解和分解的白日見聞；某種我們已經歷過卻不知道的東西。夢，只不過是一種回憶。

他曾聽過多少傳說，見過多少激昂的布道演講，講述關於死去的朋友回來拜訪活著的人以告訴他死後的事情。他的內心一定是從這些回憶中汲取了構成夢境內容的成分。

關於鑲嵌壁畫五個部分的懸而未決的謎團，可以解釋圭多在夢中的奇特裝束和他用血畫成的五角形。此外，阿斯克利的契柯也曾向他談到金星是五芒星的事情。

他的大腦應該明白其中的原因，不過在白晝的光亮中，他將夢境中的事物聯繫起來的能力減弱了。

但丁瘋狂地回憶著他所掌握的關於星相學的知識。在房間某個角落裡的一堆紙中有圭多．波那提的專題論文。他拿起它，若有所思地翻起來，他希望那模糊的感覺能夠具體化。隨著碩大的書頁一張張翻過，他的眼前出現了各種表格、星曆表計算、行星的運動……

突然，他看見了它們，就在他的眼皮底下。它們由某個謄寫員毫不猶豫、果斷的手繪成，此人或許甚至沒有理解偉大的星相學家在黃道帶上所繪的內容。金星的週期運動，關於金星在黃道中與太陽會合的研究。

都在這兒，就在他的眼皮底下：太陽和金星，在它們的運動週期中，每八年會合五次，它們在天穹中會合的軌跡構成了一個完美的五角形。正如古巴比倫人所發現的五角之星。現在，那個發音像蛇的嘶嘶聲的詞，那個安迪麗雅和其他人所召喚的名字的含義變得清晰起來：伊絲塔爾，愛之女神，將肉體的歡娛賦予她的信徒的女神。

漸漸地，一幅圖出現在他的腦海中，就像在一個空蕩蕩的舞台上，演員們登場亮相開始表演。黎明之星，女神伊絲塔爾，她要求她的祭司們獻祭，命令她們和一些陌生人交媾。

他雙手抱頭，用力揉壓著太陽穴，想讓那混亂的思緒停下一會。「至少您，導師，您能幫幫我。」他驚詫自己這麼想。

「你爲何選擇我爲導師？」維吉爾慈愛的聲音回答。

「因爲您是最偉大的。」

「不，你選擇我是因爲我已經死了，而死者不會投下影子。」

門外傳來一陣沉重的腳步聲，然後是疾速而乾脆的敲門聲，把他從冥想中拉了回來。現在，他對那聲音已經很熟悉了。

「但丁閣下，醒醒！」

詩人急忙打開門，出現在他面前的是警長。他氣喘噓噓，依然穿著那件盔甲。在明亮的光線下，在鳥兒的鳴唱聲和剛剛烤熟的麵包的清香中，這個身著戰盔的男人越發顯得滑稽可笑。然而，他目光中的某種東西卻令他不再顯得那麼可笑。

那是恐懼。他的雙目布滿血絲，從頭盔中露出的臉蒼白如魔鬼。「快走，又一具屍體。」

「誰的？」但丁驚問。

「在古羅馬城門那邊，在藥劑師德奧菲洛的店裡。也許，死者就是他。」

「也許？什麼意思？」

「我說，您得親眼看看，和上次一樣。」

一陣憤怒向但丁襲來，他覺得又再次經歷聖猶大教堂的那個夜晚。他站起來，正要怒斥警長，但是，此人眼中的神色令他控制住了怒火。他看著警長沿著樓梯飛奔而下，來到手持長矛在門口等待他的警衛們當中。衛兵們的臉上也滿是驚惶失措的神色。

警衛們本該跟隨著他的，但是由於身上沒有沉重盔甲的負擔，但丁第一個到達德奧菲洛的藥店。大門敞開著，門口只站了一個警衛，正用長矛阻攔著圍觀上來的好奇的人群。一見到執政官，他急忙閃開讓他進去。

屍體位於陶土做成的爐子前，脖子被掛在吊燈的一根鏈條上。也許真的是德奧菲洛，死者身上的衣服是他的，右手中指上戴著的戒指也像是他的。現在，看到了屍體，但丁才明白警長惶惑的原因。

死者的頭部覆蓋著一層暗黃色的堅固物質。在屍體附近的地上，有一口打翻了的銅鍋，從裡面流淌出來的正是用於殺人的物質的殘留物：蠟燭油。死者被綁在背後的雙手屈曲著，呈現掙扎著想解開繩子的狀態。第一宗命案的情景再次浮現在但丁的眼前，這兩宗命案太相似了。蠟燭油是配製許多藥物的基本原料之一，在這裡兇手也用被害人職業中的原材料殺害了他，如出一轍的卑劣的宗教儀式，爲的是抹去令我們與上帝相似的臉龐。

滾燙的蠟燭油已在那張備受折磨的臉上凝固成了薄薄的一層，就像一面磨砂玻璃，透過它，死者的臉部輪廓隱約可見。詩人從桌上取過一把刀，用刀尖揭開凝固了的蠟油面具的邊緣，眞的是藥劑師本人。他解開死者胸部的衣服，又是五道割痕，形成一個五角形，和鑲嵌畫師安布洛喬身上的一模一樣。那些傷口很淺，不足以致死，除此之外，再沒有其他顯著的傷痕。兇手一定是在這可憐的人還活著的時候，就將滾燙的蠟燭油潑到他臉上的。德奧菲洛一定一直看著兇手的舉動，直到眼睛被那沸騰的液體燒灼變瞎爲止。

但丁將覆蓋層揭下，在腦海中想像著罪犯行兇時那令人毛骨悚然的一幕。

「您現在還拒絕承認有巫師在我們的城市裡施妖法嗎？」在他背後，警長嘟囔著。死者張著大口，似乎在大聲肯定警長的這一判斷。

但丁覺得自己陷入了瘋狂中。

直到警長說話之前，他的全部注意力都集中在那慘不忍睹的屍體上，此時才將目光投向那只有鐵鎖的箱子。箱子的蓋子開著，地上躺著他第一次來這裡的時候曾隱約瞥見的那幾頁紙張。他急忙將它們拾起來，他發現之前看到過的那神祕的藥已經不見了，一定是兇手在兇殘地殺了人之後取走的。在離開之前，他還仔細察看了那卷他記得用細繩整齊捆綁著的紙張。

他很失望：那些紙張幾乎全是空白的，只有兩張紙上面寫了字。第一張上面只有一個短句，第二張則像是由一隻手匆匆寫下的一串數字，他無法解讀其中的含義，也許兇手將藥劑師寫下的寶貴研究成果連同那個裝著綠色液體的瓶子一起取走了。地上，還有一小片破舊的羊皮紙碎片，上面有一些褪了色的痕跡，也許是某張圖紙或地圖的殘片。

他敢肯定仔細搜查這間藥店毫無用處，便再次察看那張唯一有字的紙。

「上面寫著什麼，執政官？」警長在他背後低聲問道。他一直小心謹愼地看著但丁的舉動，直到此時才湊過來，費力地念著那行拉丁語句子：「不在三角形中也不在四邊形中……」

「……世界的祕密在五角形中。」但丁不耐煩地接著讀完了那個句子，警長斷斷續續的念法讓他鬱悶。「世界的祕密藏在五角形中。」

「什麼意思？」警長問。

詩人聳聳肩。他在問自己，也許兇手不止一人，也許是好幾個人聯手殺死了那兩條生命。但他的潛意識告訴他，這不是集體犯罪——兩樁命案驚人地相似，這說明兇手只有一個。

兇手殺人的目的只有一個，哪怕他隱藏在成堆的符號中。一切始於鑲嵌畫師的被害，兩樁命案之間必有某種聯繫。不過，詩人的腦海中卻突然冒出了一種假設：鑲嵌畫師之死也許並不是連環案必不可少的部分，也許只是做案者犯罪行爲中的一次簡單的偏離。

當然，這將否定他此前已確信的所有事情。就像哲學家告訴他的，每件事情皆由其動因所決定。他從不懷疑，在一系列按時間先後順序發生的事件中有一種必然的邏輯，這樣，第一宗暴力行爲是第二宗的起點，如此延續下去，形成恐怖的連環命案。相反，如果罪犯的首要目標是德奧菲洛，那麼鑲嵌畫師的可怖結局則僅僅只是一個悲劇的序幕，一場欺騙所有人的悲劇？

直到那一刻，他一直在追查安布洛喬的死因，但是現在，藥劑師也被殺死了，他得找出兩件命案的共同點，只有這樣才能找到兇手。

有一點，他想。鑲嵌畫師安布洛喬交給德奧菲洛的金環。那金子也許是用某種驚人的祕密製作出來的。那在翡冷翠悄悄流通的黃金，那在一個女人的肉體上閃爍的黃金。

他得和她談談。單獨談談。這一次，不能再讓酒精左右自己。

突然，他想起安迪麗雅曾在這間店裡神祕失蹤過。

「誰發現了犯罪現場？」他問警長。

「我的手下。」警長回答，口氣裡帶著愚蠢的自豪，「他們巡邏經過藥店門口，聽見裡面有可疑的喧鬧聲。於是，他們馬上衝了進來……」

「喧鬧聲？這麼說，他們當場發現了兇手？他在哪？」但丁幾乎是在吼叫。

「裡頭沒人。不過，兇手應該是剛逃走不久，因爲他們和我說，他們看見被害人的身體當時還在痛苦地抽搐。」

「逃走了？逃哪兒去了？這藥店只有沿街的一個出口。那些笨蛋怎麼會沒看到他？」

「我跟您說，這一切的背後一定有某種魔鬼的力量在作怪！」

詩人已不再聽他說。他的目光掃視著藥店，仔細觀察著每一個細節。牆壁像是用結實的石頭砌成的，而且紋路清晰可見，只有整齊地擺放著草藥的架子後面的牆看不到。他急忙走到那裡，抓住架子的一角，用盡力氣搖晃著，就像是在看看它是否結實。

「幫我把它推開，快！」

警長困惑地走近前來，隨後，他臉上閃過一道恍然大悟的光芒，於是，他也用力地推起架子來。「它像是被釘牢在了牆上……」他氣喘噓噓，臉上因用力而脹得通紅。

但丁的額頭上也滲出了一層細密的汗珠。無論他們怎麼努力，架子仍是紋絲不動。但丁瘋狂了，他將那排瓶瓶罐罐掃落到地上，使架子的中間騰空出來，然後，他用匕首的尖頭開始敲擊架子的背板。隨著他的敲擊，傳來了一陣沉悶的響聲。

「牆的後面是空的！」說著，他後退了幾步，並命令警衛們靠近前來，「從這裡把牆敲開！」也許只是他的想像，但是，他似乎聽見木牆後面有動靜。他敢肯定，一定有某個啓動的開關裝置，可是，他沒有時間仔細搜尋了。

警衛們開始用劍切割那木板。陳年橡木非常堅硬，慢慢地，碎片漸漸落下，隨著斷裂聲的增大，架子漸漸屈服了。但丁揮手示意警衛們向後退，他自己用盡力氣推著架子。上面僅剩的幾個陶瓷罐子紛紛落下，跌落成碎片。

最後，架子朝裡面轉動開了，執政官則在那推力的帶動下，一下子跌落在那隱藏在內部的小房間裡。他急忙爬起來，看看四周，不禁失望不已。他發現裡面空空如也，僅在高處有一個狹小的窗戶，一面被撕碎的窗簾掛在窗框的一側。

「他一定是從那裡逃走的。快，跟我來！」他大喊著，同時抓住了窗台的下沿，奮力向上攀爬。

他喘著粗氣，總算將胸部靠在了窗台上。在那裡，他發現另一側有個更大的空間，沉浸在一片黑暗中。他蜷曲著身子向下滾落。

「您捉住他了，大人？您看到他了？」他聽見警長在牆的另一面喊道。

這是個非同尋常的地方。他的眼睛過了好一會才漸漸適應了裡面的黑暗。

他覺得自己像是進入了一艘巨輪的腹部，一個寬敞的儲藏間，裡面像是居住著許多幽靈，它們正隨著一股輕微的氣流而蠢蠢欲動。裡面有一根根繩子沿著建築的縱向軸密密地排列著，長度至少有八十碼，上面懸掛著數以百計等待晾乾的彩色呢絨綢緞布片。裡頭的空氣既潮濕又憋悶，到處充斥著染色劑的惡臭，幾乎令人窒息。

這是一間印染工們用來存放染色後待乾燥的布料的儲藏室。但丁只覺得一陣噁心，他不得不蹲下，大口喘著氣。而他的大腦則在思索著裡面的地形。兇手一定知道這間德奧菲洛出於某種原因而保留與外界溝通的祕密儲藏室。

「您看到他了？」警長再次大聲問道。

那麼多懸掛著的布，它們阻礙了但丁的視線。他希望那個白癡能夠閉嘴，不要妨礙他聆聽裡面的動靜。布料儲藏室裡一片死寂，只有布料在輕輕晃動。設計這間儲藏室的建築師一定爲之預設了一些出口，因爲，他感覺到有一股氣流在輕拂著他的臉。這裡面一定有別的出口，他驚恐地對自己說。

他飛快地穿梭於那一排排布料之間的狹小通道裡，仔細地搜尋著。正當他氣惱地以爲兇手一定已經逃走了的時候，突然發現眼前有什麼東西動了動。他的眼睛已適應了裡面的昏暗光線，他發現有一個令那些布料鼓起來的物體正緩緩地沿著另外一個方向移動。一定是有人準備利用那懸掛的布料，神不知鬼不覺地悄悄離開。

「快，警長，帶上你的手下過來，他還在這兒！」他叫起來，同時奔向有動靜的地方。

他不知道警衛們是否聽從了他的命令，他根本沒有時間加以確定。他飛快地在那不斷擋住路的布料中奔跑著，手裡緊握著匕首，完全沒有考慮如果敵人就在他面前而且手中有長劍，他該怎麼辦。

不過，他敢肯定那男人沒有用鐵器殺人——如果兇手是男性的話，因爲安迪麗雅也曾在這個地方消失。

此時，那人轉向了右側，沿著晾乾繩的對角線移動。但丁只是依稀看到一個身影從一排躍至另一排，消失在布料後面，速度其快無比。

他感到在他右側隔著幾列繩子的地方也有動靜。兇手正準備回來偷襲他？他急忙轉身衝向右側，一邊兇猛地揮手推開那些呢絨綢緞布匹。

但丁奔向入口，此時，他看見士兵們終於陸陸續續從窗台上下來，他鬆了一口氣。警長那肥胖的身體擠滿了兩排布料中間的通道。他腳未站穩就停了下來，喘著粗氣。

「小心，他在這兒！正朝你們跑過去！」但丁喊起來。

神祕的敵人一定也發覺了全副武裝的士兵們的到來，於是再次改變方向，轉身奔向執政官。

也許，他認爲但丁對他構成的威脅較小。

那裏在布匹裡的軀體閃電般向他靠近。布匹形成的牆以驚人的速度隆起，似乎，朝他撲來的不是一個人，而是一隻兇猛的野獸。詩人驚恐地回憶起，有一次，他在翡冷翠郊區菲埃索勒附近山林裡狩獵野豬的經歷。當時，那些灌木叢就像這些布匹一樣快速隆起，一隻巨大的野豬突然從樹叢中衝出來，一下子就用獠牙撕裂了他的座騎的肚子。

想起那情形，他不禁一陣心驚膽戰。警衛們正從自己身後過來，但是手持長矛的他們在狹長的通道裡行動不便，前進得很慢，無法及時施以援手。

這就像一場奇特的狩獵，那些警衛，作爲狩獵助手，非但幫不了他，反而令他處於更危險的境地。他彎了彎身子，做出防守的姿勢，用盡力氣緊握著匕首，等待著對付那個正向他撲來的人。

在離他僅幾步之遙的地方，那人突然奇蹟般地停了下來。他一動不動地站著。也許，他正在準備著猛撲過來攻擊自己，但丁恐懼地想。

一塊碩大的布匹好像活了起來，從支撐它的繩子上滑落到了但丁身上。濕漉漉的布匹將但丁一下子裹住了。他瘋狂掙扎著想擺脫束縛，但是有兩隻強硬有力的手隔著布匹抓住了他，令他動彈不得。他拚命揮舞著匕首，試圖割開幾道裂縫，但是裹著他的布擋住了他的視線，令他無法看見抓住他的人。一陣陣嗆人的染料氣味直往他的鼻孔裡鑽，他想，也許死亡的氣味便是如此。他驚恐地想像著：片刻之後，一把利刃便會撕裂他的肉體，什麼也救不了他。

緊抓著但丁的手將他推向一邊。但丁一個踉蹌，跌倒在地上。他感覺到一個沉重的身體壓向他，但是，攻擊沒有從布的另一端繼續傳來，好像攻擊他的人推開他只是爲了替自己開路。

現在他感覺那人已遠去了，他再次掙扎著解開那塊將他囚禁的濕布，費力地站起身來。

他感到有兩隻手再次抓住了他。當他從緊纏著的重重束縛中掙脫出來時，才明白原來是幾個士兵在幫他。警長站在他們旁邊，仍是一副呆頭呆腦的樣子。他覺得但丁這樣很好笑。

「他剛才就在這兒！」執政官叫起來，「別讓他跑了！」

「誰？我們沒看到有人。」

「我跟你們說，他剛才就在這裡面……他不可能突然間蒸發了！快搜！」

士兵們困惑地看看四周。此時，其他士兵也都過來了。

「你們分頭到各個通道裡找，我們得把他包圍起來！」但丁吼道。

警衛們將頭轉向他們的上司，警長點了點頭。當他們四處散開搜查的時候，詩人走向儲藏室中央的一條通道，他覺得，偷襲他的人在突然放開他之後，正是跑向了那個方向。

然而那裡一個人也沒有。其他人沿著布匹之間的狹窄走道搜了一遍也一無所獲。呢絨綢緞的布匹依然隨著乾燥室裡輕微的氣流而輕輕晃動著。兇手已消失得無影無蹤。

第十七章

同一天，下午早些時候

聖皮耶羅會議廳裡，六名男子坐在椅背刻有浮雕的高椅上，圍坐在一張桌前。從高高的窗戶上射進來的強烈陽光照在他們身上。

只有他們六人，警衛們早被支開了。一頁印著市政廳抬頭的寬大紙張已在他們手中傳遞了多次。

「這個數目……很大。」六人中一個又瘦又小、幾乎消失在高椅中的男子說道。「也許……」他拿著那張羊皮紙的手在輕輕地哆嗦，他急忙伸出另一隻手抓住羊皮紙，防止它掉到地上。

「我們必須做好準備，以防萬一。」

「可是，這麼多人……而且這些名字……很多人都受到卜尼法斯的庇護。」

「您認爲太多了？我們得對其中的一些人網開一面？」但丁逼問他，「我們得寬恕那些無恥地違反我們法律的人？那些將我們這座可以成爲偉大羅馬繼承者的高貴城市變成小偷與拉皮條者的賊窩的惡貫滿盈的人？那些用打鬥的鮮血玷污我們城市的街道、將大門向內戰敞開的人？」詩人停頓下來，擱在座椅扶手上的雙拳緊握著，「那些爲虎作倀，替卜尼法斯擴張版圖，侵犯我們自由的不負責任的人？」

聽到那個名字，在場的其他人陷入一陣尷尬中。

「不，當然不。」另一名執政官不安地說，「可是，將多那迪家族的人也流放……他們不是您的親戚嗎？」

「我的妻子就是多那迪家族的一員，那又怎麼樣？」

對方不知說什麼好，不過似乎仍不願善罷干休：「可是，他們一共有四十九個人吶……」

「您看走眼了，一共五十人。我親手加了一個，最後一個。」

那名執政官將羊皮紙舉至眼睛的高度，焦急地尋找著，然後，他將眼睛停在了詩人臉上，似乎但丁那冷漠的話像蛇的信子一樣刺痛了他。「我們眞的必須——」

「必須這樣，爲了翡冷翠的福祉。」但丁說。從眼睛後面傳來的一陣劇痛像刀割一樣撕扯著他。他伸出一隻手，揉了揉額頭以驅趕劇痛。午後的酷熱再次喚醒了那隻潛伏在他腦袋裡的蛇。

沉默中執政官們再次緩緩地傳遞著那張羊皮紙，目光停留在一個個名字上，慢慢地斟酌著。末了，他們齊刷刷地盯著詩人，企圖從他那消瘦的臉上尋找到一絲疑慮與猶豫的影子。然而，詩人神情鎭定自若，態度堅決地回應著他們徵詢的目光。

「好吧，但願如您所說的。」說話的是最年長的一個，他用食指上的大戒指印章蘸了蘸一個絨布印台中的印泥，猶豫片刻之後，蓋上了自己的印章。「事已至此，覆水難收。」他補充了這麼一句，就將名單遞給右邊的另一個人。

其他四名執政官也一一重複著同樣的動作，其速度之快就像是爲了盡快擺脫某種痛苦。第五名執政官在將文件遞給最後一個之前，將它拿在手裡停留了一會，說：「幸虧我們的任期在八月十三日就結束了。我打算前往羅馬朝聖，參加盛大的大赦年活動，我想離開這座城市，這裡有某種邪惡的東西存在。您準備做什麼呢，但丁閣下？」

但丁不耐煩地從鄰座手中搶過羊皮紙，快速地蓋上自己的印章，聳了聳肩說：「我不知道，我無法預知未來。不過，我倒同意您的看法，魔鬼似乎真的在翡冷翠的街道上肆虐，自從……」

「自從什麼時候，但丁閣下？」

但丁沒有馬上回答，他似乎若有所思，然後激動地說：「你們要確保流放的命令能被傳達到司法長官那裡，以便他能安排執行這項命令。從明天開始，這個名單上的任何一個人都不能出現在城牆以內。」

但丁朝外走時，差點撞到等候在門口的警長身上。警長手裡拿著一卷用細繩捆著的紙。「我有事向您報告，大人。您下令說過要向您彙報與命案可能有關的任何細節。」

「有什麼新情況嗎？」

警長將目光轉向其他執政官，不知該怎麼辦，隨後他從詩人的臉上讀懂了讓他不要向其他人透露消息的命令。

但丁等著同僚們離開之後，趕緊質問起警長來。他覺得時間不多了——個別執政官在離開之前向他投來的懷疑目光，沒有逃脫他的眼睛。其他執政官又對此事瞭解多少呢？警長那傻瓜可能透露了什麼呢？他們當中是否有人參與了那越來越明顯的陰謀呢？

「怎麼說？」但丁催促著對方。

對方解開細繩，將紙張展開在詩人的眼前，滿滿一頁名字。「這是從法蘭西城門入城的人的名單。我的衛兵們記錄了所有入城者的名字，以便於收稅。他們告訴我，有兩個可疑的人混在途經此地前往羅馬朝聖的人群當中進了城。」

「他們是什麼人？」

「他們自稱是帕多瓦的商人，現在就住在切格里諾的客棧裡，就是……」

但丁很清楚關於切格里諾客棧及其顧客的傳聞。在法國，人們將它稱爲翡冷翠的罪惡，當年他剛到法國便有耳聞。

「您不必爲翡冷翠多了兩個雞姦者而擔憂。」他口氣生硬地說。對這樣的事，只能希望上帝不會讓這座城市接受索多瑪城一樣的懲罰。

「可是，守城的士兵頭目是錫耶那人，他認得他們……他們可能是帕多瓦人，但肯定不是商人。我的這位手下記得很清楚，他們曾在他的故鄉錫耶那主持過新大教堂的建造施工，他們是建築師。」

「就像第一個被害人？」但丁思索著，他的目光落在紙上標明的日期上，勃然大怒。「這是一個星期以前的事！怎麼等到現在才告訴我？」

對方的臉一下子脹得通紅，現出很尷尬的樣子。「記錄每十天才查一次……我手下的人沒有想到……」他支支吾吾地回答。

詩人剛才並不是有意要大聲吼叫的，他趕忙放低了聲調。既然警長敢肯定這兩個鑲嵌畫建築師的存在，那麼賈內托那個乞丐所說的就一定是眞的。但他們是否就是他在地下墓室裡隱約瞥見的那兩個人呢？為什麼有那麼多安布洛喬的同行聚集到翡冷翠呢？

「他們現在在哪兒？」

「您別擔心，大人。我的手下很有經驗——他們處於我們的監視之下——就像我們監視所有偽裝進入我們領土的人一樣。我們的人一直在跟蹤他們，直到他們投宿切格里諾客棧。」

「可是，我想知道現在他們在哪兒！」

「嗯……一直在那裡，旅途中稍作休息吧，我猜想……」

「您猜想，您猜想？」但丁的眼睛裡滿是怒火，「您還猜到了什麼？說啊！」

「我覺得採取行動不合適。」警長支吾著說，「說到底，他們是兩個無辜的人。人人都說鑲嵌畫建築師同情吉伯林派，但是在咱們城裡，他們沒犯過什麼罪……他們不可能……」

「除了兩宗駭人聽聞的命案！」

聽到那話，警長似乎恢復了一點自信，他挺直了胸膛。「關於這個問題，我要向您報告的是，殺死藥劑師的兇手一個小時前已經被我們抓住了。」

「什麼？」但丁驚詫不已，「誰……」

「我的手下逮到了一個知名的無賴，就是那個時常在新聖母馬利亞教堂附近要飯的賈內托。當時，他正在阿爾諾河邊的市場上賣一些玻璃罐子，有人認出那些罐子來自德奧菲洛閣下的藥店。現在，他已經被我們捆了起來，關在斯汀格監獄裡面。他一直吵嚷著說自己是無辜的，不過，這只是時間問題。您看，您剛才冤枉了那兩名建築師。」

但丁想像著在警衛們的拷問下的賈內托那張受折磨的臉。他知道，那個無賴與命案毫不相干，他最多是在藥劑師死後乘機溜進店裡偷了點東西。他正要命令警長將那可憐的人放了，一個想法令他話到嘴邊卻突然改變了主意。也許，賈內托該爲他的不道德受點皮肉之苦。在士兵們將他整死之前，但丁會親自出面讓他們放了他的，不過這還需要幾天的時間。

或許事情這樣處理是正確的。他不相信那個盯著他等他回答的傢伙，此人或許很愚蠢，但是關於兩宗命案，他可能心裡知道的比他說出來的要多得多；而且，他或許也被阿誇斯帕達收買了……如果眞的是這樣，那麼最好假裝認同他的判斷。

「如果眞像您所說的，至少我們要對付的問題就可以少一個。謝謝您辦事如此迅速。」

警長看上去有些難以置信，但丁想，自己是否太急於接受此人的結論了？也許警長也不完全肯定那個乞丐有罪。

但丁沒有再多說什麼，走下階梯。警長疑惑的目光一直注視著他遠去。

剛走到柱廊下面，但丁就發現環形庭院裡站著一群全副武裝的教皇雇傭兵。他們手持長矛，衣著華麗，正簇擁著一個身著多明我會僧袍的男子。在明亮的陽光下，詩人覺得此人比在慈悲醫院地下停屍間昏暗燈光下的同一個人，顯得更加單薄和瘦小。

那時諾佛·德伊和死人在一起，而現在行走在活人當中，他反而顯得有點侷促不安了。

但丁停在一根柱子旁邊，思索著如何對付此人。看來，狼已經來到了羊圈，並且還帶著一群幫兇。誰讓這群攜帶武器的人闖入執政官府邸的？衛兵們竟然絲毫沒有察覺？他遲疑著，也許在迎向宗教裁判員之前，他應該回去叫上幾個士兵來。可是對方已經看到了他，正快步穿過庭院中間的空地向他走來，像是急於躲到柱廊下面的陰影中。

「很高興在您的官邸見到您，兄弟。」說著，他將脖子上的十字架誇耀般伸向但丁，但丁只是點點頭，表示對這個動作視而不見，並沒有親吻十字架。

對方急忙將十字架收了回去，沒有對但丁不遵守宗教禮儀多加評論。

「您有事找市議會？」但丁問他。

「不是，我要找的是您，阿利格耶里閣下，您是市議會最高貴的發言人。」

「一種能夠抵擋住阿諛奉承的高貴，諾佛教士，您到此有何貴幹？」

宗教裁判員那蠟黃的臉一下脹成了紫紅色，隨後，他又將自己隱藏在圓滑的面具之下。「也許，我們該到您的房間裡討論這些事情，以躲開不懷好意的人的目光。」他只說了這麼一句話，還警覺地看看四周。

但丁點點頭，將他帶到自己的房間。

他們面對面坐在簡陋的板凳上。諾佛將頭上的風帽撥到背後，然後從肩上的一個小袋裡取出一塊布，擦拭著滿是汗水的額頭。

他的表情在那一瞬間發生了改變，就好像房間裡的陰暗令他恢復了神采——這個人只有在黑暗中才能變得強大。他的目光失去了此前的虛僞，又恢復了作爲行刑人員的冷酷本色。詩人下意識地摸了摸懷裡的匕首，以確保它還在那裡。

「很遺憾，我不得不違背教會的通常做法和我個人的信條而屈尊來見您，阿利格耶里閣下。」宗教裁判員開始說道，「我認爲，一名好的牧羊人得尋找迷失在黑夜、暴風雪和沙漠中的羔羊，但是如果羔羊變成了狼，假裝迷途以將牧羊人從羊群旁邊引開的話，牧羊人就得趕緊回去，並將自己武裝起來。」

「您這是指桑罵槐，教士。您想說，身披羊皮的狼是我，還是我所代表的整個翡冷翠？」

「您什麼也代表不了，阿利格耶里閣下，這一點您很快就會明白的。不過現在……您的官銜令我們關注您。也正是因爲這一點，我才戰勝了我應有的自尊，像我們的主屈尊爲卑鄙的猶大洗腳一樣來找您。」

「什麼事情値得如此這般勞您大駕？要我撤銷流放法令？」

天知道是誰將那本該在執行之前保留的祕密決議告訴了這條狗，但是發火已經無濟於事，其他的五名執政官可能已經被紅衣主教所收買。

教士的臉變得很難看，「教廷不會擔心在你們城市裡進行內鬥的人的命運，也不會要求撤銷任何法令，很快主宰翡冷翠所有城門的都將是我們的手，屆時，所有正直的人都將回到他們的祖國。不，這並不是我來找您的原因。」

「那是什麼原因？」

「我要您把一個女人抓起來——安迪麗雅，那個在通往羅馬的路上的酒館裡跳舞的舞女。」

但丁等了一會才回答，他想研究對方的表情以弄清對方在想什麼，然而，宗教裁判員面無表情。「這是爲什麼？」於是，但丁問。

「爲了讓她不再毒害別人，爲了給她戴上枷鎖，送到羅馬，對她的罪行進行審判。還有，爲了讓她歸還她不該擁有的。」

如此一來，紅衣主教就露出了狐狸尾巴。但丁在大腦裡快速地重新梳理那個現在終於得到證實的假設。只有一個原因能夠讓卜尼法斯決定插手一個卑微的舞女的事情——那個隱藏在胭脂面具之下的舞女是貝緹麗彩，帝位的合法繼承人。

面對那藏而不露的承認，所有其他假設都沒有必要了。這就是安布洛喬想在大學未來的教室裡揭露的內容？應該就是這樣。「那麼您對此的指控是什麼？」他問。

「施行巫術，違背自然。」教士滿不在乎地回答，顯然連他自己也懷疑那空穴來風的傳言。「施行巫術的指控幾乎適用於任何違背上帝意願的行爲。歸根結蒂，任何罪惡都有魔王撒旦的參與，無論他是台下的觀眾，還是活躍在台上的演員。市政廳需要有足夠的證據來執行這樣一項重要行動，特別是當它是針對一名有皇室血統的女子的時候。」

諾佛·德伊的臉上再次沁出了汗珠。「又是關於曼弗雷德的女兒的傳言……您簡直和街上的驢子一樣固執。我跟您說過，針對那個女人的指控可不是這個。」

但丁冷笑地看著對方。「可我從您的話裡聽出了您對我的斷言並不感到意外。那麼，您是爲了別的什麼原因要求我將她交到您手上？一定不是因爲她是個女巫。」說著，他靠近對方。教士的臉色變得煞白。「您指控她什麼？」但丁緊緊相逼，「請告訴我眞正的指控！」

「我們指控她偷盜。」

執政官眉頭緊蹙，偷盜？他的眼前閃過德奧菲洛借給他的、現在還躺在這個房間裡的金環。它和在城裡悄然出現的其他金環一樣，弗拉維奧閣下告訴過他的。它與安迪麗雅身上的首飾也驚人地相似。莫非，她神祕的身世背後並沒有什麼大祕密，而只是尋常毛賊的狡猾？太荒謬了！不可能是這樣的。「您這是什麼意思？」他問，以爭取時間繼續思考這一新情況。

「那女人擁有屬於教廷的東西。」

「什麼東西？」

諾佛顯得有些尷尬：「我……我不能說。」

「在翡冷翠，沒有明顯證據的罪行是不允許進行審問的……您以爲您是在羅馬？」詩人回答。

「我不能說，因爲我不知道是什麼東西。」

「什麼？」但丁震驚不已，「這是什麼意思？您連她偷了什麼都不知道，又怎麼能指控她呢？」

「我們只知道有人向她透露了一個祕密。她從聖彼得教廷的財產中偷走的正是這一祕密。」

「夠了，別故弄玄虛了！什麼祕密？和什麼事情有關係？」

「教皇切萊斯廷五世之死，也就是卜尼法斯的前任。」

「那女人知道兇手的名字？爲此，你們想讓翡冷翠市政廳將她抓起來？以防止她說出去？」

「兇手？別胡扯了。您爲何將一個聖人的寧靜之死和這個瀆神的詞聯繫到一起？」

「因爲連石頭都知道切萊斯廷是被殺死的！」但丁吼叫起來，他停頓了一下，「或者……那女人知道製造金子的祕密？這就是她從你們那偷走的東西？」

教士沒有反駁。有好一會，他似乎想再說些什麼，卻只是突然挺直了消瘦的肩膀，他的臉再次變得像大理石一樣冷漠。

「這就是我要和您說的。」說著，他站了起來，「我們相信我們的要求能夠被盡快執行。這是您改變我們對您的看法的最後機會。」

但丁一言不發。等那人一離開，他將雙手的大拇指和食指分別對接在一起，朝對方的背影做了個詛咒的手勢。「我不會把她交給你的，你這條狗。」他想。

但丁憤怒不已。那條蛇第二次落在他手裡，然而他卻沒有從他口中得到什麼確切的消息就讓他溜了。看來切萊斯廷五世之死眞的和某個詭異的祕密有關，而這個祕密從卜尼法斯的魔爪中逃脫了出來。不過，也許教廷緘默的高牆上出現了一個關於那件事的豁口。

他想起雅各．多里迪曾向他提到的關於兩位教皇之間關係的事情。建築師雅各知道的只是傳聞，而法學家安東尼奧．達．貝雷朵拉一定知道得更多。此人服務於教廷多年，他一定在拉特蘭聖約翰大教堂的走廊裡聽到和看到了許多事情。在那個蛇窩裡，切萊斯廷之死一定是流言蜚語的對象。他必須逼此人說話。

他走到杜廊一半的地方停了下來，想讓宗教裁判員有足夠的時間帶著他的隨從離開，然後自己再行動。他把目光停留在階梯上，並且聽見有人在喊自己的名字。他轉過身來，差點和正急匆匆跑來的杜奇奧閣下撞個正著。

「總算找著您了！」市政廳祕書氣喘噓噓地說，「您可眞難找。」

他從腋下抽出一個碩大的卷軸，手忙腳亂地將它展開在但丁的眼前。

「也許是因爲我忙於處理公務。」詩人冷冷地回答，看也不看那圖紙一眼。

「可是，執政官們在任期內不該離開市政廳……這您知道的。」

「那是規矩。不過，生活偏愛例外。」但丁直截了當地說，對這來得不巧的事情感到十分厭煩，「有什麼要緊事嗎？」

「我們得決定這個選址。」

「什麼的選址？」執政官低頭看了看對方不斷往他眼皮底下送的那張紙。它看起來像是一座建築的設計圖，一個長形的結構，被劃分成許多小間。那也許是一座修道院，或者是一座新的醫院。

「道路規劃主管官員堅持將它放在瓜爾丁各，就在未來的市政大廈的對面。他說，在不久的將來，那裡將成為翡冷翠的中心，應該把它建在那裡，向所有從事公共事務的市民開放，也向路過我們這裡的外國人開放，這樣他們就會告訴家鄉人我們這裡是多麼文明。」

但丁仔細觀察起圖紙來，正要提問，對方卻搶先說話了。

「這是由一個才華橫溢的藝術家設計出來的，以體面地存放市民們的收藏。這個設計方案與古羅馬的模式相似，古羅馬的皇帝不讓一切流失，現在我們翡冷翠人也將這麼做。」

詩人的眼睛注視著設計圖。不錯，入口的走廊清晰可辨。從廳堂的數量看，這一定是一座恢宏的建築，也許這座城市還有希望。他只在法國見過類似的建築，在那裡，法國國王將自己以及王室的財寶和畫作收藏展示出來，以昭顯自己顯赫的統治。翡冷翠藝術家們的天賦和才華絕不遜於法國，在這裡，為這座城市增光添彩的，將是把自己的收藏彙集到這個地方的市民個體。而在義大利，只有教皇擁有可與之比擬的收藏，這將是義大利首個對公眾開放的收藏。一座博物館。對了，這是它的正確名字。

他再次滿意地看著設計圖。「每個房間都應該只放一種藝術品，這樣，眼睛就能欣賞到人類全部的創造，有次序地逐個瀏覽不同形式的藝術珍品。是的，我也認爲最合適的建造地點應該在市政大廈對面。」

「我們還諮詢了督建大教堂的建築師阿爾諾夫・迪・坎比奧。」杜奇奧閣下回答，好像爲詩人的遠見卓識而感動。

「偉大的阿爾諾夫？你們做得很好，借助了他的智慧的光輝。」

「您看……問題是，我覺得，將開口設在廣場上不合適，最好設在後面。」

「爲什麼？」

「我覺得這有失體面，如果將來我們的行政官員撞上個別褲子鬆開的鄉下人……」

但丁困惑不解地看著他，「爲什麼有人非得在一座博物館裡解開褲子？」

「我不知道您在說什麼博物館。可是我認爲，褲子不解開，沒法解放自己。」

詩人一把搶過他手中的圖紙，快速地重新研究起來。「這是座公廁！你們想在市政大廈對面建一座公廁？」他大聲吼道，臉脹得通紅。

「不錯，這就是我們的想法。這將是一筆豐厚的收入，尿液稅收……」

「你們想將尿收集起來做骯髒的生意，就在市政大廈前面？」

「尿液可是製革所必需的……古代的皇帝也要求收集尿……」

「見鬼去吧，杜奇奧閣下，您和您的尿！如果您想收集，就摘下您自己的帽子！」但丁聲嘶力竭地喊著，一把推開杜奇奧，徑直朝外面走去。

走了幾步之後，他突然停下來，快步走回來。「將設計方案遞交給拉博・薩爾特雷洛，我的同僚。他在他的一生中收集了很多尿，現在，他有機會收集市政廳的。」

然後，他朝市政廳門外走去，經過聽到喧鬧聲而趕來的幾個驚愕士兵的身邊。

來到街上，他竭力讓自己從狂怒中平靜下來，再次思考著他的任務，在熄燈宵禁之前他還有點時間。宣告一天工作結束的鐘聲已經響過，通往聖馬可教堂的街道上擠滿了閒人。儘管街上擁擠，他還是很快就來到了法學家安東尼奧・達・貝雷朵拉的住處。他覺得當他經過的時候，路人似乎有點畏懼地給他讓路。

法學家在家，正聚精會神地埋頭寫字，桌上攤放著多部打開的法典和許多羊皮紙，和但丁第一次造訪他的時候一樣。

聽見但丁走進來，他抬起頭，「能爲您效勞嗎，阿利格耶里閣下？」

「告訴我更多您所知道的事情。」

「關於教皇的訓令？您對您的錯誤仍然深信不疑……就是關於兩個太陽的事？咱們可以再探討探討……」

「關於切萊斯廷五世。」

安東尼奧的臉一下子變得陰沉起來，似乎所言及的是個不祥的名字。「又是那個懦弱的教皇？」

「懦弱抑或神聖，這取決於……」

「切萊斯廷並不神聖，相信我。不過，他也許並不懦弱。您想知道什麼？」

「只有對教廷的事情瞭若指掌的人，像您，安東尼奧閣下，才能告訴我的消息——與所有的人認爲的相反，殺死切萊斯廷的並不是卜尼法斯。」

對方猶豫了一會，似乎這話令他倍感受用。「是這樣的。我不否認卜尼法斯早晚會殺死切萊斯廷，但他一定會在知道了切萊斯廷的祕密之後才這麼做，但這個祕密卻被眞正的兇手搶先一步奪走了。」

「什麼祕密？」

安東尼奧清了清嗓子，「無人知道。在當選爲教皇之後，切萊斯廷馬上進行了一次長途旅行，前往里昂。他在那座城市的聖殿騎士會駐地住了幾天，然後離開那裡回來接受聖職。不過據說他在那裡獲悉了一件導致他死亡的事情——這就是卜尼法斯尋找的祕密。至少在羅馬，傳言是這麼說的。」

「可是，他爲什麼認定安迪麗雅知道這個祕密呢？」詩人喃喃說道，「或者說，他認爲那女人與命案有關……」

「那個舞女，我不理解。」安東尼奧說，表情困惑，隨後聳了聳肩說：「不管怎樣，別忘了，教廷的消息來源不是直接的，但卻是有效的。如果他們認爲那女人與之有關，那麼也許眞的就是這樣。」

但丁一邊用心地聽著，一邊把玩著衣服上的一根帶子。「安東尼奧閣下……」

「您講。」

「羅馬城外的聖保羅修道院——安布洛喬和雅各在那裡工作過的——在那裡，您也參與草擬了教皇的訓令……您說過它是聖殿騎士會的一個駐地？」

「是的。和里昂的一樣，如果這是您的言下之意。」

「正是如此。順便問一句，您是否聽說過一個關於五的神祕符號，或許是五角形，或許，它和那個祕密有某種關係？」

法學家的眼睛突然一亮，就好像那些話令他想起了一個被忽略了的細節。「是的，我也聽說過，那個祕密和五的形狀有關，是一種寓意。您覺得可能是什麼？」

但丁搖搖頭。鑲嵌壁畫的五個部分，屍體上的五角形符號，來自東方的忘憂草的五種成分，腓特烈的第五個繼承人……那個數字不僅僅意味著死亡，它在朝死亡吼叫。

不知不覺地，他來到了街道上。一種焦慮不安的情緒在他內心擴散開來。命案令他著迷，可是將他的全部精神與智慧都放在一個人的罪惡行爲上，而忽視作爲人民嚮導的責任是否正確？

聖馬可教堂客房的階梯通往教堂廣場邊上的一條小路。四周的閒雜人等似乎越來越多，而嘈雜的聲音也變得越加喧囂。他想快點回市政廳以瞭解流放命令的執行情況，但是迎面走來的密密麻麻的人群令他寸步難行。

一路上，他不知被撞了多少次，無法繼續思考。最後一次，他憤怒地轉身準備回擊那個撞了他的蠻橫無理、衣冠不整的醜陋鄉下人時，對方卻已經被潮水般的人群所吞沒。直到這時他才注意到周圍不同尋常的熱鬧。從他背後湧來的人群，幾乎將他帶離地面，一直推到街道盡頭的廣場上。

越過攢動的人頭，他看見一輛停靠在廣場一側的馬車。馬車上方有個平台，上面豎立著如同風帆般鼓起的五彩帳篷。在那臨時搭建的戲台上，幾個身著鮮豔服裝的身影在不停地晃動著，台下圍滿了觀眾，不時發出陣陣喝采聲。

他無論如何也不願意和一群無所事事的人一起觀看街頭藝人的拙劣表演。他試圖鑽進街邊的店裡，然而所有的店都已經打烊了，店門緊鎖著。還沒來得及想出別的逃脫辦法，但丁就發現自己已被推搡到了馬車邊上。

「大人，這節目太精彩了！」站在他旁邊的一名觀眾大聲說，並拉了拉他的胳膊以引起他的注意。此人一定認出了他，能夠和執政官一起觀看這令人興奮的表演，他看起來很高興。詩人冷漠地猛然將手抽回來。

「這騙人的把戲有何精彩之處？」

對方似乎沒有領會他語氣中的諷刺意味。「天使與魔鬼之戰！」他興奮地解釋道，「爲了將人類從地獄裡拯救出來……快看！」

他再次拉住詩人的胳膊。但丁再次將手抽回來之後，終於決定看看那表演。

戲台的中央，一個年輕的小夥子正蹲在那裡，從後面操縱著一個布偶。那個布偶大致上像一個赤身裸體的人，製作很粗糙，可以看出他有一張臉，臉上畫著兩隻圓睜的眼睛、兩個黑鼻孔和一張嘴。嘴巴張開著，露出滿口的牙齒，看上去既像是微笑，又像是冷笑，抑或是僵住的吶喊。操縱木偶的年輕人是舞台上唯一的活人，他穿著一件普通的工作服。在他的左側有一小群演員，他們身著色彩鮮豔的長袍，臉上戴著面具，手持繫著緋紅色布條的魚叉又蹦又跳，口裡還念著咒語。他的右側則是一些身著白色長袍的天使，長袍上別著用金色布料做成的大翅膀，他們的臉上露出傻乎乎的福樂表情，正用毫無語法規則的拉丁語吟唱著讚美詩。

「天使們正奮力從魔鬼手中奪回死者的靈魂，您看！」但丁旁邊的那個人又說話了。

的確，舞台左邊一陣混亂。那群魔鬼圍住了布偶，正用魚叉戳他。那布製的身體表面多處被刺中，裂口處冒出了一團團木屑。布偶的頭劇烈地晃動著，可他的臉上仍是製作者賦予他的痛苦的驚訝表情，就好像他完全不明白這種以他為目標的外界之間的爭奪。

天使們越加努力地進行著天國的祈禱，並開始一邊四處跳躍，一邊舞動著背上的假翅膀模仿飛翔的樣子。在但丁看來，那情景不像是天使在奮力搶救，而更像是一群老鷹正在撲向死去的木偶的身體。不管那姿勢究竟代表什麼，他想，天使們和魔鬼們都得快點，因為，洩漏出來的木屑正在快速地耗盡他們爭奪的對象。

「代表七宗罪的魔鬼正在進行多麼猛烈的進攻，您看見了嗎？不過代表七美德的天使不會讓他們得逞，更不會讓他們搶走那可憐的人！」鄉民驚叫起來，那激烈爭奪的每一個動作都沒有逃過他的眼睛。

「為什麼非得將布偶從地獄中拯救出來？」執政官問，他對他的對話者堅定的神學信心感到好奇。

「您不明白？他懺悔了他的罪過！」

「這足以構成拯救他的理由？幾滴眼淚？」

「當然，只要天使願意救他。現在是決定他命運的時候了，上天堂還是下地獄。」那人回答，然後指了指位於舞台兩側的彩繪畫布。但丁循著他的手所指的方向望去，第一眼看到時以為只不過是些破破爛爛的彩色布片，現在，從近處仔細研究，原來是一些粗糙的舞台布景：製作工匠用粗糙的手法勾勒了一個大山洞，山洞的開口在一個荒蕪的、高聳的台地上，上面散布著幾處岩石和一些乾枯的灌木叢，炙熱的紅色火焰伸著長長的火舌，正從山洞深處往洞口竄出來。

另一側是淡藍色的布簾，幾片白色的雲朵無序地點綴其間。高處，一圈圈同心圓將觀者的目光引向某個不可見的點，那也是天使們正奮力跳躍飛舞而去的方向。他們正充滿熱情地想將布偶帶到那裡，然而布偶神情呆滯，似乎並不明白去哪裡更好。但丁瞇起雙眼以看清這些蹩腳的演員到底在同心圓的圓心之處畫了什麼。它看起來像是一朵花，一朵白色的玫瑰。

「那是天堂，大人！」那人注意到了詩人的目光，覺得有義務向他解釋，「您看到星星的運行軌跡了嗎？那些圓圈？」

能夠為一位執政官講解那複雜的布景是多麼叫人興奮的一件事啊。但丁冷冷地看了他一眼，「為什麼要將一朵花放在圓圈的中央呢？」

「哦，好看啊……對啦，因為上帝就在那裡！」

「可是，為什麼是一朵花呢？」

「為什麼不呢？」那人不耐煩地回答。

但丁對他的無禮感到惱怒，將目光移開了。他想到的是他寫的《花》而不是上帝的住所。也許，天堂真的像那幅滑稽的畫，拉嘉太太的「天堂」就是那樣的。或許這些街頭藝人的靈感，正是來自於在那座青樓的某次留宿。圓形的軌跡，各重星空，水星，月亮，太陽，金星，第三重天……

代表七宗罪之一的魔鬼，此前還彎腰欲抓向布偶，這時候卻突然轉身朝觀眾咆哮起來，人群中瞬間響起一陣恐懼的驚呼聲，但丁身旁的那個人也驚叫起來。詩人被嚇了一跳，魔鬼的面具如同野獸，這令他想起安布洛喬那張令人毛骨悚然的臉。

可怖的臉都是相似的，只是表現形式不一樣，他對自己說。罪惡的範圍極廣，他應該搜尋所有犯罪之地，以勾勒出一幅可以理解的圖景，繪出一幅罪惡之城與冥神所在的陰間的地圖。

他周圍的人們繼續擁擠著，嘲笑著布偶的不幸。代表淫欲的魔鬼正在下流地撓著布偶的下身，而代表貪婪和貪食的魔鬼則在裝腔作勢地做出要將之大口吞下的樣子。但丁看看四周那一張張正在起哄的臉——那些臉與那張用布和稻草做成的布偶的臉又有何區別？如果七宗罪從戲台上跑下來並在這座城市的街道上行走，那麼他們所遇到的將是如同那個布偶一樣愚昧的人。翡冷翠與在他頭部上方、在風中飛舞的布景上所描繪的地獄，又有什麼兩樣呢？地獄就像那圍牆中的城市，裡面住著罪惡的居民，一個圓圈，包羅了所有可能的罪惡與暴行。

他從腦海中驅走這些陰鬱的思緒。夜幕正在降臨，那場演出在他大腦中留下的碎片，就像安布洛喬那幅未完成的壁畫人像身上的一片片馬賽克。

他得繼續他的調查，把那兩名喬裝入城的建築師的事情暫放一旁。警長的粗心大意肯定已給了他們可乘之機，他們已不知躲到哪裡去了。自己應該去的地方是第三重天，再去一次那裡，因為罪惡的根就扎在那裡。

他想起在巴黎求學時聽過的課，關於一般概念的爭論。他在寫獻給貝緹麗彩的情詩的間歇裡，曾對這一爭論充滿興趣。

「不錯，」他想，「不存在全體的統一體，就像柏拉圖關於『馬』的概念，它概括了所有馬的普遍特徵，是上帝在思想世界裡直接想出來的，一般概念只是大腦對事物的抽象概括。」

不存在一個盲目的、非個人的兇手，他對此很確定。兇手只有一個，得把他找出來。可是，他是誰？爲什麼殺人？而且，爲什麼兩次作案的手法都是如此野蠻和兇殘？邏輯告訴他，他得同時找到這三個問題的答案，否則就將無功而返。

他的額頭在燃燒，又有一個新的念頭冒了出來——直到那一刻爲止，他一直在尋找能夠解開那三個謎團的唯一答案。但是那手上沾滿鮮血的兇手可能是出於某種罪惡的動因而殺人，卻爲了別的目的而選擇了那種兇殘的方式。到現在爲止，他的調查之所以失敗，是因爲他一直認爲犯罪的形式與兇手的心理之間有某種邏輯上的相似，那殘酷的犯罪現場令他以爲它與某種邪惡的宗教儀式有關，此前，他從死者不自然的姿勢中，讀出的是對基督教永恆安息的令人恐懼的顚覆，以及兇手想在死者死去之後仍繼續控制他們。

可是如果兇手的動機並非如此，那麼他的目的又是什麼呢？或許，兇手試圖以其邪惡的方式來完成安布洛喬未完成的作品？

第十八章

同一天，黃昏

但丁第五次邁進酒館那低矮的門檻，走向第三重天的成員們所在的桌子。他快速地掃視了屋內一圈，所有的成員都坐在他們的位子上低聲說話。他們表情嚴肅，室內氣氛很壓抑。他們臉上的皺紋好像加深了，似乎在一夜之間都蒼老了許多。只有契科・安焦利埃里依然是一副悠然自得、玩世不恭的樣子，他正和鄰座的人說笑著。詩人注意到，此人已經完全被第三重天成員接納了。

他們臉上的表情令詩人再次覺得他們就像一群知識動物在聚會，而契科・安焦利埃里則像一條新來的蜥蜴。然而德奧菲洛那空著的座位提醒著一個信息：在這群動物當中隱藏著一隻更兇殘的野獸。

連巴爾多也顯出侷促不安來，沒有像平時一樣快速、殷勤地走到桌前，相反的，他更像是在和他們保持距離。但丁不得不多次招呼他，經過再三催促，他才走近前來爲詩人倒酒。

詩人舉起酒杯，一飲而盡。

第一個開口和詩人說話的是契科・安焦利埃里，仍是一如既往的戲謔語氣，「怎麼，您開始寫您的《饗宴》了嗎？就是您以前提到過的集智慧之大成的那部作品。」

但丁再次讓巴爾多為自己倒酒，等巴爾多把酒倒滿，詩人雙手端起酒杯，雙唇緊閉，一動不動地保持著那個姿勢，「沒有。那部幾天前我覺得非常應景的作品，在幾個小時之前，卻令我覺得興味索然。我現在考慮創作的是另一部作品。」

「噢，您這部新書將談些什麼呢，阿利格耶里閣下？」維涅洛插話了。

「關於您最擅長的事情——旅行。」

「一次旅行？我原來還不知道您發現了旅行的快樂與險惡呢。它將談到哪些國家？」

「我將寫一座城市，一座充滿痛苦的城市。我將系統地描述我在其城牆之內所發現的數不勝數的罪惡和少得可憐的善行，無窮無盡的瘋狂和與之鬥爭的美德的勝利——這就是我的作品《極端犯罪》。我要用現在流行的通俗語言來寫。」

「善與惡，美與醜？這將是一部驚世駭俗之作！」契科．安焦利埃里爆發出一陣大笑。

「是的，一部喜劇……從某些方面來講，是的。」詩人喃喃說道，若有所思的樣子，「不過，現在不是長談我的寫作計畫的最佳時機，我覺得在這裡找不到你們通常聚會的歡樂氣氛。」他繼續說道，沒有特別指向某個人。

在場的人都機械地將臉轉向他，就像節日慶典中放在馬車上用繩子拉動的木偶腦袋。

「當然，德奧菲洛的死打破了第三重天的和諧，使之失去了一顆閃亮的星星。我能理解你們的悲痛。」執政官繼續說。

「先是安布洛喬大師，然後是德奧菲洛，」奧古斯蒂諾的聲音變得斷斷續續，「德奧菲洛也……爲什麼？」

「爲了達到目的，死神有時候會兜一個大圈子，」維涅洛說，眼睛仍盯著自己的酒杯，「我們清楚地看著他出現在右邊，他卻出乎意料地從左邊冒了出來。」

其他人仍默不作聲地看著但丁，那壓抑的氣氛變得越來越明顯，印在他們臉上的動物特徵也越加清晰可見。

「一種與你們緊緊相隨的恐懼將加深這種悲痛，令之越發無法忍受。」詩人冷冷地補充道。氣氛變得更加壓抑了，一層悲哀的面紗籠罩了所有人的臉。

阿斯克利的契柯終於打破了沉默：「恐懼……在我們當中？您言下之意是那毀滅了第三重天兩位優秀成員的、喪失理智的暴行？那造成了這重大損失的邪惡力量？」

「我指的是你們當中殺死了安布洛喬和德奧菲洛的那個人——他以罪惡的行爲和邪惡的、智慧的力量，奪走了那兩條本該由上帝決定的生命。」

他的指控沒有引起任何反應。他們每個人僅僅將眼睛略略移向鄰座的人，爾後，就只盯著自己的前方發愣。似乎，他們知道那張桌子邊上坐著一名兇手，但是對此卻都很漠然，或者，那表情是作爲兇手同謀所表現出來的罪惡的團結。

一直用握緊的拳頭托著下巴的阿斯克利的契柯開口說道：「您言之有理，阿利格耶里閣下。我們所有的人都這麼認爲，您不是唯一深入調查這個謎團的人，我們的良知也備受所發生的事情的折磨。和您一樣，我們也在運用我們的智慧艱難地查找事情的眞相。然而，就像您的智慧沒有找到答案一樣，我們的智慧也幾乎沒有能夠獲得任何結論。只有一個痛苦的結論除外，即死神妨礙了一項足以爲這座接納了我們的城市帶來榮耀的、雄心勃勃的計畫的實現，安布洛喬和德奧菲洛的先後被害，標誌著翡冷翠大學的終止。」

「你們要把大學關了？」但丁問。

「是的，阿利格耶里閣下，」布魯諾接過話來，「不過，不僅僅是因爲令第三重天受到重創的悲劇，還因爲這座城市尚未具備我們所夢想的創立大學的條件。市政廳對在此設立一座不以商業利益爲目的的學術中心毫無興趣，卜尼法斯已下令在羅馬成立知識大學。帕多瓦和波隆那又離得太近了，這兩座城市裡的大學對你們的年輕人具有很強的吸引力。我認爲，即使沒有魔王撒旦之手的介入，第三重天也會變得暗淡無光。」

但丁覺得心中的怒火在上升。這麼說，令他們憂鬱悲傷的是大學開設計畫的失敗，而不是連環謀殺案？他將目光投向酒館深處，尋找著安迪麗雅。一群由一個蠱惑人心的女巫所領導的虛僞的人，他們的感官爲一個妓女而興奮，他們的計畫得到陰暗神靈的輔佐。而且他們當中還有一個行兇者，也許不止一個。現在他們想關門大吉，就這麼簡單。

「你們打算回你們的家鄉？可是這座城市正在快速擴大，新城牆以內將能容納十萬人口。許多大型建設項目的地基也已經打好了，義大利全國各地的工匠都來參加建設這座新的雅典城——市政廳會支持你們的計畫的。昨天好像有兩名鑲嵌畫建築師從北邊的城門進了城，也許他們會重新開始並完成安布洛喬未完成的作品。」

他沒有特別針對某個人說這番話，不出所料，無人應答。詩人繼續觀察著他們的表情。他敢肯定，他們當中至少有一人已知道了此事，但每個人都顯得鎮靜自若，好像什麼也沒發生過一樣。

只有維涅洛關注到其中包含的信息：「兩名鑲嵌畫建築師？」

「這地方將今非昔比，美女也將棄之而去。」奧古斯蒂諾自顧說著，「您不知道美若天仙的安迪麗雅要離開翡冷翠嗎？」

但丁猛地站了起來，「那個舞女？您肯定？」他的聲音因激動而變得沙啞起來，他咬著嘴唇，讓其他人看出了他內心的情感波動，這使他感到既後悔又懊惱。「沒有市政廳的許可，誰也不能離開這座城市！在我將兇手抓進斯汀格監獄之前，誰都不能離開！」他大聲說道，並且盡量讓自己的話聽起來不容違背。

「那個女人要走了，巴爾多告訴我們的。巴爾多就像一隻被棍棒揍了一頓的狗，他那悲哀的神情，就是這一消息眞實性的最佳證明。至於斯汀格監獄，您眞的認爲她那雙溫柔的手會沾上鮮血？」

那個該死的酒店老闆竟然將他蒙在鼓裡！眞該把他交給宗教裁判員，讓他們取走他倖存的那隻胳膊，讓那該死的惡棍腐爛在監獄裡——那裡，死神將第五次也是最後一次來造訪他。

「您知不知道她要去哪兒？」他問，竭力擺脫那紛亂的思緒。

一絲陰影掠過奧古斯蒂諾的臉，他與其他人交換了一下眼神。「誰知道呢……也許去她眞正的情人那裡，」他的聲音裡帶著一絲嘲諷，「那個魔鬼……」

「在上帝那沒有時間區別的眼睛裡，難道天使和魔鬼不可能是一樣的嗎？」布魯諾說，「在上帝心中，一切不都是無所不在的嗎？冥王雖然迷失在地獄裡，不也享受著七弦豎琴的優美樂聲嗎？莫非時間只是我們的一種痛苦的幻覺？折磨我們的只是我們那受騙的感官？無論是天堂裡的天使，還是地獄裡的魔鬼，安迪麗雅都是光芒四射的……」

「因爲上面和下面是一樣的，」阿斯克利的契柯喃喃地說，「天空中也燃燒著呑噬火山之腹的火焰。」

維涅洛一聲不吭，專注地凝視著手中緊握的酒杯的杯底。聽到那些話，他回過神來。「是的，大海深處波濤洶湧的水流和空中鼓起風帆的氣流也是一樣的。不錯，的確如此，諸位，下面和上面是一樣的……我親眼見到過。」他再次將臉埋入酒杯中，想驅散某種悲傷的回憶。

但丁堅信他話裡有話，第三重天的人似乎都開始用暗喻的方法來說話。「可是，即使在上帝心中，已發生的和即將發生的事情之間毫無區別，因爲聖靈具有無所不知的能力，」他說，「作爲人類，我們的能力是有限的。我們必須承認，有兩個人被殺死了，他們在塵世中的旅行被中斷了，他們的時間被掠奪走了——這種行爲等於向上帝尋仇。」

「復仇是我的，寬恕也是我的，永恆的主說，我禁止其他人碰該隱。」維涅洛低聲說。

「復仇是他的，寬恕也是他的，而正義是我們的。我們有責任在賦予我們的有限時間中重建正義的秩序，那被罪惡所破壞的秩序。」

「您似乎對這個充滿不幸的星球上正在耗盡的秩序很在意，然而……」阿斯克利的契柯將酒杯放到桌上，眼睛盯著在火光的反射下閃閃發亮的金屬，好像那明晃晃的光芒吸引了他的全部注意力。他沉默著用手指撥了一下酒杯底部使之緩緩轉動起來，他的眼睛亦隨之轉動。突然他又變得敏銳起來，「然而，所有活著的只不過是存在於天空中的蒼白再現。」他總結道。

「您指的是上帝的榮光？」但丁問。

「我指的是星辰的無窮力量，它們在空中運轉並將我們拖入其軌道的漩渦中。它們是天地萬物眞正的基礎。它們使我們成爲我們現在的樣子，我告訴過您的。」

「但是，在天體的穹頂中不存在束縛我們的精神的鏈條。我們的精神可以無拘無束地自由選擇和提出渴求。您的推理不但是瀆神的，而且是有缺陷的。看看您的四周，這座酒館裡的一切：肢體的舞動，精神上的激情，情感的波動，您自身不可預見的反應，難道不是我所支持的事實的最佳證明嗎？指引人類的不是一種瘋狂的、預先設定的秩序，星辰的力量只傳遞一種微弱的傾向：他們必須以正直的行爲來幫助實現上帝的設計圖，而尋找正義意味著爲上帝的意願鋪平道路。」

「您錯了，阿利格耶里閣下。您將星辰的力量限定在了宇宙最低等的空間，命運安排我們生活於此的空間。但是，在我們頭頂以及我們腳下，這種力量則以百倍的強度爆發。地球深處的岩石蘊藏著的不正是這種力量嗎？深藏於地底下、幾乎與我們的地球自身的核心熔爲一體的鑽石，難道不是礦物之王嗎？鑽石的形成不正是因爲它位於地球深處，在那裡，被地球表面束縛的光線被成倍地放大了，就像鏡片的焦點正處於光源與光線最大處的中間？」

「您想說的是在天空中極爲強大的行星的力量，在地球表面的時候是較弱的，而越往地底深處去就變得越強大？」

星相學家兩眼發光：「當然是這樣的，在地球深處我們就像上帝。」

「上帝將光明與黑暗、陸地與海洋分開！他賦予我們光明，讓陸地成爲我們的王國，讓黑暗與海洋布滿怪獸。地球的深處不是樂土，而是魔王撒旦的老巢！」詩人憤怒地駁斥道。

「那麼，如果不是在一切匯聚之處，力量最強大之處，天使之王又該到何處尋找棲身之處呢？」

但丁怒不可遏，他正要反駁那荒誕的理論，突然一個念頭掠過他的腦海。

他想起了聖猶大教堂地下室裡的符號和賈內托提到的晦澀難懂的冗長禱告。他盯著星相學家那張鷹一般的臉，莫非在地下深處尋找星星光芒四射的力量的正是此人？迴盪在聖猶大教堂那恐怖的地下通道裡的正是他的聲音？

而安布洛喬呢？德奧菲洛呢？是什麼力量奪走了他們的生命？

如此簡單，如此邪惡……這不是一項針對翡冷翠、教廷或圭爾夫派的陰謀。第三重天的成員策劃的是針對上帝的陰謀。

他緩緩地站起來，眼睛掃過在場所有人的臉，「你們也支持法蘭西斯科的看法？」他冷冷地問，「你們所有的人？」

布魯諾激動地跳將起來，正待回答，突然從酒館門口傳來一陣激烈的吵鬧聲淹沒了他的聲音。

一群全副武裝的男子闖了進來，靠近門口的顧客驚惶失措地躲開，還帶倒了身邊的桌椅。

但丁轉過身來，他的手伸向藏在身上的匕首，利用眼睛的餘光在大廳中尋找可以逃生的通道。

當他看到那貌似頭目的入侵者時，鬆了一口氣。一個粗壯的男人，身上穿著笨重的盔甲，正大聲呵叱著命令眾人閃開。他的眼睛表明他要找的人是但丁。詩人越過亂作一團的顧客們，快步朝他走去。

「也許是上天讓您來這裡的，警長。」他說。如果他想抓住舞女，並確保其他人無法逃走的話，這些士兵來得很及時。他正要下達命令，警長一把抓住他的胳膊，臉上滿是痛苦的表情。

「阿利格耶里閣下，我需要您，或者說，我需要市政廳的權威。爲了抗議流放的命令，契爾基和多那迪兩派在老橋那邊打起來了。我正準備帶手下的人趕過去，但是有市政廳權威人物在場是必不可少的。您看，我將您的徽章帶來了。」

一個衛兵走近前來，將有著刺繡的官帽和鍍金的權杖交給他。

「你們爲何不找我的同僚？」詩人口氣生硬地問道，從衛兵那汗涔涔的手中一把奪過官帽和權杖。

「我試過的……可是，他們……」

「什麼？」

「他們不想知道這事……我覺得他們是害怕。」

「害怕一群無賴的爭鬥？」

「不……他們害怕那會是一場謀反……」

但丁強忍住差點脫口而出的怒斥。他想痛斥懦弱的同僚們，痛斥連對付一場普通的爭鬥且不驚動執政官都做不到的警長，話到嘴邊又嚥了回去，因爲此人的目光令他意識到事態或許眞的非常嚴重。

他不該低估危險的。如果白黨和黑黨的衝突在流放派別頭目的公告實施前爆發的話，整個翡冷翠就將陷入混亂中，這將令卜尼法斯有干預的藉口，他或許會讓法國國王出兵，後者正等著將自己的口袋裡裝滿弗羅林金幣呢。不行，必須不惜代價地避免這一切的發生。

他急忙戴上官帽，命令士兵們跟著他，徑直衝向門口。他朝第三重天的成員們投去了最後一眼，而那些人則對發生的這一切視若無睹。

他會回來的，特別是為了他們當中的一個人。

第十九章

同一天，宵禁信號發出之後

在不動用守衛城門的士兵以及消防部隊的情況下，警長召集了該城區所有的士兵，總共四十來人——這一數目可能太大也可能太小，關鍵在於事態嚴重與否。

大家朝著老橋方向奮力跑著，直到力氣不支才停下來喘口氣。

「他們爲什麼打起來？」但丁在一次短暫休息中問道。

「有人走漏了關於流放派別頭目的消息。契爾基和多那迪兩派就動起了武——都是爲了保護自己人，攻擊敵對的另一派。」

詩人憤怒地捏緊了拳頭。其他執政官中有人走漏了風聲——這正是引發騷亂的導火索。他看了看隨從的衛兵，憂心忡忡。如果契爾基家族和多那迪家族兩派的人馬全部出動的話，警長手下的這些人是完全不夠的，因爲僅多那迪家族就能召集五百人之多的武裝力量。

那麼他將不得不召集弓弩手部隊，甚至向阿誇斯帕達的雇傭軍請求支援。那樣一來，那條毒蛇一下子就能實現他心中蓄謀已久的計畫。最好還是讓翡冷翠陷入火海中，但丁想。他想起存放在阿爾諾河邊磨坊附近的木材。如果那群人忙於從火海中搶救自己的財產，他們或許就會平靜下來，不再鬧事。

他很快就打消了孤注一擲的念頭。拐過阿爾諾河畔最後一個彎之後，喧鬧聲變得越來越強。遠處隱約可見正處於對峙中的兩隊人馬。他停下來，彎下腰喘著粗氣。這種夜間的打鬥很奇怪，他想，因爲在夜裡，騷亂雙方都無法痛快地公開咒罵對方，選擇最痛恨的敵人，利用政治衝突發洩私憤。

他覺得一定是有人故意挑起騷亂，其目的在於掩蓋某種更爲嚴重的事情。

「是誰製造騷亂的？」他問身旁氣喘噓噓的警長，對方還沒有回答他就已經知道，不管答案是什麼，這問題都是多餘的。兩派之間的對立早已到了一觸即發的地步。

「流放派別頭目的命令……草率的行動……我們該如何收拾這個爛攤子？」警長的聲音裡帶著哭腔。

「你懂什麼市政廳的政策，傻瓜？你知道你腳下的泥土下面有什麼在蠢蠢欲動嗎？」

那傢伙竟敢質疑他的決策。難道繼那些混帳執政官之後，他還得設法說服這個傢伙？他好不容易才抑制住伸手往那傢伙脹紅的臉上抽幾個耳光的衝動。

他自己心中也很不安——那條流放命令是拯救已陷入絕望中的形勢的最後一搏，這是冒險的做法，他只是希望能夠重複三十年前的奇蹟。當時圭爾夫派與吉伯林派之間的衝突令翡冷翠陷入水深火熱之中，所幸翡冷翠安然度過了那場紛爭，但是那時幸虧有強大的法里納塔・德里・烏貝蒂和機敏的莫斯卡・德・蘭貝蒂，這座城市才得以重獲和平。

而這次誰能拯救這座城市呢？所有的希望都只在他一個人身上了。當然，這一定是阿利格耶里家族的任務，由他的指明星告訴他的任務。

「頭腦簡單的傢伙，你認爲這是因爲我誕生於雙子座，難道不是這個原因？」

對星相學一竅不通的警長顯出一派困惑的樣子，他移到了離但丁稍遠一點的地方。

河堤的對岸，黑黨的黨徒們正向河岸這邊的白黨發動攻擊。白黨的人聚集在老橋附近的河堤斜坡，手裡晃動著火把。人數比他擔心的要少，觀察了一會之後，詩人鬆了一口氣，也許形勢尚能控制。

「怎麼知道他們是黑黨？」他朝警長大聲問道。在淡淡的月光下，只能勉強看見對岸的混亂人群——他們也可能是傳聞中神祕的吉伯林派。

「我們看見了他們的旗幟，上面有聖喬治的畫像，而我們的人舉著的則是施洗者的畫像。」警長回答。

幾塊石子呼嘯而來，從但丁身旁飛過，猛烈地撞擊著店鋪的木板牆，他急忙躲到橋頭高處一尊殘缺不全的戰神雕像後面。突然，對岸亮起了一道強烈的光束，好像無數的火把彙集到了一起。顯而易見，黑黨是想讓對方看清自己的表演……果眞如此。他們當中有人甚至鬆開了褲子，背過身露出臀部，擺出侮辱白黨的姿勢。

通道中央出現了一個騎馬的男子，此人身材肥胖，頭部碩大，長著濃密的白色絡腮鬍。見到此人，但丁的臉色刷地一下變得很陰沉。雖然距離甚遠，火光搖曳不定，他還是一下就認出了這個人。

「該死！」他身邊的警長罵道，「科爾索‧多那迪，這幫強盜的頭子。他不是來平息騷亂，而是來火上澆油的，讓手下人攻打市政當局。得給他點顏色看看，讓他嘗嘗比薩人的玩笑……」

「比薩人怎麼做？」但丁心不在焉地問。

「對付像他這樣的人？他們會將他關在一座圍起來的塔樓裡，要不，他們會將他吊在船的桅杆上，塗上樹脂，這樣，他就能在那上面待得久一些，而不會腐爛，他們會將他埋葬在空中的，那些野蠻人！」

但丁想起烏哥利諾伯爵可怖的下場，他和他的兒子們被活活囚禁在穆達塔樓裡直到死去。科爾索‧多那迪的下場也應如此……這樣，他受折磨的時間會長一些，這樣也可以殺一儆百，告誡其他人。

一束光掠過他的大腦，如此強烈，以至於他以為自己被扔過來的石頭擊中了，那畫面極其清晰地出現在他的腦海中。他以前怎麼沒想到呢？他們將之埋葬在天空中……上面和下面是一樣的……不是這樣說的嗎？莫非這就是他費盡心思尋找的阿里阿涅的毛線⑳？在那一刻，他清楚地看到了一切：五角形，金星，他所知道的關於星星的知識。

他得馬上回到酒館讓人把兇手抓起來，對他施以酷刑，讓他開口供認一切。是那個人，一定是他！他掉轉頭，想命令衛兵這麼做，但又忍住了。只是彎下身子躲到雕像後面，石塊正連續不斷地擊過來。

是內心深處的某種東西制止了他的想法。使用酷刑作為獲取真相的首選辦法，一直是他所唾

⑳註：古希臘傳說，阿里阿涅利用一個線團將雅典王子忒修斯從迷宮中拯救出來，免於被一頭貌似公牛的怪物吃掉。

棄的——他不願意將之運用到第三重天的成員身上。這不是出於基督教的憐憫，不，犯下那兩宗命案的人已經背叛了他的善良本性，將上天賦予的智慧用在了罪惡上。

不，不是因爲這個。兇手向他發出了挑戰，他將一切放到了命運的天平上，他企圖用手遮住但丁的雙眼，堅信但丁無法發現眞相。

要戰勝這樣的挑戰，必須運用智慧而不是劊子手的鐵塊。如果他不得已承認不知道兇手犯罪的原因，那麼戴著枷鎖的兇手那冰冷、嘲諷的目光就會將他燒焦。到現在爲止，他還不知道兇手犯罪的眞正動機。

他堅信他知道罪犯的名字，此人一直隱藏在第三重天中。也許謀殺的原因能在此人的藏身之處找到……他必須不惜代價找到此人。他猛地從藏身的雕像後站起來，朝對岸奔去。

「您去哪兒，大人？」警長驚恐萬分地在他身後大喊，「那邊都是黑黨的人！您瘋了？」

但丁已朝老橋走去。造反者的聲音此起彼伏，越發喧囂。

「您爲何跑向他們？您在逃跑？您也想逃跑？」

詩人繼續向前跑著。警長會爲侮辱他的話付出代價的，但不是現在，現在時間不允許。

他想起兒時與夥伴們在老橋上玩耍的情景。他記得在橋拱中央有一家皮草店，那是一家經常散發著難聞的馬尿氣味的皮草店。店後面有一座樓梯，從那裡可以爬到那些商店的屋頂，並且能沿著屋頂過橋，從那群正在下面叫囂的混蛋的頭頂上走過去。他已經很多年沒有想起那座樓梯了。幸運的是樓梯還在，不過……遠比他記憶中的更破爛不堪。他希望它能承受得了他的體重。

橋的另一側，黑黨的黨徒們發現了他的行蹤，看到他從屋頂朝己方奔來，還佩戴著執政官的官帽。起初他們以為他正在指揮進攻，於是紛紛向後撤退到河岸的斜坡；然而當他們發現他是孤身一人時，就又再次聚攏過來。但丁飛快地朝樓梯上方攀爬，又朝下方的商店湧來。

他剛爬上屋頂，在橋中央的開闊地帶就出現了第一個黑黨黨徒，此人正用矛瞄準他。他朝對方扔了一塊屋頂的木板，起身跳到下一家商店的屋頂。在他體重的壓迫下，木板吱吱嘎嘎作響，所幸還能承受住他。他又躍向第三家商店的屋頂……他腳下的黑黨的人有些暈頭轉向，似乎還在猶豫，這恰好給了他足以到達最後一家商店屋頂的時間。他從他們身後跳到地面上，那一刻，他們才弄明白了他的計謀，手持長矛朝他奔來。

但丁在地上滾了一會才停住，強忍著疼痛站起身來。再也不像當年那麼敏捷了，他痛苦地想。看看四周，竭力在黑暗中辨清方向。他發現右邊出現了一個黑壓壓的陰影，這黑影正朝他衝來。

起初，他還以為是一隻半人半馬的怪物正在撲向他，隨後他發現不是這麼回事，是科爾索·多那迪來到了斜坡。科爾索猛地一拉馬嚼子，他的戰馬咆哮起來，朝但丁猛衝過來。科爾索的貼身衛兵們也跑來援助，最危險的是三名身著厚重盔甲的士兵，他們也朝著但丁衝來，個個伸出手想抓住他。

他認出了他們身上的鎧甲，原來是阿誇斯帕達的雇傭兵，其中一個正是在教皇特使府邸前的階梯上侮辱過他的那名雇傭兵頭目。就像他一直懷疑的，這幫狗雜種已開始幫助黑黨助紂為虐了。他們隨時會將他劈成兩半，以除掉一個發現了他們的罪惡行為的證人。

他覺得自己像一隻身陷貓爪的小老鼠般不知所措。在斜坡的旁邊有一道狹窄的階梯，他敢肯定它是通到河岸下面的，於是飛快地奔向那裡。他險些被一根朝他頭部襲來的鐵棒擊中，幸虧躲得快，幾乎同時，一隻手抓住了他的胳膊。

他掙脫了那名士兵的手，快速地跳下那道階梯。那名雇傭兵身上笨重的盔甲妨礙了他的行動，在慣性的作用下，又被恰好在黑暗中來到斜坡邊上的兩名同伴絆倒，他們三個人跌倒在一起，扭成了一團，向下滾了好幾級階梯才停下，他們只得用身體對付那硬邦邦的石頭的撞擊。

但丁第一個到達階梯底部，急匆匆地朝卡拉伊亞橋那邊的一間水上磨坊跑去，僅比追過來的那三名士兵快了一點。

「該受詛咒的流氓！」在跑起來之前，但丁朝那幾名掙扎著爬起來的士兵罵道，「該死的惡棍，婊子養的！」他用盡全身力氣痛罵著，同時做了個侮辱他們的手勢。「你們會爛死在地獄裡的，狗雜種！」

其中兩名跌倒在地的法國雇傭兵還在掙扎著站起來，而他們的頭兒，那個圓滾滾的胖子已從橋墩旁邊探出了頭，一雙小眼睛正在搜尋著但丁，恰好迎面接收了但丁的詛咒。他咧開嘴巴，露出了一口歪歪斜斜的黃牙，十分厭惡的說，「他在罵我們，那個外國佬！他在詛咒我們！抓住這個巫師！」

那幾個人急忙停止了嬉鬧，用手劃著十字架，祈禱上帝保佑驅走厄運，然後再次抓起長矛，追趕但丁來。但丁竭盡全力沿著河邊飛奔，他的腳踩在淺水中，濺起片片夾帶著泥巴的水花。

他氣喘噓噓地奔跑著，咒罵聲和鐵質盔甲的撞擊聲從他身後傳來，就像一群打鐵工人跌倒在崎嶇不平的下坡路上。他顧不上回頭看看發生了什麼，只是繼續竭盡全力向前跑。

他開始覺得有些喘不過氣來，一陣疼痛又不期然向他的腹部襲來。也許追兵們要比他年輕，他絕望地想。然而，他無論如何也不能讓自己落到他們手裡，否則翡冷翠就沒有希望了。那騷亂是針對白黨的第一步行動，就像賈內托所預言的。那個象徵厄運的可惡傢伙，就該讓他在斯汀格監獄裡被撕成碎片，讓那無用的傢伙見鬼去吧！

在他前方幾步遠的地方，他發現右側一堵牆上有道裂縫，他擠了進去，心裡祈禱著不要被路過的追兵發現。

蜷縮在黑暗中，心提到了嗓子眼，他聽見追兵的腳步聲漸漸遠去。雖是夏日酷熱難耐，一道冷汗還是沿著他的脖子流了下來。腹部因跑動引起的疼痛幾乎令他無法直起腰來。

他希望死神的鐮刀能夠放過他，只是一動不動地躲在那裡，擔心再次聽見沉重的腳步聲和吼叫聲。那幫混蛋早晚會發現上了當而原路折回的。他得盡最大努力，利用這暫時的優勢找到一個安全的藏身之處。

但丁思考著是否應該回到大路上並去古羅馬城門那裡，但是又擔心其他雇傭兵會在科爾索那頭野豬的帶領下追過來，如果那三名士兵也同時掉頭回來的話，在他們的兩面夾擊下，躲在那道狹窄縫隙裡的他將無異於甕中之鼈，再無逃生之路。

突然，他發現背後有個身影，他猛然轉身，準備來個魚死網破。可是在陰暗中，他認出了契科·安焦利埃里的臉。這怎麼可能？剛才此人還和他一起坐在酒館裡。契科一定是緊隨他之後離開，並設法來到了河的對岸，但他是怎麼到那裡的？他不可能比但丁更熟悉翡冷翠。

契科身著一件皮盔甲，戴著一個插著羽毛的頭盔，手裡舞著一把用於馬上搏鬥的短劍。他看起來就像是一個復活了的聖馬利亞廣場上已經倒塌的古羅馬雕像，既可笑又可怖，但丁想。

「契科！」但丁喊道，「促使您來到翡冷翠的偉大事業就是這個？那將改寫歷史的事業就是投靠黑黨，爲虎作倀？」

對方抬起下巴，像是爲了看清但丁：「爲虎作倀者總有一個暖和的角落可以待著，而且不必像其他人一樣付錢——我說的是在翡冷翠這朵你我心中的甜美之花裡面！」

「您站在教皇那邊，契科？」詩人問，難以置信的樣子。

「那您認爲呢，但丁閣下？聽我說，到我們這邊來吧。」說著，他伸出一隻手搭在但丁的肩頭。

但丁猛地推開他，本想再說些什麼卻又放棄了，他轉身朝目的地奔去。「我不能這麼做，我的朋友，我和罪惡有個約會。」他頭也不回，一邊跑一邊大聲說。

「如果你們——您和其他的執政官，喝下那葡萄酒的話或許會好些。那樣您現在就會在做夢，而不是不得不睜開雙眼，保持清醒。」

一名雇傭兵弓弩手出現了，他把箭搭在弦上，單腿跪下，瞄準了但丁的後背。

契科．安焦利埃里把弓向上一推，射出的箭改變了前進的方向，越過了正在遠去的但丁的頭頂。「住手！他的話已經爲他自己掘好了墳墓，」他指著詩人說，「他將葬身在那裡。」

但丁用盡力氣跑著剩下的路。他一邊跑一邊大口大口地喘著粗氣。現在看來，那騷亂對他採取的行動反而有利了。沒有人能夠越過老橋上正在打鬥的人群，而繞道卡拉伊亞橋過河則需要很多時間。

他知道該往哪裡走。他很快就認出那份關於第三重天成員的報告中所描述的那座殘缺不全的塔樓。路上空無一人，路邊的圍牆沒有窗，此前僅有的幾扇窗戶也在最後一次騷亂中被填上了磚頭，僅剩拱形的輪廓。塔樓的圍牆下方有一個出口，被人用木頭和鐵釘封死了，而石頭砌成的圍牆上，沒有其他支撐點可以幫助他到達那扇至少有二十英尺高的豎框窗戶。

一時間但丁有些不知所措，用身體撞了撞木門，那扇門看似很堅固，其實不然。在他身體的撞擊下，門開始晃動起來，可能門後只有一根簡單的插銷，或者木頭和那座建築一樣古老，裡面已經被蟲子蛀空了。他又用力推了推，門又往裡頭移動了一些。

只聽一陣清脆的斷裂聲，門哐噹一聲敞開了，門板竟然從鏽跡斑斑的合葉上脫落開來，散了架似的跌落到了地上。他不得不用力扶住門框以支撐住身體，否則他也會隨著一起跌倒。他面前的是一間沒有窗戶的房間，裡面空空蕩蕩。房間的另一頭有一道狹窄的石梯，從敞開的門口透進來的微弱月光，勉強讓他在那狹小的空間裡辨清方位，牆上的一個壁龕裡有盞油燈。

他取出口袋裡的火鐮和引火索點燃那盞燈，才看清了地面。他迅速走上樓梯，來到二樓。樓板在他腳下發出吱吱呀呀的聲響，他希望它們能夠比那扇門牢固些。樓上的房間幾乎和底樓的一樣空蕩蕩。只有一張簡陋的木床，床上鋪著一條整潔的麻布床單。床單散發著一股淡淡的清爽味道，夾雜著女性的體香。那味道誘發了他的記憶，他的眼前彷彿又出現了安迪麗雅迷人的胴體。這就是她的藏身之處，那個將窩築在這座破敗不堪的塔樓裡的男人的住所。她的祕密情人，那個巴爾多所憎恨甚至畏懼的男人。皮婭特蘭的話似乎又在他耳邊回響：「沒有人愛您……」

他憤怒地揮手驅散那浮現在腦海中的畫面。他會讓她和他都受到懲罰的。房間的角落裡放著一個裝著女性衣裳的箱子。他將手伸進那堆柔軟的衣服中，就好像在撫摸著安迪麗雅的秀髮。她的體香再次向他襲來，衝進他的鼻孔，控制了他的思維。

一陣眩暈，他覺得時間剎那間停止了。著魔的感覺越加強烈，魔鬼正是在正直的直覺較不敏銳的地方開路，透過植物性靈魂侵入人的心靈。這樣，對於時間與空間的認知亦隨之減弱，幻覺隨之產生，並對大腦進行干擾……這些是最直接、最易辨認的症狀表現。知道自己著了魔是否足以將他從沉淪中挽救出來？她凝視過他，在酒館裡。他能否逃脫那個有著古銅色臉龐的、地獄裡的女祭司的詛咒？

他將臉埋在手中捧著的衣裳裡，深深地呼吸著那香氣。也許，那些衣裳浸潤了某種有魔力的藥水，他殘存的理性告訴他。

他覺得自己的感官已在一場與幻覺的鬥爭中輸得一敗塗地。然而，某種意想不到的東西，令他從愛情的狂熱幻覺中突然驚醒，回到現實中來。

他聽見腳下傳來一陣金屬跌落的聲音，某種東西在樓板上滾動，原來是安迪麗雅的一隻手鐲。他放下手中的衣裳，彎下腰，撿起手鐲。手鐲沉甸甸的分量令他十分驚訝。

那個女人肯定知道製造金子的祕密，否則她不會將如此貴重的物品隨意放在一個沒有加鎖的箱子裡。他瘋狂地將箱子裡的物品扔到地上，尋找其他珠寶。與那些昂貴的絲綢與亞麻衣裳混雜在一起的，還有好幾十個一模一樣的金手鐲——那只箱子簡直就是一座寶庫——他將它翻了個底朝天，把裡面的物品都倒了出來，隨著一陣叮鈴噹啷的響聲，一個個金燦燦的手鐲滾了出來。那座塔樓裡藏著相當於一個王國的財富。

一個王國……安迪麗雅眞的是腓特烈二世的後代，西西里王國的繼承人。她那下流的表演以及在「天堂」妓院裡的出現……這一切，都是爲了隱藏她的眞實身分。那些珠寶首飾只是一種將王國財富隱藏在眾人眼皮底下的方法，她想以那樣的方式掩人耳目？任何見到那些手鐲的人都會讚歎其珍貴，然而沒有人會猜到那女人擁有幾十個同樣的手鐲。就這樣，炫耀成了隱藏祕密的最佳方式。

事情所有的細節像一片片馬賽克，在但丁的腦海中重新組合成一幅圖像：阿誇斯帕達對這個女人的憎恨，他試圖指控她傳播邪教以逮捕她，在羅馬對鑲嵌畫建築師的迫害以及最後建築師的被謀殺，還有，發現了金子的祕密並知道它的來源的德奧菲洛之死，他曾試圖欺騙但丁，將他的注意力吸引到煉金術上。

這一切都是可能的。

然而，那幅紛繁複雜的畫卷中還有某些令他無法參透的細節。

爲何卜尼法斯的刺客不殺死那個女人？他們爲何要浪費時間去消滅知道她眞實身分的人以繼續保持祕密，而不是將可能導致士瓦本王朝捲土重來的女人直接斬草除根呢？

他舉起手中的油燈，向上看了看。樓梯還通向上面一層，他急忙走上那座石梯。

三樓的房間與前面兩間差別不大，不過裡面幾乎沒有家具，只有放在一旁的兩個三腳架。三腳架的上面擺放著一張簡單的桌板，桌板上雜亂無章地堆放著許多大幅紙張。詩人拿起其中一張，靠近油燈仔細端詳起來。有人用炭筆密匝匝地在上面畫了許多線條，另外還有許多小孔，就好像有一大群蟲子把那張圖紙蛀了一般，紙上滿是髒兮兮的燈煙。

他激動不已，心都快跳到了喉嚨口。他發現了他一直在找的東西：安布洛喬大師的草圖，他用來繪製壁畫的草圖。

他瘋狂地檢查著那一張張圖紙。然而，由於激動和燈光昏暗，他一時間難以將圖紙拼成完整的一幅。只見這裡出現了一條腿，那裡出現了一隻胳膊，其中一幅是壁畫中那個老者的臉，但是，那覆蓋在上面的線條令他無法拼湊成完整的畫面。他放棄了，只有一個辦法能幫助他弄明白。

他將紙張全部捲起來，四處尋找可以將它們捆起來的東西。在一只板凳上，他發現了一捲布。他抓過來將它攤開在桌板上。

他再次驚呆了。他本以爲那是一條床單，其實不然，那是一塊白羊毛做成的厚布，展開之後呈現出花冠的形狀。原來這是一件斗篷，其中一面繡著一個極爲精美的十字架，十字架覆蓋了整個平面。聖殿騎士的十字架，與他在聖猶大教堂裡發現的匕首上面鐫刻的十字架一模一樣。

這麼說，那舞女眞的是士瓦本皇室家族的後代，聖殿騎士們知道這個祕密並保護著她？或者是……

他用手猛敲了一下額頭。現在，他想起了高利貸商人多米尼各的話。

跟隨安迪麗雅的腳步、在危險時保護她、愛撫她那古銅色肌膚的，不是聖殿騎士會的人，而是一個男人——那個住在這座塔樓裡的男人。

第三重天的成員的臉打著漩渦出現在他的腦海中。他用斗篷捲起圖紙，奔向出口，經過二樓那個箱子和灑落在地上的財寶時，不假思索地走過去。

第二十章

同一天，夜半時分

但丁拾起警衛落在聖猶大教堂門口處的一支火把，將它點亮。然而黑暗似乎難以逾越，火光僅在他周圍投下一個小小的光圈。他小心翼翼地走過地下墓室深坑邊上的狹窄通道。安布洛喬恐怖的死亡面具仍躺在地上，火光照過它時，似乎喚醒了鑲嵌畫師那慘烈的冷笑。

但丁來到壁畫前的腳手架下，費力地爬了上去。他將火把安置在壁畫旁邊牆上的一個支架上。安布洛喬準備了一切，以便在夜間也能工作，他一定是想盡快完成作品，也許當時他已經知道自己已被地獄裡的狗盯上了。

但丁攤開斗篷，開始在紙堆裡翻找著重新構築那幅畫的起始點。很快，他找到了巨人的頭部，他把它放到鑲嵌畫上對應的部位。腳手架上有一把木槌，還有一只裝滿了生鏽的釘子的小桶。他快速地用釘子將畫有頭部的圖紙釘牢，然後繼續尋找可以完整地拼出那幅畫的其他部分。

他就這樣工作了將近一個小時。他起初的驚訝變成了越發強烈的好奇。牆上，隨著關於那個悲劇的一片片馬賽克被漸漸連接起來，他的腦海中出現了一幅出乎意料的畫面。

圖紙的各個部分都被安放好之後，他才發現壁畫的草圖與他最初以爲的計畫草圖是如此大相逕庭。畫面上沒有伊甸園裡如空氣般明亮的花鳥樹木。安布洛喬不是摒棄了最初的百草圖的想法，而是從來就沒有那種想法。他將他那卓越的才能與精湛的色彩技巧賦予了一個更富情欲的形象。

看來兇手不惜代價竭力掩蓋的祕密，就是位於巨人右邊的第二個人像，那是一個女人。她在等待歸來的巨人？她的臉上綻放著見到闊別已久的情人時欲擁抱對方的神采，那神情無異於在床第上歡迎尤利西斯到來的潘娜洛普，詩人想。

女人向男人伸出一隻手臂，與已顯老態的男人不同，她看起來正值青春年華。她全身赤裸，通常藝術家們只有在描繪夏娃時才敢這麼做。

他認出了安迪麗雅的臉，她那高聳的乳房和令人驚豔的腹部。她的腿顯得強壯有力如同柱子。腿後，在纏繞著金環的纖細腳踝附近，作者勾勒了一座奇怪的城市的輪廓。那座城市沒有城牆和城垛，只有幾座東方沙漠上典型的階梯式多層塔樓矗立在那裡，一座處於站在其上方的女王統治之下的新巴比倫城。

位於那對情侶之間的是一片波濤洶湧的水域。水面上空，一群奇特的水鳥正在翺翔；水裡，溫順的海豚與兇惡的海怪遨遊其中。女人的手臂越過那道海洋屏障，正好觸及身體前傾欲擁抱她的男人的手。他們的手臂恰好形成了一個半圓，半圓的內側，有一些按順序排列的刻度符號和阿拉伯數字，看起來像是一個日晷，其下方的一條飾帶上寫著：**DECLINATIONIS MAGNETICAE GRADUUS**（磁偏角度數）。

突然，有個人從黑暗中冒了出來——他一定是從地下墓室的通道上來的。

他那藍色的眼睛裡不再有任何友好的痕跡，取而代之的是閃爍著寒光的眼神。他緩緩地走向但丁，雙手垂在身體的兩側，事實上，他身上的每一塊肌肉都是緊繃著的，就像一隻隨時準備撲向獵物的猛獸。現在，脫下了卑微的流亡者的面具，他顯得高大了一些。他的血管裡又重新沸騰著他的海盜祖先的血液。那一刻，但丁覺得對方正在準備出招，他想起十字軍士兵的抓功便後退一步，身體前傾，重心落在前伸的右腿上，隨時準備使出吉伯林派的踢功。見到他這一架式，對方突然改變了戰略：他將雙手舉至胸部位置，向但丁攤開雙手，停住腳步，似乎想表明尚有對話的餘地。

執政官接受了對方提出的無聲的休戰，於是便也後退一步，做出了放鬆警惕的姿態，心裡暗暗咒罵自己過於大意了，太急於查明真相而赤手空拳獨自來到這裡。沒有人知道他在這裡，沒有人會來幫他。他唯一的兵器就是藏在貼身口袋裡的匕首，但是，恐怕對方連讓他拔出來的機會也不會給他。

「這樣更好。」他對自己說。如果上帝和正義站在他這邊，他無需任何援助。他也舉起雙手，重複著對方的動作；同時利用眼睛的餘光，焦急地在燈光所至的狹窄光圈中尋找著可供防身之物。

「真奇怪會在這裡與您相遇，阿利格耶里閣下。這裡既不是書房又不是圖書館，按理說，只有那些地方才能夠遇見您這樣一位文學家。」

「也許。可是我們也不是在軍艦的甲板上、在軍艦廠裡或是在遙遠的海灘上啊，只有那裡才是可能遇見您的地方，維涅洛閣下。」

「在這些拱頂下面的遼闊海洋和遙遠國度，要比您所認爲的多得多。」

但丁注視著他，然後指了指壁畫：「在這些拱頂之下，也有比您想像中多得多的文字、含義和書本。不過，我想您已經知道了。」

「您見到我似乎並不感到意外嘛。」

「是的，我知道我們會見面的，也許這裡就是我們見面的最佳場所。」

「您是怎麼懷疑到我的？」威尼斯人沉默良久之後問道，聲音裡透著誠懇的好奇。他看起來似乎不知該做什麼，或許正在等著別人給他建議或命令。

詩人微微扭頭，指著攤放在腳手架下面的斗篷說道：「我想它是您的。您是聖殿騎士會的成員。」

維涅洛慘然一笑。「您是怎麼發現的？」

「不是因爲這個，也不是因爲您遺落在聖猶大教堂裡的匕首。您用匕首在牆上刻了個五角形，試圖讓人以爲是邪教的儀式——是高利貸商人多米尼各將消息透露給我的。他告訴我，您要他接受一些有擔保的信用證，而只有聖殿騎士會才可以發行那些信用證。」

「可是，您是怎麼弄明白……這個的？」船長問。他揮手劃了一個圈，將他們背後的壁畫囊括其中，最後他的食指停在了那個躺在他腳下、正對著死神吶喊的安布洛喬的死亡面具。

「是您自己暴露給我的。」

「我自己？」維涅洛驚詫不已。

「您和您自己的話。您向我描述過，古時有這樣的做法：將人掛在船頭作爲船頭雕飾，用來祭神以祈求航海平安。海軍艦隊不也有把瀝青灑在被判刑者身體上，從而保留死者屍體，以達到殺雞警猴目的的做法？正是這些令我開始懷疑您。此外，在通往『天堂』的路上，您肯定地說，一個圓圈，從兩個相反的方向都能抵達。安布洛喬和德奧菲洛都位於同一條絕望的路上，他們之所以先後死去純屬偶然，當您說藥劑師是第二個被殺死的只是因爲死神改變了方向的時候，您的言下之意正是這個。然而，我一直被蒙在鼓裡，直到今天晚上在酒館裡我才恍然大悟。當時您將洶湧的海浪比作猛烈的狂風，還有，您說下面和上面一樣。安布洛喬那幅船帆安置在龍骨下面的畫也是這個意思，對不？那是一件利用海流的工具。您知道它是什麼，即使您假裝不知道。」

維涅洛點點頭：「是的。一件由蒂洛的水手們發明的古老工具，用來戰勝阻礙人們前往直布羅陀海峽的逆向水流。他們發現，海面二百英尺以下有一股朝西方海洋方向流動的水流，於是他們發明了一片沉在水裡的帆，以利用那股像風一樣的力量。」他激動地解釋著。

回憶令他眼裡閃爍著光芒，那些古代的水手仍令他欽佩不已。但丁覺得周圍好像吹拂起大海的氣息。

「但是，不僅僅因爲這個我才會到這裡來。指引我的腳步到達此地的還有您的思想。我告訴過您，犯罪的行爲方式體現了兇手的心理。想想您在第三重天的同伴吧：來自阿斯克利的法蘭西斯科，他堅信天體運動的嚴密抽象性和命運的絕對幾何學；神學家布魯諾·阿曼納蒂，盲目者的盲目嚮導，他自己就會把自己送上火刑柱；安東尼奧·達·貝雷朵拉，夢想著將所有的人都團結到十字架下，並爲此而隨時準備著將我們成群地送到那個暴君手裡；奧古斯蒂諾·迪·梅尼柯，像古人一樣堅信單靠理性就能夠抵達眞理，他註定會因此而陷入黑暗，遠離上帝所在的天堂；契科・安焦利埃里，憂鬱像無藥可救的毒藥一樣折磨著他……所有這些人，都有可能爲了他們的嗜好而起殺心。」

維涅洛站在那裡一動不動地聽著，沒有作聲，只是將雙臂交叉在胸前。

「但是，在這些人的罪行當中我感覺不到激情，他們被另一種陰影所籠罩。」詩人繼續說道。

「什麼？」

「痛苦。一種靈魂被人從自己的土地上拔起，扔到冰冷的流亡之地的痛苦。那也許是最深的痛苦，最爲無藥可救。」

威尼斯人低著頭，像是爲了保護自己免受那些話的傷害。「您知道我的行爲，可您知道其中的原因嗎？」隨後，他猛然抬頭問道，帶著挑戰的神情。

但丁的目光轉向那幅終於被他拼湊完整的畫。在火把搖曳的火光中，那一望無垠的大海似乎澎湃起來。「是的，現在我知道了。」他的目光掠過那條有刻度符號的線條，那位於男人和女人之間的半圓弧，它將岩石、河流與大海另一側的大陸連成了一體。「世界的一個新部分，除了歐洲、亞洲、非洲和第四部分的水域，這個……」他指著圖紙上女人腳下那片深色的部分，那座有著奇特塔樓的城市。

維涅洛走近前去，似乎也是爲了看得清楚些。「是的，」然後他說，「非常精確，安布洛喬不愧是大師，他只需朝羅馬聖保羅教堂裡的聖殿騎士會祕密檔案瞥一眼就明白了一切——騎士會花了很多年時間才發現那個祕密——他想讓所有的人都知道。我說，只要他保持沉默，我就給他所有的黃金。可他瘋了。」突然，他從衣服裡抽出一把短劍，抵住了詩人的胸膛。

但丁感到鋼刀那冰冷的刀鋒危險地上升，直到喉嚨。他下意識地向後退，可是刀鋒隨之而至。對方似乎想讓那種死亡的逼迫壓力保持不變，既不放鬆也不加重那種威脅。他緊閉雙唇，臉上恢復了但丁初次見到他時如獅子般兇狠的表情，不再有任何紳士的彬彬有禮，他的眼神也再次變得冷酷。詩人突然覺得自己輸了，必死無疑。

然而，對方只是繼續在他的脖子上把玩著刀鋒，似乎並不急於結束他們之間的較量。或許，他就像一個偉大的演員，不想在還沒有展示一個極其勇敢的行為、沒有聽見對其天才表演表示讚賞的掌聲之前，就離開舞台。

「第三重天的其他人竟然從未懷疑過您，還有安迪麗雅，她藏在『天堂』裡的妓女當中。可是為什麼要殺德奧菲洛？藥劑師他怎麼也落入了死亡之網當中？」但丁問，「您確實厲害。」奉承或許是爭取時間的唯一辦法。

「他知道金屬的祕密，石頭的祕密。他懷疑安迪麗雅的身世。他看到過她從她的祖國帶來的極為純淨的銅。他知道它不存在於已發現的大陸上。我試圖用一瓶chandu收買他。我本以為，和金子相比，擁有這一祕密更能平息他作為學者的驕傲。可是，他要別的……他的要求太過分了。」水手的目光掠過牆上的女人畫像，「他也會去尋找並找到它的，他也因為聰明過頭而付出了代價。」他補充道，然後慘然一笑，「也許，世界是屬於平庸之輩的，只有他們能夠安然無恙地行走其中。」

但丁感到對方的聲調發生了細微的變化，像是發言結束了，正準備給他致命的一擊。但丁想，對方會把他的屍體也變成船上祭神用的人體船頭雕飾。他感覺到口袋裡沉甸甸的匕首，也許，在對方下手之前，他還來得及拔出匕首。

他跪倒在地上，同時將手伸向匕首的把柄。維涅洛被這突如其來的動作嚇了一跳，一時沒反應過來。但丁藉機用右手拔出匕首，用空著的左手抓住了對方的右臂，使之動彈不得。他將匕首的刀鋒逼向維涅洛的頸部，沿著他的脖子轉了半圈。

匕首擊中了對方耳朵下方的部位，但被什麼東西彈了回來。維涅洛一定穿著一件鋼製的圍脖，正是它擋住了這致命的一擊。詩人迅速地再次舉起手，這一次，他瞄準了下方，刺向對方的心臟。

他用盡全身力氣將匕首插了過去，然而對方奮力掙扎，擺脫了但丁緊抓著他的手，那匕首再次刺空，偏離了心臟，插進了對方的肩膀。他感到維涅洛突然癱軟了下去，就好像生命的活力已棄之而去。

但丁舉起手想再刺下去，但是有人使勁拉住了他的胳膊。他轉過身來，本能地要攻擊背後出現的新對手，同時左手仍緊緊抓住維涅洛的脖子。

安迪麗雅俯身彎向他，她表情中的某種東西阻止了他：她的眼光沒有望著他，而是越過他的肩膀，看著維涅洛，她似乎並不懼怕但丁。她的眼裡滿是淚水。詩人僵在那裡，手中的刀指向空中，猶豫不決，剛才的緊張搏鬥令他氣喘噓噓。

女人似乎此時才注意到他。「求求您，大人。」她低聲說。然後，她不再補充什麼，只是用那深邃的目光盯著他。環繞在她四周的陰影之牆上似乎出現了一個缺口。「求求您。」她重複著。

像中了魔法一般，但丁的殺氣頓時平息了下來，他頹然放下匕首。在他左手的緊握下，維涅洛的身體仍在做著輕微的掙扎。但丁鬆開左手，讓他得以呼吸，然後，站起來後退了幾步。安迪麗雅取代了他的位置，她朝男人俯下身子，雙膝下跪，那動作像蛇一般柔軟。執政官想起一位旅行家向他講述過的一件事，在海外某個遙遠的地方，在有月亮的夜晚，可以看見杵蛇在沙漠上的沙丘之間跳求愛的舞蹈。

安迪麗雅將自己的斗篷披到維涅洛身上。為了讓他恢復知覺，她開始低聲唱起一首歌，其發音和歌詞令人費解。她抱緊他，身體奇怪地抖動著，像是想將自己生命的熱量傳遞一部分給他。

當威尼斯人咳嗽著漸漸緩過氣來的時候，她再次轉向詩人。

「饒了我們吧。」她說，微弱的聲音裡滿是哀傷。她的情緒尚未平息下來，喘著氣，那些單詞緩緩地從她口中吐出來，就好像一個不得不用自己不熟悉的某種語言表達自己而害怕對方聽不明白的人一樣。「放我們回去吧。您清楚流亡的痛苦，我聽您說過。」

她那布滿淚水的古銅色臉龐在火光中閃爍。但丁發現，恢復了知覺的維涅洛輕輕地動了動。他睜開雙眼，看著但丁，然而他的目光似乎穿過了但丁的身體落在了安迪麗雅身上，目光堅定，沒有任何畏懼，但卻充滿了深深的痛苦。

安迪麗雅轉向但丁，不過說話的卻是維涅洛，他聲音很平靜，沒有怨恨。他受傷的肩膀在顫抖，他用手捣住流血的傷口，臉色蒼白極了。「我有個交換協議，執政官大人。」他說。

「什麼協議？」

「我要您給我時間，就一小時。」

「那您用什麼和我交換？」

船長遲疑了一下，「您發現了第五塊大陸的祕密。不過，僅僅知道這一點是沒有用的，就像沉沒於海洋中的亞特蘭提斯。要到達那裡，需要關於海風和海流的航海地圖，才能躲過漩渦和礁石。這就是我向您提供的交換條件——前往新大陸的航海指南。」他停了下來，安迪麗雅也靜靜地等待著，她睜大的雙眼裡滿是痛楚。「就一個小時，」維涅洛接著說，「然後您可以繼續您的追捕。聖殿騎士會的一艘船在海岸邊停著等我們。今晚是滿月，通向海灘的路清晰可見。海潮上來的時候，我們將離開托斯卡納。」

但丁無法將眼睛從聖殿騎士的臉上移開，也許從他的瞳孔中射出來的是惡魔的目光。他旁邊的安迪麗雅將臉靠近了他，那四隻眼睛一動不動地看著但丁。但丁只覺得頭部一陣微弱的眩暈，代表世界末日的魔獸不也是用它那眾多的眼睛將人凍結成冰的嗎？

「讓我看看您說的那樣東西。」

維涅洛費勁地從貼身背心裡取出了幾張紙。「這些是德奧菲洛大師的圖紙，他也想將祕密描繪出來，」他喃喃說道，抬頭看了一眼牆上的畫，「當然，沒那麼壯觀。」

其中有一張摺疊著的紙很大，維涅洛將它展開。詩人俯下身子，迫不及待地看著展現在他眼前的圖紙，上面還沾著維涅洛的血跡。他認出了他曾和他的老師布魯內托·拉蒂尼一起研究過的世界地圖。偉大的托勒密的作品被一雙技藝嫻熟的手重新描繪在那張羊皮紙上：被劃分成多個部分的世界，綿延的山脈，蜿蜒的河流，遼闊的海洋。

除此之外，上面還出現一大片地方。但丁睜大了雙眼觀察著那些圖形，同時將眼前這些精確的圖形與牆上的隱喻壁畫相比較。看來，古人將西邊的那片水域稱爲河流是有道理的，而那些才疏學淺的他的同時代人卻以爲那是海洋，其實那片朝西延伸的水域確實是一條河流，只不過它看上去似乎一望無垠。地圖上清楚地標出了另一側的海岸，由與歐洲和非洲海岸平行的狹長陸地、島嶼和海灣構成。一片遼闊的土地，就像一座狀如沙漏的島嶼：由一道狹窄的海峽連接在一起的兩大片陸地。

世界的第五部分。世界的祕密就藏在「五角形」中。巨人邁向的正是這片大陸，他的雙目注視著的正是西方。這就是鑲嵌畫師想在他的作品中揭示的祕密：大西洋對岸的新大陸。

一片遍地是金子的陸地？但丁的目光移向安迪麗雅手上有著令人費解的裝飾圖案的手鐲，她似乎讀懂了他的想法。「那裡有很多這種令你們夜不能寐的金屬，」她說，聲音裡透著遲疑，「但是，在我們看來，它不像你們認爲的那麼值錢。對於我們而言，代表財富的是這個——」

她從衣服中取出了一條微微泛光的綠石項鏈。玉。「拿著，如果您接受交換協議，它就屬於您。它可以讓您長生不老，讓您不朽。」

但丁心不在焉地將手伸向項鏈，眼睛仍盯著地圖。地圖上不僅標出了地理邊界，還標出了海洋航向、海風與海流的運行路線、海岸邊上適合登陸的地點和危險的礁石、抵達那裡的漫長航程所需的天數，以及沿著這片大陸海岸線航行所需的天數。

他被好奇心所征服，竟忘了對手的存在。突然他回過神來，往後退，又恢復了防備的姿勢。

然而維涅洛的敵意已完全消失，他顯得很焦急，等著但丁的回答。

「一切都在我手裡。您、您的祕密、您的同謀。我為何要接受您的條件？」執政官沉默片刻之後說，並揚了揚抓在手中的地圖。

「因為您能理解這種痛苦，您不會虐待您的手下敗將。」威尼斯人低著頭喃喃說道。隨後又抬起頭，激動地說，「因為，地圖中缺少一個基本要素，連德奧菲洛也沒有發現。」

「什麼？」但丁懷疑地問。

「浩瀚的大海上風雲變幻莫測，正是它們保護著那片大陸度過了一個又一個世紀。只在一個點上，僅僅幾個緯度寬的地方，風向才有利於航行。不知道這個，任何嘗試都註定會失敗。您會幾個月甚至幾年地在茫茫大海中毫無希望地漂泊。」

詩人掂量著最後那句話。也許，維涅洛過高地估量了他思想的高尚，而沒有想到斯汀格監獄裡的審訊刑具的厲害。他有辦法挖出最後那個祕密而無需做出任何讓步。

然而那人的目光表明他能夠忍受最強烈的疼痛。除了一件事，但丁想，看了看仍在情人背後繼續向她的神靈祈禱的安迪麗雅。他想像著維涅洛看到她那被劊子手的鐵刑具所折磨的身體時的痛苦。

但丁自己也會於心不忍的，他惱怒地驅走那個念頭，好奇心再次占了上風。他想拖延時間。他再次指了指那些圖紙。「您是怎麼得到它們的？在這個世界上，柏拉圖是最後一個獲得關於大西洋對岸存在某片大陸的消息的人。他也曾提到，他並不是直接獲得這個消息的，而是從一個更為古老的傳說中獲得蛛絲馬跡的……」

維涅洛微微一笑，很虛弱的樣子，「聖殿騎士會在耶路撒冷一座古廟廢墟上挖掘了很長時間。很多人都以為他們在找猶太人的財寶，教徒捐贈的金子，聯盟的寶箱……有人甚至以為他們在尋找聖杯。荒唐的想法。那下面什麼也沒有，從來都沒有。」

他的臉上顯出痛苦，也許是傷口的劇痛或是失望。

「神從未在地球上走過，那裡只有海市蜃樓的虛幻，被太陽和圍城戰爭的火焰所焚燒的石頭。只有亞歷山大城的希伯來人保存的一項古老知識的殘留痕跡，一些地圖的碎片，關於到遠方旅行的說明，古埃及人的經驗記載他們應該到尼羅河上去尋找。」

「就為了這個，聖殿騎士們就瘋狂地攻打杜姆亞特，不惜犧牲基督教的部隊？」

「是的。他們之前已在賽普勒斯找到了一份航海指南。但是這份指南並不完整，只有通往西方的航線的開始部分。他們知道在亞歷山大城的古代圖書館裡，一定有托勒密使用過的地圖資料，這些資料在阿拉伯人毀滅亞歷山大城的時候，被逃走的希伯來人帶走了。漸漸地，關於那項知識的所有碎片被收集到了一起。西元一二九四年，一艘聖殿騎士會的船被派遣出海，探索地理學家們所繪製的海路。航向是以金星為參照而計算出來的。」

「從魔王撒旦額頭上跌落下來的寶石，」但丁喃喃說道，「她的軌跡的五個點固定在天空中——您在被害人身上刻下的五角形。」

「看來您也知道。她恆定不變的運動是天空中最容易追尋的，在指南針發生偏差的海域中航行，應以她為參照。」

但丁抬頭看著壁畫。火把的光照亮了兩個人像之間那一長串數字圓弧的中間部分，而其末端部分則隱沒在陰影中。「那些就是磁偏角的度數？」他問。

維涅洛點點頭。詩人注視著他，他的眼睛像是在看著那遙遠的地平線。詩人已經知道了答案。「當時，那艘船的船長是您？」他還是這麼問。

維涅洛再次點點頭，那些日子的回憶似乎再次出現在他眼前。

但丁突然轉向那個女人。「她呢？她也來自那裡，連同那片大陸的金子和銅？」

船長用充滿愛意的目光看了看安迪麗雅，「是的，她是那片土地上最珍貴的財寶。得到她所奉獻的舞蹈的那片土地是幸福的。」

「可是爲何要保守那個祕密？爲何爲了掩蓋一項對整個人類而言極爲珍貴的發現而殺人？」

維涅洛略作停頓之後才回答，語氣裡帶著嘲弄，似乎在嘲笑詩人的幼稚。他溫柔地捏住女人的手腕，將之舉到但丁眼前，讓他看那些手鐲。

「那裡的金子足以填滿一百艘戰船，足以塡飽歐洲所有國王的貪欲，資助他們打上一千年的戰爭，足以建立一個新的帝國……或推翻一個帝國。」他又停頓了一下，就像是爲了確保對方聽懂了他的話，「足以召喚耶穌再次回到地球上，足以點燃一個新宗教的火焰，可以到天上卸下上帝住所的天堂之門。您眞的不知道爲何要保守這個祕密？爲什麼讓這個祕密處於危險中的人必須死？」

但丁看著地圖，一動不動。他眼前似乎出現了一個夢境，向他揭開了未來的面紗。他感到熱血沸騰。一切都變得微不足道了，如果和在他腦海中翻騰的激動人心的景象相比較的話：裝備地球上最強大的軍隊，重建古羅馬人當年的強大權力，讓翡冷翠成爲世界的中心，成爲偉人之一，制定一項新的法律使人類的命運與福音書相符，懲罰卜尼法斯。「一個小時的時間，以交換您所知道的。」最後，他說。

維涅洛緩緩地點了點頭。他將手伸向地圖，像是想抓住它，但是，他忍住了。「謝謝您，阿利格耶里閣下。協議是對等的。不過，如果您留著這幅地圖，您將打開地獄之門。憑您的智慧，您應該知道這一點。」說著，他用一隻沾滿鮮血的手指寫下了一個數字。

但丁緊握著手中的羊皮紙，現在任何人都不能將它從他手中搶走。「對於地獄我們又知道多少？只有上帝的光芒能夠照亮我們的腳步，而不是你們這幅古老的地圖。如果上帝將地獄之門的鑰匙交給我們，不將它打開將是對其意願的一種褻瀆。」

「您說這些話是爲了掩飾您的貪婪。不過，不管您想怎麼做都可以，今天是屬於您的日子。不過來日方長，相信我。記住了：一個小時。」

「好，屬於你們的一個小時。」

當他們兩人跨過門檻的時候，但丁喊道：「維涅洛閣下！」

維涅洛僵在門檻上。他倚靠在安迪麗雅身上，她拉緊了他的胳膊。

「您見過新大陸？」

聖殿騎士點點頭。

「您……看見了什麼？」

「海岸，在赤道的南邊。它的邊緣稜角朝我們的大陸所在的方向延伸，一座巨大的懸崖高聳入雲。我們要回去的是那裡。」

但丁揚起手向他們告別。「一個小時，然後我將追捕你們。」正當他們再次向外走的時候，他又叫住了維涅洛：「最後一件事，在您的旅途中，您有沒有見過在某個地方，水會倒流到高處的陸地之上？」

「沒有，我從沒見過。」

「我就知道，我是對的。」

詩人獨自一人待在那裡。他坐在腳手架的一條木板上，就在正等著情人到來的女人的巨幅畫像下面。教堂外面傳來了馬匹朝西邊奔去的踢踏聲，隨後便是一片寂靜。他在想，安布洛喬和德奧菲洛的鮮血的祭奠是否會令他們的旅途一路順風。他覺得自己被包圍在陰影中，就好像有一群幽靈在他背後集會。

第五塊大陸的地圖就鋪在他眼前。在搖曳的火光中，因年代久遠而磨損的羊皮紙表面閃爍著亮光，就像那片大陸所承諾的金子一樣燒灼著他的眼睛。但丁在想維涅洛提醒他的危險。

他問自己誰能和他分享這個祕密。

誰都不行。在整個翡冷翠，只有他值得知道它，其他人都不行。

他突然將羊皮紙的邊緣靠近火焰。

他長時間地注視著羊皮紙漸漸消失在火焰中。他覺得背後似乎出現了他的一個朋友，正在觀察著他的一舉一動。

「我做得對嗎，父親？」

「做得對。」他心中的那個古老聲音回答，「但是，你不會有功勞的。你用面紗遮住了同伴的眼睛，用蠟封住了他們的耳朵。你就像尤利西斯，你想成爲唯一的知情者。」

尾聲

六月二十二日，曙光乍現

但丁策馬揚鞭，在馬路上飛奔著。在距離比薩城牆尚有幾英里遠的地方，逃亡者在地上留下的痕跡表明：他們離開了通向市區的路，轉向了海岸所在的方向。

第勒尼安海的強烈海風吹得他睜不開眼睛，直流眼淚。馬車可以通行的大路在距離海岸幾英里處結束了。那裡出現了一大片沼澤地綿延開去，僅有一些高地、水窪低地和幾處狹長的沙地零星地點綴其間。但丁在通往海灘的最後一個小型棚屋居民點停了下來，他向幾名農民詢問那附近是否有碼頭。他們盯著他看了許久，目光呆滯，然後才回答說是的，有個小港口，就在前面不遠的海岸上；是的，有兩個外國人經過這裡，他們朝那邊去了。

黑夜漸漸消退，沼澤地從黑暗中顯現出來。當他跨過最後一道沙丘的時候，他的馬已疲憊不堪，牠喘著粗氣，渾身是汗。他腳下，洶湧的回頭浪拍打著第勒尼安海的沙灘。大海上，夏日的暴風雨正在肆虐；而陸地上，暴風雨似乎還離得很遠，只有濕熱的強烈海風在預告著它的即將到來。

但丁飛快地掃視了一眼海岸線。在他的左邊，海岸的南邊，他認出了那些農民提到的那個港口。在一個小海灣，有一個由幾根豎起的木樁形成的簡單停泊點，與岸邊的一小塊陸地連在一起。周圍有幾間木屋，那是一個小漁村。

不過吸引他注意的卻是別的。他看見在距離岸邊一百碼左右的地方，有一艘黑色的兩桅帆槳戰船，船帆被風吹得脹鼓鼓的。在風力的推動下，它正準備駛向大海。船上沒有旗幟或任何其他的識別標誌，船身很危險地傾向一側。詩人覺得，船在艱難地前進。他用馬刺朝筋疲力盡的馬的身上一拍，馬刺的尖牙刺得馬兒發出一聲長長的嘶鳴，朝那艘船的方向奔去。

他擔心在他趕過去的那會兒工夫船就會駛遠。不過，其艱難程度似乎遠比船員們想像的要難得多。他來到了那個小碼頭上，跳到碼頭的木板上。在回頭浪的阻力之下，船才前進了一碼左右；但在他看來，它與岸邊的距離似乎反而變近了，就好像舵手正在猶豫著是對付變幻莫測的遼闊大海，還是再次回到令人心安的陸地。

在黎明的曙光中，船尾燈的亮光在暗沉沉的大海中隨著海浪起伏而晃動著。突然，那燈光變得強烈起來，就好像一百多個燈籠一下子全都亮了起來。隨後，一道閃電吞沒了整艘船，照亮了整個船身。

但丁聽過比薩的水手講過一個故事。他們提到，中了邪的船隻在公海上著火燃燒。他一直不把這當一回事，認為這是酒鬼們在缺少酒精的夜晚編出來的故事，用來消磨時間而已。然而在那一刻，他的眼皮底下出現了那種場景：整艘船都陷入了一片火海中。他可以清楚地看見火光中的桅牽索和風帆，就好像太陽的光芒都集中在了那一點，船槳的木板在瘋狂地舞動。

那一刻，他覺得，那艘船似乎消失在一團火球中，那熊熊的火焰就像多年前擊毀了聖十字教堂的閃電。一束炙熱的火焰直竄上天空中，越過桅樓，然後在一陣劇烈的劈啪聲裡跌落水中。在明亮的火光中，他看見似乎有幾個人影在耀眼的白光中舞蹈，就好像那艘船的甲板變成了一座神廟，裡面的人正在舉行祭奠火神的儀式。

整艘船已經失控了，它開始劇烈地傾斜。被火焰所吞噬的桅帆已變成了一條長長的火焰，直竄向黑沉沉的天空，那情景令人聯想到火葬。就在那一刻，他想起來了。

多年前，當他還在學習冶煉術以進入藥劑師行會的時候，他見過那炫目的白色火焰。一種物質，燃燒的時候會發出耀眼的白光，散發出的熱量像地獄之口一樣恐怖。

他震驚的看著船身瞬間毀盡，開始崩塌。只剩下些許桅杆和船尾甲板，伴隨著火光閃閃。磷。

他的大腦告訴他，這是他眼前恐怖一幕的唯一解釋，而不是什麼魔鬼在施法。船的貨艙中一定有一些磷，因意外而燃燒起來或有人故意縱火。

一陣激動將他淹沒，他噗通一下跪倒在碼頭上。雨點開始落下來，淋濕了他。他認出了火光熊熊的甲板上安迪麗雅的身影。他覺得她似乎轉向了他，一隻手臂伸向空中，那一定是臨死前的痛苦掙扎，不過，在他看來，更像是彬彬有禮的告別。

在那炙熱的白光中，他覺得她的臉像蠟一般熔化了，她的頭髮像燃燒著的波濤。人們爲何說死亡的顏色是黑色的呢？死神此時正身著明亮的火光彩衣，昂首闊步而來。

隨後，船上又出現了一個同樣渾身是火的身影。只見那身影走到女人身旁，溫柔地擁著她，就像是在保護她。他們被漸漸吞噬。

船消失在波濤中。在黎明的曙光中，只有燒焦的桅杆的頂部在波濤中忽隱忽現：一塊漂浮著的墓碑，指示著海葬所在之處。

直到那一刻，但丁才發現了那兩個騎馬的人。他們身上穿著厚重的旅行斗篷，臉部埋在風帽中，站在小漁村的一間木屋的門檻前。他們一定是專注地從頭到尾看完了那場悲劇。他突然跳起來，一個念頭湧上他的心頭：他們是那兩名鑲嵌畫建築師。

他沿著碼頭跑過來，試圖追上他們，然而當他跑到木屋前時，那兩個人已騎上馬從他眼前一閃而過。其中一個金髮年輕人，經過但丁身邊的時候，還用他那藍色的眼睛看了詩人一眼。詩人想追上他們，可他的座騎遲鈍地待在一個角落裡，連啃那僅有的幾棵草的力氣也沒有了，牠已筋疲力盡，馬刺的幾下鞭笞就會讓牠死去。

但丁望著西邊。一道灰色的地平線向遠處延伸，兩個深淺不一的身影正在遠去。在那地平線以外，眞的存在第五塊大陸？那裡遍地黃金，金碧輝煌？那裡眞的有維涅洛所描述的可怕的岩石海岬，如巨人般矗立在航海者的面前，像惡魔一樣阻擋著他們前進的步伐？

一座山峰，矗立在地球另一面波濤洶湧的大海中。誰知道上帝是否會爲那裡的居民而顯靈。安迪麗雅的身影似乎又出現在他眼前。

也許，我們的先人就像她一樣，他想。也許，人間天堂就是那樣的。

他用手摸了摸藏在衣服下面的綠色玉石項鏈。

不朽。

是的，他會不朽的。

鳴謝

很多人爲這部小說的撰寫、出版問世做出了貢獻。就像所有有想像力的作品一樣，它是各種傳聞、人物和夢幻沉澱而成的結晶。他們當中一些人是在無意中促成了這本書，他們講述的或許是別的內容，並沒有在意自己的話，但是，他們講述的故事或他們寫的書卻成爲我寫作的材料。我的朋友們，如迪埃哥・卡布蒂（Diego Gabutti），他有著極爲豐富的想像力，可謂是最後一名未來主義藝術家，還有通曉世界上所有神祕故事的伊戈爾・朗格（Igor Longo），以及萊奧納爾多・戈里（Leonardo Gori）、丹尼爾・坎比亞索（Daniele Cambiaso）、赫涅・維柯（Renée Vink），他們都是歷史懸疑小說作家和愛好者，我曾多次和他們交換過意見和看法。

其他人則直接爲本書的問世做出了貢獻。首先是蒙達多里（Mondadori）出版社的編輯們，他們出色地組織了書稿的編輯和出版，對書稿進行了多次校對，對我的猶豫不決耐心勸說。其次，是江保羅・多塞納（Giampaolo Dossena），我從他關於但丁的書中汲取了很多靈感。最後，還有文學作品代理商皮埃爾喬亞喬・尼柯拉治尼（Piergiorgio Nicolazzini），他從頭到尾關注本書的出版過程，爲本書的問世付出了許多心血，那可是一位眞正的朋友才能做到的。

謹向所有這些人致以我誠摯的謝意和問候。

國家圖書館出版品預行編目資料

馬賽克拼圖謀殺案 / 朱利歐・萊奧尼(Giulio Leoni)著 ；
羅妙紅譯. -- 初版. -- 臺北市 :
大塊文化, 2009.03
面； 公分. --（R ; 23）
譯自 : I DELITTI DEL MOSAICO
ISBN 978-986-213-108-4（平裝）

877.57 98002138

10550 台北市南京東路四段25號11樓

廣 告 回 信
台灣北區郵政管理局登記證
北台字第10227號

大塊文化出版股份有限公司　收

請沿虛線撕下後對折裝訂寄回，謝謝！

地址：□□□□□ ＿＿＿＿市／縣＿＿＿＿鄉／鎮／市／區

＿＿＿＿路／街＿＿段＿＿巷＿＿弄＿＿號＿＿樓

大塊 LOCUS 文化

編號：R23　書名：馬賽克拼圖謀殺案

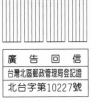

大塊文化 LOCUS **讀者服務卡**

謝謝您購買本書！

如果您願意收到大塊最新書訊及特惠電子報：

— 請直接上大塊網站 locuspublishing.com 加入會員，免去郵寄的麻煩！

— 如果您不方便上網，請填寫下表，亦可不定期收到大塊書訊及特價優惠！
請郵寄或傳真 +886-2-2545-3927。

— 如果您已是大塊會員，除了變更會員資料外，即不需回函。

— 讀者服務專線：0800-322220；email: locus@locuspublishing.com

姓名：________________________ 姓別：□男　□女

出生日期：____年____月____日　　聯絡電話：____________

E-mail：________________________

您所購買的書名：________________________

從何處得知本書：

1.□書店　2.□網路　3.□大塊電子報　4.□報紙　5.□雜誌
6.□電視　7.□他人推薦　8.□廣播　9.□其他

您對本書的評價：
（請填代號　1.非常滿意　2.滿意　3.普通　4.不滿意　5.非常不滿意）
書名____內容____平面設計____版面編排____紙張質感____

對我們的建議：________________________

LOCUS

L O C U S

LOCUS

LOCUS